m

———————— 阅读之前 没有真相

午 夜 文 库

凯西·莱克斯
唐普兰希·布兰纳系列

凯西·莱克斯 Kathy Reichs（1950— ）

凯西·莱克斯出生于芝加哥，在西北大学获得博士学位。她不仅是全球驰名的畅销书女作家，还是全美刑事人类学协会十五名鉴定合格的法医之一，也是美国法医科学协会的成员，并担任刑事审判的常任专家。此外，她还在北卡罗来纳大学夏洛特分校担任社会人类学教授，活动足迹遍及美、加及全球疑难案件现场，工作时间平分在北卡罗来纳大学夏洛特分校和蒙特利尔。

凯西不是铁伊，没有将推理小说发展到"通俗"小说的极限，也不是米涅·沃特丝，在推理的过程中借由案情展现社会问题。对于凯西而言，"女法医唐普兰希·布兰纳系列"是她的专业经验加上她对推理小说的兴趣，而细致铺陈的一套侦探小说作品。这个系列的作品之所以深深吸引人，正是来自于她用专业知识构建了另一种来自科学之神的启发，让已死之人通过"被解剖"而发出求救信息。在这个系列的作品中，身为人类学法医的唐普兰希·布兰纳出于对死者的尊重和对真相的渴求，超越了代表公权力的警察，一跃成为破案的主角。作者刻意凸显其在真实世界与小说世界中的重叠身份，使读者在阅读的过程中能同时体会到亲临解剖现场的震撼和解谜破案的乐趣。

作为美国当今最顶尖的两位法医侦探小说作家,评论界常将凯西·莱克斯和帕特丽夏·康薇尔相提并论。的确,这两位女作家不仅同为畅销排行榜的常客,描写的也同样以女法医为主角,但凯西的小说有些更重要的特质,她善于展现真实的场景,在作品中也不乏以她的专业巨细靡遗地描绘法医工作的细节,而这些我们都很难在康薇尔的小说中见到。

凯西·莱克斯的第一本小说《听,骨头在说话》不但荣登《纽约时报》畅销排行榜,更荣获一九九七年的"阿瑟·埃利斯"最佳处女作小说奖。而后续的《看,死亡的颜色》、《追,致命的抉择》、《逃,毁灭的航程》、《挖,墓穴的秘密》以及《猜,白骨的阴谋》等,本本均登上畅销排行榜,并成为国际级畅销书。美国二十世纪福克斯公司根据凯西的事迹及作品改编的电视剧《识骨寻踪》(*Bones*)正在全美黄金时段热播。

凯西·莱克斯 作品年表

2009	206 Bones
2008	Devil Bones
2007	Bones to Ashes
2006	Break No Bones
2006	Bones TV series
2005	Cross Bones
2004	Monday Mourning
2003	Bare Bones
2002	Grave Secrets
2001	Fatal Voyage
2000	Deadly Decisions
1999	Death du Jour
1997	Déjà Dead

玩骨头的女人
Break No Bones

（美）凯西·莱克斯 著

晏向阳 译

新星出版社 NEW STAR PRESS

1

只要专心做事,就会有惊天动地的意外发现。这事我屡试不爽。

这话或许有点夸张,但现实几乎总是如此,而这次更是比以往出土的任何残砖碎瓦都要令人困惑。

那是五月十八号,考古学系实践教学结束的前一天。我正带着二十个学生在南卡罗来纳州查尔斯顿市一个叫迪威的沙洲岛上挖掘一个遗址。

在场的还有一个蠢得像水藻一样的记者。

"总共有十六具尸体?""水藻"激动地掏出一个活页笔记本,脑袋里大概立即冒出同性恋食人狂达默和校园杀手邦迪。"受害人身份确定了吗?"

"坟墓是属于史前人类的。"

"水藻"的眼珠向上一翻,只剩下眼白了。"印第安人的?"

"美洲土著。"

"他们竟然抓我来报道死绝了的印第安人?"看来,这人连最基本的政治觉悟都没有。

"他们指谁?"我冷冷地问。

"《莫尔特里新闻》,东库珀的地方报纸。"

正如《飘》中白瑞德对斯佳丽说的,查尔斯顿充满了人情味,而这种人情味在其他地方早已消失得一干二净。市中心在阿什利河和库珀河交接包围着的半岛上。鹅卵石铺就的街道、露天的市场,市里的一切都还保持着内战之前的风情。查尔斯顿人靠这些河流来判断一个人的根基。市区分成"西阿什利"和"东库珀"两部分。后者包括快乐山和三个岛屿:苏利文岛,棕榈岛和迪威岛。估计"水藻"所在的报纸就在这一带发行。

"请问尊姓大名?"我问。

"霍默·温伯恩。"

一看他的将军肚,就知道他是吃快餐长大的,加上他在黄昏中拖着个长长的影子,活脱脱是个霍默·辛普生[①]。

"温伯恩先生,我们这里很忙。"

温伯恩不予理睬:"你们这么做合法吗?"

"我们有许可证。这个岛屿就要开发了,而这一小块地被规划成了宅基地。"

"这么做有什么意义?"汗水沾住了温伯恩的头发。他掏手帕时,我注意到他领子上爬着个扁虱。

"我是北卡罗来纳大学人类学系的教师。是州政府请我们来做事的。"

[①] 美国流行喜剧动画片《辛普森一家》主角。普通人辛普森由于一些不可控制的外在力量,被卷入一些通常需要英雄面对的困境而备显滑稽。

前面一句是真的，后面一句就有点夸大了。实际情况是这样的：

夏洛特市的北卡罗来纳大学新大陆考古学的老师在每年五月结束的春季学期都要组织学生做一些实地挖掘工作。但今年三月底，这位女士突然宣布她接受了普渡大学的职位。由于一直忙着发简历，她根本就没准备任何实践教学的东西。再见，诸位。没老师。也没场地了。

尽管我现在的专长是法医人类学，而且一天到晚和法医、验尸官打交道，可我当初接受的专业训练可不是研究这些刚死的人的。我的博士学位是研究了无数北美洲古墓里史前人类的白骨得来的。

实践教学课程是人类学系最受欢迎的课程。今年也跟往年一样，报名人数爆满。同事的意外离职让系主任顿时手忙脚乱，他恳请我接过这个烂摊子，学生们都眼巴巴地等着呢。好吧，做回我的老本行！到沙滩上休闲两个礼拜！还有额外的薪水！这比送我一辆别克车还痛快嘛！

其实之前我推荐过丹·贾佛。他是一个生物考古学家，也是我在南卡罗来纳州法医和验尸行业中的职业对手。因为我曾经为夏洛特市法医部和蒙特利尔的法医研究所出过庭，并常年为这两家机构服务。系主任也联系过他。人选不错，只是时机不对——丹·贾佛去了伊拉克。

来之前我也向贾佛请教了一番，他建议我把迪威当做实习地点的备选项。那儿有一片坟地按规划是要铲除的，而他一直致力于说服那些推土机手们弄清楚这片坟地的价值之后再动手。开发商们当然对此充耳不闻。

我与哥伦比亚市的州考古管理处取得了联系。由于有丹的推荐，他们批准了我的发掘申请，把那些开发商们都气晕了。

于是，我就带着学生来了这里。倒霉的是，在第十三天——再有一天就要结束的时候——碰到了这个"水藻"。

我的耐性就像一根即将被磨断的绳子。

"你叫什么名字？"温伯恩像是在问什么草本植物似的。

我按捺住脾气没叫他滚蛋。他要么赶紧消失，不然就被太阳晒死。我心里诅咒着，把他想知道的告诉了他。

"唐普兰希·布兰纳。"

"唐普兰希①？"他听到这名字乐不可支。

"是的，霍默。"

温伯恩耸了耸肩。"没怎么听过这名字。"

"大家一般叫我唐普。"

"犹他州的那个著名小镇？"

"是在亚利桑那州。"

"你说得对。这古冢里是什么印第安人？"

"可能是西维族的。"

"你怎么知道这里的？"

"南卡大学一个同事推荐的。"

"他又是怎么知道的？"

"他是在看到开发规划后到这儿来勘查时发现的。"

温伯恩停了一会儿，在活页本上记下来。或许他只是在拖时间考虑下一个空洞的问题。远处传来学生们的说话声，夹杂着木桶碰撞的声音。天空中，两只海鸥在一唱一和。

"古冢？"他迷惑地问。照我看，这个人永远也拿不到普利策奖。

---

① Temperance 这个英文单词有"节欲的，温和的"意思。

"在填平墓坑之后，人们会在上面堆一些贝壳和沙子来做标记。"

"把他们挖掘出来有什么意义？"

这下问对了。我要对这个白痴使用采访终结者了：术语。

"对于南方沿海的原住民来说，他们的丧葬风俗是很有名的。而这个发掘很有可能证实或者纠正以往的人种史学的观点。许多人类学家认为西维属于库萨波族裔。根据史料记载，库萨波丧葬风俗包括剔去尸体上的肌肉，把尸骨捆扎起来或是装进盒子当中。还有人说他们是先把尸体架空，等肌肉完全被分解后再埋入普通的坟墓中。"

"天哪，这太诡异了。"

"还有比这更诡异的——把血抽出来，灌一些化学保鲜剂比如蜡、香水之类的来保持外表的鲜活，另外还要把棺材密封防止腐烂。"

温伯恩看着我就像我在说梵语似的。"谁会这么干？"

"我们就这么干。"

"那你们找到了些什么呢？"

"骨头。"

"骨头而已？"那个扁虱快爬到了他的脖子上了。要提醒他吗？去他的吧，这人像苍蝇一样讨厌。

于是我开始滔滔不绝地从警方验尸角度讲起。"骨骼可以为我们完整地描绘一个人的概况：性别、年龄、高度、祖先等等。在一些案子中，骨骼还可以告诉我们死者的健康史和死亡原因。"我故意看了下表，接着大谈考古学噱头，"古人的遗骸可以记录已经灭绝的人种的种种信息。他们是怎么生活的，怎么死的，吃的是什么，得过什么样的病——"

温伯恩的目光转向了我的身后。我也回头看过去。

托弗·伯吉斯走了过来，晒得黝黑的身上沾满了挖掘时溅上的各种有机和无机物。他长得又矮又胖,留着络腮胡子,戴一顶镶边的编织帽。这孩子让我想起了大学还没毕业的斯密①。

"东三区发现了一些奇怪的东西。"

我等了一会儿,可是托弗却没接着讲下去。这并不奇怪,考试的时候,托弗写的短文经常都是一句话了事,旁边再画上图表。

"什么奇怪的东西?"我引导他接着说。

"骨骼的关节竟然还连着。"

虽然不够清楚,可毕竟是个完整的句子,我很满意了。我举手做了个"往下说"的姿势。

"我们认为那是侵入者。"托弗把身体的重心从一个脚移到另一个脚。这对他来讲够难的了。

"我马上就来。"

托弗点点头,转身回去了。"'关节还连着'意味着什么呢?"那个扁虱已经爬到了温伯恩的耳朵上了,现在正想着接下来该往哪儿爬呢。

"从解剖学的角度来讲,关节在尸骨肌肉分解以后再次埋葬时,通常应该是分离的,有时就是一堆一堆的。但偶尔在这样的古冢里也会有一两具完整的骨架还保持着关节相连的状态。"

"怎么会呢?"

"原因很多。或许是这个人是在古冢被封闭之前刚死的。或许这个部落要转移了,没时间等尸体完全分解。"

温伯恩在本子上涂写了有十秒钟,这时扁虱已经爬得不见踪影了。

"'侵入者'是什么意思?"

---

①童话故事《彼得潘》中的一个大胡子海盗。

"就是说这具尸体是后来放入墓穴中的。你要过去看看吗?"

"这是我的工作。"温伯恩用手帕在额头上擦了一下,就像在舞台上表演话剧一样叹了口气。

我终于忍不住叫了起来。"你领子上有个扁虱。"

温伯恩顿时手舞足蹈起来,相对他的体形而言真是难以想象的敏捷。他对自己的领子又拽又拉,翻起来倒过去,拍拍打打。扁虱显然很习惯了这种拒绝,不慌不忙地飞走了,安全降落在沙地上。

我趁机往回走了,得先绕过一大片海燕麦地。这些海燕麦都一动不动地垂在沉闷的空气中。虽然是五月,水银柱却显示气温达到了九十华氏度。尽管我热爱乡村,但还是庆幸我不用在这儿待到夏天。

我知道温伯恩跟不上,故意走得很快。有点不厚道?就算是吧。时间宝贵,我不想把它浪费在一个愚蠢的记者身上。

我在扁虱这件事上一点也不内疚。

一个学生的内置音箱正在播放一首我没听说过的乐队的乐曲。即使他们告诉我了乐队名字我也记不住。说起来今天他们选的曲子比他们常听的什么重金属摇滚已经好多了,可我还是宁愿听听海鸥的叫声,或是海浪声。

在等温伯恩的时候,我扫视了一下发掘现场。我们已经挖了两条沟,又把它们给填了。第一条沟里除了沙土什么也没有。第二条里发现了一些人骨,证实了贾佛的最初猜想。

还有另外三条沟正在挖着。每一条沟上都有学生正在用泥铲挖土,再用提桶拖走,然后倒在一个用木架支起来的网筛上过滤。

托弗正在最东边的壕沟边上照相。他的其他队员都盘着腿坐在那儿,目光聚集在一处。温伯恩上气不接下气地赶了过来,一边擦着额头上的汗，一边呼哧呼哧地喘气。

"天真热。"我说。

温伯恩点点头，脸色红得像覆盆子果子露。

"你还好吧？"

"红光满面。"

我正要向托弗走过去。温伯恩的一句话让我停下来了。"我们又多了个客人。"

一回头，我看见一个穿着粉红色球衣、咔叽布裤的家伙正穿过而不是绕过沙丘大步赶过来。这人个头很小，身形像个小孩，头上却白发如霜。我马上认出来这人是人称"小鬼"的企业家、开发商、八面玲珑的小人理查德·L. 杜普利。

杜普利后面还跟着一条长耳矮脚的狗，舌头和肚皮从几乎离不开地面的那种。

先是一个温伯恩，现在又来了个杜普利。看来有好戏看了。

杜普利都没正眼瞧一下温伯恩，带着那种塔利班毛拉①的绝对自以为是直接就冲我来了。小狗落在后面，从嘴里吐出一团海燕麦。

我们都知道什么叫个人安全距离吧？就是那种把自己和别人隔开的无形毯子。对我来说，这个距离至少要十八英寸。

这个距离要是被人打破了，我可不会客气。

有些陌生人会靠得更近一些是因为视力或听力的问题。另一些人则是因为文化传统的不同。"小鬼"杜普利哪条也不占，他就是觉得靠近能增强他的表达力。

直到我们面对面了这家伙才站住，抱着双臂斜视着我。

---

①伊斯兰教职称谓。今为由清真寺经堂大学或经学院"穿衣"毕业，具有较高宗教知识的宗教人员的通称。

"你们明天就该完事了吧?!"命令而不是询问的口气。

"对。"我往后退了一步。

"然后呢?"杜普利的脸有点像鸟,粉红色半透明的皮肤下面骨架棱角分明。

"下星期我会向州考古管理处递交一份初级报告。"

那小狗开始乱跑,绕着我的腿吸鼻子。它看上去有八十岁了。

"上校,对女士不许这么无理。"杜普利说完转向我,"上校很快就会习惯你的。请原谅它的粗鲁。"

我只好抓了抓上校那脏兮兮的长耳朵表示友好。

"可惜只发现了几具印第安人的尸骨。让你们失望了吧?"杜普利堆起了他自认为的"南方绅士"式的笑容。他可能在对镜子剪鼻毛的时候专门练过这个。

"还是有人看重这个国家的文化遗产的。"我说。

"可也不能让这些东西阻挡文明的进步,不是吗?"

我不理他。

"你了解我的立场吗,小姐?"

"是的,我了解。"

该死的杜普利的立场。他的眼里只有钱,只要不被抓住,他可以不择手段地去搞钱。他破坏了雨林、湿地、海岸、沙丘,还有英国人来这儿之前就有的本地文化。哪怕是月神阿尔忒弥斯的神庙,只要是出现在他认为可以建公寓大楼的地方,小鬼杜普利都会毫不犹豫地把它炸掉。

在我们身后,温伯恩安静地待着。我知道他在竖着耳朵听。

"那么这份报告会怎么说呢?"他满脸堆笑。

"说这片土地之下是哥伦布发现美洲之前的一片坟场。"

杜普利的笑容慢慢消失了，然后僵在那儿。上校或许是烦了，或许也感觉到了气氛的紧张，抛弃我跑向温伯恩。我在裤子上擦了擦手。

"你我都很了解哥伦布市的那些人。这样的报告会让我的工地关闭一阵子，而这样的耽搁会让我损失很多钱。"

"一个考古点是不可再生的文化资源。一旦没了，就永远找不回来了。我不会允许你左右我的发现，杜普利先生。"

杜普利脸上的笑容彻底消失了。他冷冷地看着我。

"这事我们还得走着瞧。"这隐藏的威胁倒是被他那软软的南方乡音软化了不少。

"好的，先生，我们会的。"

杜普利从衣袋里掏出一包酷牌香烟，然后把手握成杯状点火。他扔掉火柴后，深深地吸了口烟，然后开始向沙丘往回走。上校摇摇晃晃地跟在他脚边。

"杜普利先生。"我在后面叫他。

杜普利停了下来，却没回头。

"踩沙丘也是对环境不负责任的表现。"

杜普利挥了挥手，继续朝前走去。我胸口生起一阵阵怒气。

"小鬼不是你们选出的年度风云人物吗？"

我转过身。温伯恩正在剥一块口香糖。我看着他把口香糖放进嘴里，然后死盯着他，看他敢不敢像杜普利扔火柴一样扔了那张包装纸。

他后来终于明白了我的意思，没敢扔。

我没说话，向后转，走到了东三区。温伯恩踢踢踏踏地跟在后面。

等我加入的时候，学生们都不说话了，一起看着我跳进了壕沟。托弗给了我一把铲子。我蹲下来，一股新鲜的泥土气息扑面而来。

当然还有别的气味，是一种甜甜的恶臭。虽然很淡很淡，可绝对有。

这不应该啊。

我的心情有点紧张。

我趴在地上，仔细检查托弗所说的奇怪之处。那是一段埋在渠沟西壁里的脊椎骨。学生们在我头顶上七嘴八舌地陈述着自己的见解。

"我们正清理四壁，你瞧，这样就可以更好地照几张地层的照片。"

"然后就发现了一些颜色不同的沙土。"

托弗简单地补充了一个细节。

我没仔细听，埋头忙着铲土，在西沟墙壁上慢慢显出了一个新的尸骨轮廓。每刷一下，就有新的发现。

三十分钟后，一个脊椎和盆骨显现出来了。我坐了下来，慢慢感到一丝恐惧。

这些骨头还有肌肉和韧带连着。

我盯着看时，第一只苍蝇飞过来了，墨绿的身体在阳光下泛着荧光。

上帝啊。

我慢慢站起来，拍掉身上的土。我得打个电话。这下小鬼杜普利除了印第安人之外还有更多的麻烦要应付了。

2

迪威岛居民引以为傲的就是岛上纯净的生态环境。这个小王国的百分之六十五都属于生态保护区,百分之九十的区域都保持着天然状态。居民们就陶醉于这份藤蔓绵延、不加修饰、浑然天成的野趣。

他们甚至连座桥都不肯修,去岛上只能通过摆渡或自家的小船。道路上铺的是沙子,内燃机动力只能用于建筑工程和运输,其他显眼的动力车无非是一辆救护车、一辆消防车以及一辆全境巡逻的森林消防车。小镇的业主们尽管热爱宁静,却也不是完全天真幼稚。

在我看来,要是度假的话,这儿的自然环境当然是不二的选择。可要是来这儿只是调查一宗谋杀案的话,那就另当别论了。

迪威岛的面积只有一千二百英亩。我带的学生在它东南方的一个角落里进行挖掘。这个挖掘点正好处在提米科湖和大西洋之间的一大片长满海岸森林的高地上。没有手机信号。

我把现场的工作交给托弗负责,自己则穿过沙滩走上了跨越沙丘的木板栈道，跳进了一辆高尔夫电瓶车里。这样的车我们一共有六辆。拧动钥匙点火时，我感觉撞到了一个什么东西。一看原来是温伯恩也一屁股挤了进来。我一路上只想着要找个电话，倒是忘了他还跟在后面。

一块儿带走也好，省得他在现场瞎捣乱。

我一言不发地发动了机器，只管开我的车。温伯恩一只手扶在控制盘上，另一只手抓住了头顶的天篷支架。

我沿着与海岸平行的鹈鹕大道往前走，向右拐到了迪威海湾，一路经过野餐亭、游泳池、网球场和生物中心。在环礁湖上有一块路牌，指示前方左边就是大海。我在渡口码头停了车，回头看着温伯恩。

"到头了。"

"什么？"

"你怎么来的？"

"坐轮渡。"

"那就坐轮渡回去吧。"

"不行。"

"那你看着办吧。"

温伯恩没理解我的意思，还往后缩了缩。

"游过去也行啊。"我只好说清楚点。

"你不能……"

"下车。"

"我还有辆电瓶车在你们那儿呢。"

"我会叫学生帮你还的。"

温伯恩不情愿地下了车，一脸不高兴。

"旅途愉快，温伯恩先生。"

我一路飞驰，奔向古屋街。我穿过一个用贝壳点缀的铸铁大门，来到了岛上的市政中心区。消防队、水疗馆、海岛管理处、经理的住宅都在这儿。

可是大街上空空荡荡的一个人影都没有！感觉这里就像是被原子弹袭击过一样。

我沮丧地又绕着大环礁湖往回转，转到了一个有着长廊的建筑面前，它的两翼长长地延伸出去。这就是打算留宿的外地人在迪威岛唯一的选择：哈伊勒旅社。只有四个客房和一个小餐厅，也是这个小岛的社区中心。我跳下车，冲了过去。

尽管脑子里想的全是在东三区的可怕发现，我还是忍不住打量了一下这个建筑。哈伊勒旅社的设计者显然是试图让这座建筑给人一种在阳光与海风中饱经沧桑的感觉。斑驳的木头、天然的本色，看起来历史感极强。其实这房子还不到十年。

而那个从侧门出来的女人可不是个冒牌货。她叫奥尔西亚·哈妮卡特·杨布拉德，看上去就有点年纪，不过她的家族历史更悠久。据当地的传说，哈妮家族见证过一六九六年英王威廉三世把迪威岛分封给托马斯·凯里的历史性时刻。

关于哈妮家族还有很多传言。但最获认同的是哈妮在二战前是作为库尔特·哈伊勒家的客人来到这个岛上的，而哈伊勒家大致是在一九二五年的时候买下了这个小岛。那时这岛上还没有电，也没有电话，只有风车推动的水井。那可绝不是我想象中的休闲沙滩。

哈妮是和前夫一起来的，不过他是否是她丈夫说法不一。反正这个丈夫死了之后，哈妮还经常光顾小岛，最后终于嫁入了R.S.雷诺德家。而哈伊勒是在一九五六年时把他家的股份卖给了雷诺德。后来雷诺德一家靠经营铝矿发了财。从此，哈妮就可以随心所欲了，但她选择了留在迪威岛上。

一九七二年雷诺德家又把他们的土地卖给了投资伙伴。结果不到十年，岛上出现了第一批民宅。哈妮家当然是第一号。她给自己建了一个结构紧凑的平房，俯视着整个迪威湾。随着一九九一年海岛环境保护协会（简称IPP）的成立，哈妮受聘成了岛上的自然学家。

没人知道她的年纪，她自己也从来不说。

"天真热啊。"哈妮的第一句话总是从天气开始。

"是啊，真热。"

"俄估摸今天有九十度[①]。"哈妮的"我"说出来就成了"俄"。她还有很多其他的发音也都独具特色。跟她聊过几次后，我感慨她的元音发得绝对天下无双。

"可能哦。"我笑了笑，想赶紧过去。

"谢天谢地，感谢上帝和他的天使们给了我们空调。"

"是啊，夫人。"

"你们是在古塔那边挖吗？"

"离那儿不远。"那个塔是二战的时候建的，用来瞭望敌人的潜水艇。

"有收获吗？"

"有，夫人。"

"太棒了。这下我们的野生动植物中心又有新的标本了。"

可不是这样的标本。

我笑了笑，再次想走过去。

"俄这两天可能会去瞧一眼。"海浪反射过来一片炫目的阳光，"姑

[①] 这里是指华氏温度。华氏九十度约等于摄氏三十二度。

娘们也要关心岛内大事嘛。俄告诉过你……"

"请原谅,哈妮小姐,我有点急事。"真不好意思打断她,可我的确得赶紧找到电话。

"当然,当然。看俄糊涂的。"哈妮拍了拍我的手臂,"等你有空了,我们去钓鱼。俄侄子这阵子在这儿,他有条上等的船。"

"是吗?"

"当然啦。是俄给他买的。俄现在掌不了舵了,不比当年啦。可俄还是喜欢打鱼。俄跟他说句话,咱们一块去。"

说完,哈妮沿着小道大步走开了,背挺得笔直,像棵火炬松似的。

我三步并作两步跨上台阶,越过长廊,冲进了社区中心。就像在公共活动区一样,这里也是空无一人。

人都到哪去了?难道有什么不为人知的秘密活动吗?

我推门进了办公室,绕过桌子,抓起电话接通了服务台,然后按下了一串号码。响第二遍铃的时候,一个声音传了过来。

"你好,查尔斯顿县法医办公室。"

"我叫唐普兰希·布兰纳。我一星期前打过电话。验尸官回来了吗?"

"稍等。"

我到了查尔斯顿后就给爱玛·卢梭打了电话。可惜她到佛罗里达度假去了。这是她五年来第一次休假。怪我自己没安排好,本该提前给她发个电子邮件的。不过可以我们之间的友情,我不需要这样做。我们属于那种分开了联系也不多,但只要在一起就像从没分开过一样的朋友。

"她马上到。"接线员提示说。

等电话时,我回想起第一次遇到爱玛的情景。

八年前，我在查尔斯顿学院做客座讲师。而爱玛是以护士的身份刚被提升为验尸官。在一桩有骸骨的案件中，她把死亡方式判断为"待查"，因此受到受害人家属的质疑。这样他们就需要咨询外来者，需要一个中立观点。他们决定找我，又怕我拒绝，于是爱玛就用一个塑料盒子装着骸骨直接来到我的教室里。鉴于她的勇气，我当时就答应了。

"我是爱玛·卢梭。"

"有个男人坐在浴盆里，他想死你了。"这是个老掉牙的笑话，我们却乐此不疲。

"我的天哪，唐普，你来查尔斯顿了？"爱玛发的元音简直赶上哈妮了，但听起来真舒服。

"你的答录机上应该有我的留言。我现在在迪威岛上实践课。你在佛罗里达过得怎么样？"

"又闷又热。你该早点告诉我你要来的。那样我就可以改变行程了。"

"你该休休假。你太需要休息了。"

爱玛没接这个茬儿。"贾佛还没回来吗？"

"他被派到伊拉克去了。下个月才回来。"

"碰到哈妮小姐了吗？"

"哦，当然。"

"可爱吧？既活泼又风骚的老太婆。"

"就是那样！嗯，爱玛，我有点事麻烦你。"

"说吧。"

"贾佛推荐我来的这个挖掘点，说是西维族印第安人墓地。他说对了。我们第一天就挖出了骸骨，但都是些哥伦布之前的东西。干裂、退色、老化的骨头。"

爱玛默不作声，没有任何评论。

"今天上午，我的学生在十八英寸土层下发现了一个较新的遗骸。骨头看上去还很坚硬，脊柱甚至还有软组织相连。我清理掉了那些我认为与案件证据无关的东西。我觉得应该赶紧上报，但不知道迪威岛这块归谁管。"

"警长管犯罪司法。要对可疑的死亡进行判断就得靠我了。你有什么意见？"

"跟西维族的人没关系。"

"你觉得是后来埋进去的？"

"我刚挖开土，苍蝇就挤成一锅粥了。"

电话那边沉默了一下。我仿佛能看见爱玛在看时间。

"我一个半小时后到。要带什么过来吗？"

"装尸袋。"

我在码头上等着，爱玛驾驶着一艘双引擎的游艇过来了。她把头发扎在棒球帽中，好像比以前瘦多了。她戴着杜嘉班纳牌的墨镜，穿着蓝色牛仔和黄色T恤，T恤上印着黑色的"查尔斯顿法医"字样。

我看着爱玛放下防撞缓冲垫，靠上码头，系好缆绳。等我走上船后，她递给我一个装尸袋，拎上摄影器材，头也不回地上了岸。

在电瓶车上，我接着电话里的内容往下说。我告诉她我又回了一趟挖掘点，在那儿标出了一块十英尺见方的警戒区，还拍了几张照片。我进一步地描述了详细情况，还提醒她我的学生可能会比较吵。

爱玛一直没说什么话。她看上去情绪不佳，心不在焉。可能是完全相信我已经把她想知道的都告诉她了吧。的确是这样。

我不时往旁边瞥一眼。爱玛的大墨镜让人看不清她的表情。两边的树影不时在她的身上留下各种图案。

我没告诉她我有点担心,担心万一我搞错了就浪费她的时间了。

其实,我更担心我的判断是对的。

在人迹罕至的沙地里草草掩埋、尚未完全分解的尸体,除了可疑的死亡和弃尸之外,我实在想不出更多的解释。

爱玛表面上看起来心平气和。实际上,她和我一样,也经历过数十甚至是成百的死亡案件的现场。烧焦的尸体、割断的头颅、风干的婴儿、塑料袋里的人体器官,什么没见过?可我每次还是觉得难受。不知道爱玛的太阳穴是不是也像我这样在突突地跳。

"那个人也是学生吗?"爱玛的提问打断了我的思绪。

我顺着她的视线看过去。

霍默·温伯恩。这家伙偷偷拿着一个卡片式数码相机,趁托弗一转过身去就赶紧照几张。

"人渣。"

"听起来这人不受欢迎。"

"是个记者。"

"他不能拍照。"

"他根本就不该待在现场。"

我跳下车,冲到温伯恩面前。"你他妈的在干什么?"

我的学生们全被我的举动惊呆了。

"我错过了轮渡。"温伯恩的手往后藏时右肩就耸起来了。

"把相机交出来!"口气不容置疑。

"你无权处置我的财物。"

"你这浑蛋赶快滚。否则我叫警长来把你装进这个袋子里。"

"布兰纳博士。"

爱玛走过来站在我身后。温伯恩眯起眼睛来看她T恤上的字。

"这位先生,你要采访的话能不能站远一点?"爱玛总是很有礼貌。

我把愤怒的目光从温伯恩转向爱玛。我一下子气得想不起什么回应的话来。"不行"太没个性,"除非太阳从西边出来"又太没创意。

爱玛用几乎看不出来的点头示意我算了。温伯恩说得没错,我无权没收他的财产;爱玛说得也对,最好是引导媒体,而不是拒绝和惹恼他们。

难道这位验尸官想的是下一任的选举?

"随便。"这个回答也不比我刚才摈弃的那两个好到哪里去。

"条件是我们来妥善保管这台相机。"爱玛伸出手去。

我满意地露出微笑。温伯恩不情愿地交出了尼康相机。

"这才是个乖孩子。"我嘀咕了一句。

"你希望温伯恩先生站多远呢?"

"最好回到大陆上去。"

后来证明,温伯恩的出现对案情的发展还是有影响的。

这几小时里,我们的确遇到了一件改变了我的挖掘计划、我的假期,以及我对人性看法的重大事件。

3

托弗和乔·赫恩开始用长柄铁锹挖掘。他们小心地在我圈定的十英尺范围内操作,挖到六英寸深时,土壤的颜色明显不一样了。

剩下的工作就看我们的了。

爱玛又是摄像又是拍照,一通忙活。我们用镘刀仔细地把变了色的土和周围的土分开。托弗的工作是筛土。这孩子虽然动作有点慢,但干这活绝对一流。一下午,学生们不时过来瞧瞧进展。他们最初对犯罪现场调查的热情被风起云涌的苍蝇打退了。

四点钟时,我挖出了一具藕断丝连的骸骨。四肢、头颅和下巴赫然可辨。骸骨包在腐烂了的衣物当中,还找到几撮退色的金发。

爱玛一直用无线电联系查尔斯顿的警长朱尼厄斯·卡利特。每次得到的回答都是不在,说是处理一件家庭纠纷去了。

温伯恩像只发现了兔子的猎狗一样激动不已。由于气温的升高和气味的刺激,他的脸变得像人行道上的地砖,青一块紫一块的。

五点钟，学生们一窝蜂地挤上了电瓶车奔向码头，只有托弗不为所动，看样子准备留下来奉陪到底了。他、爱玛和我不顾满头大汗，驱赶着苍蝇接着干。

当我们把最后一根骨头收入装尸袋时，温伯恩也不见了，不知道他是什么时候走的。

估计他急着去见他的编辑，把稿子打出来。爱玛并不在乎记者的报道。在查尔斯顿县这个只有三十万常住人口的地方，平均每年却要发生二十六起谋杀案。所以一具尸体算不得什么重大新闻。

爱玛觉得我们行为谨慎，不事张扬，而温伯恩也没得到什么影响破案的东西。她认为报道了反而可能有利于破案。可能有人看了就会来报告失踪人口的线索，最终帮我们确认死者的身份。我对此深感怀疑，不过没说什么。这是她的地盘。

在回码头的路上，爱玛和我终于详细地交换了一下意见。夕阳西下，从路边的树叶中漏出斑驳的绯红。尽管我们在往前开，咸咸的松林海风中还是夹杂着一种特殊的"芳香"。

或许这气味就是我们自己身上的？得赶紧洗个澡，用香波泡泡，把这身衣服给烧了。

"现在掌握的证据怎么样？"爱玛问。

"尸骨保存得很好，但比起我猛然看到脊椎骨时的想象，软组织要少多了。只有韧带和骨头深处的一些肌肉纤维。臭味其实主要是衣物发出的。"

"衣服只是包着尸体，而不是穿在上面的，对吧？"

"对。"

"PMI？"爱玛问的是受害者死亡多久了。

"死亡时间要根据里面的寄生虫来判断。"

"我会找昆虫学家的。大致估计呢?"

我耸耸肩。"这样的天气,埋得又不深,我估计最少两年,最多五年。"

"我们找到了牙齿。"爱玛又跳到确认死者身份上去了。

"还不少呢。牙床上有十八颗,地上找到八颗,土里面筛出了三颗。"

"还有头发。"爱玛补充道。

"是的。"

"还挺长的。"

"这并不意味什么,判断不了性别。你看看汤姆·沃尔夫和威利·尼尔森就知道了。"

"还有法比奥①。"

我太喜欢这个女人了。

"遗骨放在哪儿?"我问。

"我办理的案子的尸骨都存放在南卡医学院的太平间里。"她指的是南卡罗来纳医学院,"那里的病理学家会为我们验尸。我的法医人类学检查和牙齿检查也在那儿做。我想这次可能不需要病理学家了吧。"

"大脑和器官早就没了。能检查的只有骨架。贾佛可以帮忙。"

"他在伊拉克。"

"下个月就回来了。"我提醒她。

"等不及了。"

"我的实践教学挺忙的。"

"不是明天就没事了吗?"

---

①对话中的三个人名分别为美国著名演员、歌星和导演,这三位男士均蓄有长发。

"我还得把设备拖回学校去。写报告,交成绩。"

爱玛不做声了。

"我在夏洛特可能也有案子。"

爱玛还是不说话。

"蒙特利尔也可能有。"

就这样静静地开了一段路,周围只有树蛙的叫声和电瓶车引擎的嗡嗡声。等爱玛再开口时,声音突然变了,温柔但却坚定。

"肯定有人在想念这人呢。"

我的思绪也停留在我们挖出的这座野坟上。

我想到了八年前的那个讲座,还有我们常讲的那个笑话。

我没再推辞。

一出限速区我们就无法说话了。一旦爱玛开动阀门,我们说话的声音就完全淹没在引擎和海浪声中,直到卸车装船的时候我们才有可能交谈。

我的车停在棕榈岛码头,那是夹在苏利文岛和迪威岛之间的一个狭长建筑。爱玛的面包车也在那儿。没几分钟我们就把那可怜的"人"搬上了车。

在开进大路之前爱玛对我撂下了一句话。

"等我电话。"

我没再分辩。我又累又饿,全身瘫软,只想回家,冲个澡,把冰箱里剩下的大虾蓝蟹汤喝掉。

走到码头上,我看见我的学生托弗·伯吉斯正走出渡船。他听着他的 iPod,没看到我。

看着他走过去上了自己的吉普车,我心里感叹道,多好的孩子啊,虽然不是很有才气,可也够聪明的了,受同学欢迎却还是喜欢独来独往。

我当年不也这样嘛。

我打开马自达的顶篷灯,从包里掏出手机看了看信号指示,四格。

有三条短信。没一个号码是认识的。

八点四十五分了。

我失望地把手机放回去,开车出了停车场,穿过海岛,拐上棕榈大道。路上没什么车。不过这种好光景不会持续几天了。两个星期后,度假的车辆就会在这里挤得像暴雨过后的烂泥。

我现在住在朋友的度假别墅里。安妮两年前从苏利文升职后,立刻就买下了这里。这座别墅有五个卧室,六个卫生间,面积大得可以举行世界杯球赛了。

经过几条小巷,我开向海滩,上了安妮家的车道,把车停在房子旁边。这里紧临海洋大道,安妮家前面再没有其他房子,放眼望去是一览无余的海滨。

整个房子黑糊糊的。我以为不到天黑我就能回来,所以一盏灯都没开。黑暗中,我直接冲向了户外的莲蓬头。我脱掉身上的脏衣服,扭开了热水。经过二十分钟迷迭香、薄荷,还有沐浴露的冲刷,我的体力终于有点恢复了。

走出沐浴棚,我把脱下的衣服揉成一团塞进塑料袋中直接扔进了垃圾箱。我可不会把这种脏衣服塞进安妮家美泰克牌的洗衣机里。

我围着一条大毛巾,从后面的走廊直接爬进了我的卧室。穿上短裤和T恤,梳好头发,一下子感到全身轻松。

喝汤的时候,我又看了一下手机,还是什么也没有。赖安去哪儿了？我端着晚饭，带着手机来到走廊上，坐在摇椅里吃起来。

安妮把她的家叫做"望海居"。真不是吹牛，这里简直可以从古巴的哈瓦那一直看到加拿大的哈利法克斯。

大海可真有魔力。我模模糊糊记得我在吃饭，却猛然被手机吵醒了。不知道什么时候碗和碟子都空了，也不知道我是什么时候闭上眼睛的。

电话里传来的却不是我想听到的声音。

"哟。"

只有学生和我那分居的丈夫皮特才会这样打电话。

"伙计。"我累得想不出什么好词了。

"挖得怎么样？"

我想了一下在南卡医学院太平间里的那堆骨头，又想起在码头分手时爱玛的脸。实在不想多说。

"还行。"

"明天该回家了吧？"

"扫尾的事还有点麻烦。博迪怎么样？"

"我一天二十四小时，一周七天，全天候地看着博伊德。你的小猫大概觉得我的小狗是从地狱蹦出来破坏它的生活的。而我的小狗又觉得你的猫是个毛茸茸的玩具。"

"他们谁占上风？"

"博迪当然是第一啦。嗯，你什么时候回夏洛特啊？"看似漫不经心，肯定有事。

"不确定。怎么啦？"我警觉起来。

"昨天有位绅士来我办公室。他和奥伯利·赫伦之间有点经济问题，而他女儿也好像和这位赫伦有点瓜葛。"

这个奥伯利·赫伦牧师是个电视福音传道人。他建立了一个"我主慈悲教会",简称GMC,在东南部有一小撮狂热的追随者。除了总部和电视台,GMC还在一些第三世界国家开设了孤儿院,在卡罗来纳和佐治亚州开了几家免费诊所。

"我主满心慈悲。"赫伦每次都用这句口号结束他的节目。

"给我们大量现金[①]。"皮特用另一句流行的话来调侃他。

"有什么不对吗?"我问。

"财务报告还没出来,那些小家伙很难缠。赫伦牧师在两件事上都不肯合作。"

"老头子应该找的是私家侦探吧?"

"是找了一个,结果那人不见了。"

"你以为这里是百慕大三角?"

"也可能是外星人干的。"

"可你只是个律师,不是侦探。"

"这是个经济案。"

"不行。"

皮特听不进去。

"老头子很担心吗?"我问。

"老头子何止是担心。"

"是担心钱还是担心他女儿?"

"一针见血。弗林只是叫我查查账,给GMC施加点压力。如果我能顺便划拉出他女儿的消息,那就有额外的好处。我主动要求去拜访一下这位尊敬的教父。"

[①] 这两句英语的单词缩写都是GMC。

"去闹它个鸡飞狗跳?"

"去依法交涉。"

显然话不投机。

"GMC的总部就在查尔斯顿。"我突然说。

"我跟安妮说了。她让我住她家,如果你方便的话。"

"什么时候到?"我叹了口气,霍默·温伯恩要是听到了准会高兴坏了。

"周日行吗?"

"没什么不行的。"我心里一万个不乐意。

手机"嘀"的响了一下,有电话进来了。我放下手机,显示屏上显示的是我盼望已久的数字,蒙特利尔的区号。

"挂了,皮特。"

我切换了电话。

"是不是太晚了?"

"不晚。"我发出了自意外发现尸骨以来的第一声笑。

"寂寞吗?"

"我都把我的电话号码贴到海曼海鲜酒店的男厕所里了。"

"我就喜欢你想我想得稀里糊涂的。"

安德鲁·赖安是魁北克省警察局重案组的侦探。这下你明白了:布兰纳,法医及法医人类学实验室的人类学家。赖安,魁北克警察局刑事调查组的警察。我们在工作上合作十来年了。

最近,赖安和我都在忙其他的事,一些私人的事。

他的话听起来有一点点无礼。

"今天挖得好吗?"

我深吸了口气,犹豫着是现在跟他说呢还是再等一等。

赖安感觉到了我的迟疑。

"怎么了?"他希望我接着说。

"我们意外挖到了一个野坟,里面有一具还有衣物和软组织联系的尸骨。"

"死了不久的?"

"对,我通知了验尸官。她和我一起挖掘的,现在已经把骸骨送到太平间去了。"

尽管赖安英俊、体贴而且聪明,但他有时还是会让我生气。我就知道他接下来要说什么。

"布兰纳,你是怎么把自己卷进这种状况的?"

"我的简历写得太好了。"

"你打算管这事吗?"

"我目前主要考虑的是带学生实习的事。"

大风刮过蒲葵沙沙作响。沙丘那边,海浪拍打着沙滩。

"可你还是会接这个案子。"

我不置可否。

"莉莉今天怎么样?"我问。

"今天只摔了三次门。好多了。没打碎杯子,也没碰坏家具。我觉得事情在往好的方向发展。"

莉莉和赖安才刚开始。二十年来,这对父女几乎没有接触,全靠莉莉的妈妈联系。

十九岁就怀孕了,赖安的女友卢特蒂娅不愿意和她这位见不得光的周末男友一起养孩子。她逃回了巴哈马的娘家,在岛上嫁人,到莉莉十二岁时又离了婚,回到了加拿大的新斯科舍省。莉莉高中一毕业就开始交一些狐朋狗友,经常夜不归宿,还因非法持有毒品被拘捕过。卢特蒂娅自己也曾过着这样的生活，她就是这样遇到赖安的。那时的赖安还是一个充满文化叛逆感的大学生。卢特蒂娅看苗头不对，想起这个已经当了警察的老情人，认定只有他才能拯救这半大不小的女儿。

赖安听到这个消息就像是太阳穴上挨了一拳。他激动不已，无比虔诚地接过了父亲的重担。这次到新斯科舍省，是他第一次进入女儿的世界。但莉莉可不打算让他这个爸爸省心。

"一个词，"我说，"耐心。"

"收到，真聪明。"赖安知道我和我女儿凯蒂也常常吵架。

"你在新斯科舍要待多久？"

"看情况。如果你还要在那儿待一阵子的话，我还是想去找你。"

天哪。

"情况有点复杂了。皮特刚打了个电话来，他也要来这儿待一两天。"

赖安等我接着说。

"他到查尔斯顿来有些公事，安妮就叫他到这儿来住。我能说什么？房子是安妮的，床多得够接待一个使团了。"

"床还是卧室？"

赖安有时就像一个弹球一样反应迅速。

"明天给我电话。"我准备挂电话了。

"去把留在男厕所墙上的电话刮了。"

"那当然了，伙计。"

跟皮特和赖安通过话后，我反而兴奋起来。或许也是因为刚才打了个盹，总之我睡意全无。

我穿上短裤，光脚走过栈道。退潮了，沙滩上多出了五十码的空地。无数的星星在头顶闪耀。走在海潮中，我浮想联翩。

我想到了皮特，我的第一个爱人，也是我过去二十年来唯一的爱人。

我想到了赖安，皮特背叛后我第一次爱的尝试。

我想到了凯蒂，我那可爱又任性的女儿，终于要大学毕业了。

但我想得最多的，还是迪威岛上的那座野坟。我的工作就是面对暴力死亡。我经历过无数次了，可还是不能习惯。

我逐渐认识到暴力是通过侵略弱者来达到自我实现的疯狂。朋友们常问我怎么能忍受这样的工作。很简单，我觉得在那些疯子伤害无辜者之前把他们消灭掉是我义不容辞的责任。

暴力伤害的不仅是肉体，还有心灵。不管是施害人，还是受害人，还是亲人的心灵，还是我们整个群体的人性，都会受到伤害。

在我看来，无名无姓地死去是对人的尊严的莫大侮辱。用别人随便起的名字告别人世，无声无息地被埋进没有标记的坟墓中，连你的亲人都不知道你的离去，这是对人的尊严的践踏。我虽然不能起死回生，但至少可以找到受害者的名字，给他们的亲人一个交代。从这个意义上来说，我就是要帮助死者说话，帮他们告别这个世界，有时候还要帮他们说出他们的死因。

我知道我会接下爱玛的案子。因为我就是我，我的情感让我无法一走了之。

4

第二天一早我就醒了,只好躺在床上眼睁睁地等着天亮。晚上没拉遮帘,透过安妮家的玻璃推拉门可以直接欣赏到晨光将海面、沙丘、栈道一点点地照亮。

闭上眼,又想起赖安。他的言行举止总是那么善解人意,体贴入微。要是他在这儿,看到那个孤坟的话会说些什么呢?分开一个多月了,我还真想他,后悔对他生那么多气。

我也想起了皮特,这个让人又爱又恨的花花公子。我以为自己已经彻底放弃他了,真的吗?既然不在意,干吗不申请离婚,解脱自己呢?

借口是我讨厌律师和复杂的法律程序。真的吗?

我翻过身,把被子拉到下巴。

想想爱玛吧,她马上就会打电话过来。我该对她说什么呢?

我没理由拒绝她。当然,查尔斯顿不是我的职责范围。可是丹·贾佛还得要几个星期才能回国。安妮说过,我想在她的"望海居"住多久都可以。赖安现在在新斯科舍，可是他说不久也会来查尔斯顿。凯蒂还在智利学一门为期四周的西班牙文学课。

想到女儿假期论文的题目"塞万提斯和啤酒"，我就想笑。不管怎么说，这是她拿学士学位的最后三个学分了，一切进展顺利。

还是回头想想爱玛吧，这真是个难题。

学生们会把设备运回北卡罗来纳大学。我可以在这儿给他们做好实习鉴定，然后用电子邮件发回去。考古学的实地报告也可以如法炮制。

蒙特利尔那边会有案子等着我吗？打个电话就知道了。

该干吗了？

做个简单的早餐：百吉饼加咖啡。

我一把掀开被子，穿衣起床。

刷牙洗脸，扎个马尾辫，行了。

这就是我热爱考古的原因之一：不用化妆，不用吹头发打摩丝，每天都穿得像周末一样，比周末还休闲。

烤箱烤着，咖啡机蒸着。太阳已经一丈高了，暖洋洋的。我又把椅子搬到了外面。

我对新闻上瘾，绝对的。在家时，我一爬起来就看CNN，读报纸。在夏洛特是看《观察家报》，在蒙特利尔是读《蒙特利尔公报》，还有《纽约时报》的电子版。出门在外时就看《今日美国》和当地报纸，无聊的时候连小报也看。

"望海居"这里没有送报上门的服务。吃饭的时候我只能翻翻一直没来得及看的星期二的《查尔斯顿报章》。

一场住宅大火吞噬了全家人的性命，失火原因可能是电线走火。

一名男子起诉某炸鸡连锁店，因为他在卷心菜沙拉中发现一只人耳。警察和卫生部官员查遍了饭店供应链上的所有员工，也没找到耳朵的来源。DNA测试正在进行中。

一名男子失踪，警方向公众征询线索。失踪人名叫吉米·雷·蒂尔，四十七岁，五月八号星期一下午三点离开他哥哥位于杰克逊大街的公寓去看医生之后就再也没回来。

我的脑子里立刻跳起来一根弦，跟迪威岛上的那案子有关吗？

不可能。蒂尔十一天前还活着，而我们的那个受害者断气至少已经两年了。

等我翻到每周社区新闻时，手机响了。一看号码，该工作了。

爱玛是个街头斗士，一上来就直奔要害。

"你能让凶手逍遥法外吗？

幸好我昨天散步时就已经想好了。

"什么时候开始？"我问。

"明早九点。"

"地址？"

我拿起笔记了下来。

离岸十码远的地方，一对海豚正在水面嬉戏。清晨的阳光在它们兰灰色光滑的身上反射出瓷器的光泽。我看着它们一上一下地跳跃着，消失在未知的世界里。

我一口喝干咖啡，满心踌躇。

我会遭遇一个怎样的未知世界呢？

这一天过得波澜不惊。

在挖掘现场，我先向学生们通报了一下他们昨天走了之后的进展，然后拍了最后几张照片，他们就把挖开的沟渠又填平了。我们一起收拾好铲子、刀子、刷子和筛子，把租来的电瓶车还回了码头，最后在六点准时登上安吉格雷号渡船打道回府。

晚上，我们一群人在港湾入口的航船酒吧大吃海虾和牡蛎。饱餐之后，我们又聚在安妮家的长廊上做最后的告别。学生们总结了自己的表现，再次检查了所有挖掘出的物品及遗骨的清单。九点，所有的装备再次装车，然后人们拥抱，告别。

等他们走后，我照常陷入了喧嚣过后的孤独。终于，我的心可以放下了。整个教学实践顺利完成，我现在可以专心想想爱玛手中的那具骨骼了。可是学生们的离去还是让我隐隐觉得空荡荡的。

这些孩子们有时会把你气得够呛。无休止地吵闹、恶作剧、开小差。可他们也同时具有无穷的能量、高涨的热情和青春的稚气。

我默默地坐在安妮这幢百万豪宅里，周围一片寂静。令人恼火的是，我感觉寂静带来的不是宁静，而是不祥的预兆。

我穿过大厅，关上灯，爬上了二楼的卧室。打开玻璃门，只听得一片海浪拍打沙滩的声音。

第二天早上八点半，我已经飞车到了库珀河大桥。这座桥是一座高耸的后现代建筑。它把快乐山及各个小岛与查尔斯顿连了起来。它有两个巨大的支柱和一个拱形的桥身，我一看见它就想起印象派的三角恐龙，只不过这是钢结构的。由于桥面高出陆地很多，安妮每次过桥时都紧张得要命。

南卡医学院在这个半岛的西北方向，正好位于新城和老城的中间。我沿着十七号公路找到了拉特利奇大道，然后穿过校园来到了爱玛指定的停车点。

下了车,太阳暖洋洋地照在脖子和头发上。我拐过萨宾街来到了一座大型的砖石建筑面前,这里就叫大医院。照着爱玛说的方向,我找到了太平间的入口。爬上门口的斜坡,我按下了方形对讲器旁的蜂鸣器。过了两秒钟,传来一阵马达声,两扇银灰色金属门中的一扇卷了起来。

爱玛看上去很糟糕。

她脸色发白,衣衫不整。两个眼睛肿得像金鱼似的。

"嗨。"她打了个招呼。

"嗨。"行了,听起来怪怪的,我们南方人就是这么打招呼的。

"你没事吧?"我抓住爱玛的一只手问。

"有点偏头痛。"

"这工作没那么急。"

"我没事了。"

爱玛按下一个按钮,大门在我身后关上了。

"我不走了。"我说,"这事可以等到你好些再说。"

"没事。"声音不大,却没有一点通融的余地。

爱玛带着我走上另一段斜坡。这里有两扇门。一扇是不锈钢的压力门,另一扇,估计里面是冷库。远一点的那扇是普通门,应该是通向医院常见的那些部门,急救室、妇产科、重症病房之类的。他们是研究生命。我们这边完全相反,只研究死亡。

爱玛用下巴指指金属门:"我们在这里面。"

我们走过去,爱玛拉开门,一股冷气迎面扑来,中间夹杂着冷冻后的肌肉和腐败物的味道。

房间大概有五米长,六米宽,里面有十几张带托盘的移动病床。其中六张床上有装尸袋。有的袋子装得很满,有的却几乎看不出来里面有东西。

爱玛找到了一张平坦的床，用脚踢开轮子上的固定阀，把车子推到走廊上，我赶紧给她开门。

电梯把我们送上了一楼，去解剖室。一路上都是锁着的门，通向不知道是什么的地方。爱玛什么也不说，我也没问。

换消毒服的时候，爱玛说今天主要看我的。我是人类学家，她只是个验尸官。她听我指挥，做我的助手。然后她会帮我把结果输入到中央档案系统中。这样其他专家就可以一起研究，作出判断。

回到解剖室，爱玛又检查了一遍文件，把案件编号写在了标志卡上，又给还没开封的装尸袋照相。我打开我的笔记本电脑，准备好了几张纸。

"案件编号？"在这里当然要用查尔斯顿的编号系统。

爱玛举起标志卡。"我把它编成〇二号，身份不明。经法医查证死亡，是今年的第二百七十七号。"

我在表格里填入 CCC-2006020277。

爱玛在解剖台上铺开一块白布，在水槽上装了过滤网。我们俩都系好塑胶围裙，戴上防护面具和手套。

爱玛拉开了装尸袋的拉链。

头发和脱落的牙齿都盛在一个塑料容器里，我把它们摆在台子上。

整个骨架保持完整，没丢什么，只是脊椎之间、腿骨和胫骨之间因为还有风干的组织所以连接着。其他分开的骨头在搬运过程中都被打乱了。

我们首先得收集所有附有寄生虫的部分，把它们收进小瓶子里，然后尽可能地把每块骨头上的尘土也清理干净，然后收集起来以便日后检查，我同时还得按解剖结构把这些骨头在白布上摆好。

这项烦琐的工作直到中午才基本完成。我们收集了两大盆、四小瓶证物。整个骨架一块接一块如同标本般完整地躺在台子上。

我们休息了一会儿，吃了顿简单的午饭。爱玛喝了一大杯可乐和吉露果子冻。我来了点薯片和味道有点怪的金枪鱼三明治。一点钟，我们又回到了解剖室。

在我一件件仔细辨认、记录那些骨头的时候，爱玛拍了更多的照片。之后她带着颅骨、下颌骨和脱落的牙齿消失了，应该是去照X光去了。

她回来时，我正在研究死者的性别。我初步判断为男性，因为大多数的骨头都较粗大，而且有很多结实的肌肉联结。

"该确认性别了？"我问。

"我最怕这一步了。"

爱玛是个坦率的女人。

我拿起一块盆骨，指着前端说："耻骨粗大，下端肥厚，而且耻骨下面的角度是尖锐的V型而不是U型。"我把骨头反过来，一个手指伸进盆骨中空的部分，"髋骨接口很窄。"

"你认为是Y染色体。"

我点点头。"我们再看头盖骨。"

爱玛把手中的颅骨递给我。

"眉脊较高，眼窝边框粗大。"我转动头骨，它后面中线上有一处很大的凸起，"枕骨大得简直需要用邮政编码来定位了。"

"都是男性特征。"

"对了。"我在表格里填上"男性"。

"年龄呢？"爱玛问。

通常，最后一个白齿是在二十岁左右长出来的，也就是人的骨架完全成熟的时候。骨骼生长的最后重点是锁骨靠喉一侧的小帽子的生成。锁骨的融合和臼齿的长出就标志着成年的到来。

"臼齿都长齐了吗?"我问。

爱玛点点头。

我拿起一块锁骨。

"中间的骨骺已经完全骨化了。"我把骨头放回去,"所以肯定不是小孩。"

我又回头看盆骨。这次我关注的是正面两块盆骨交接的地方。如果是年轻人,这些交接面应该是像谢南多厄山一样有着高山峡谷的。随着年龄的增大,高山被磨平了,峡谷也被填满了。

"耻骨结合处很光滑,"我说,"周围的边缘凸起。我们看看牙齿的 X 光片。"

爱玛拧亮了灯箱,从信封里倒出了十张小小的黑色底片。我把这些底片按照它们本来的位置排成上下两排。

人的一生当中,牙齿的髓室和牙根管里都充满了再生的牙质。牙齿的年龄越大,在 X 光下就越不透明。而这些牙齿显示出一个青年到中年人的样子。另外,所有的白齿都很完整,顶上的冠状物已经磨到最小了。

"牙齿显示的年龄和骨架一致。"我说。

"多少呢?"

"四十多岁。但是要记住,男性的差异性较大。"

"这太好了。"爱玛继续问,"种族呢?"

我又回头看颅骨。

判断种族一般是个棘手的问题。但对于这个人来说不是。

从侧面看,面部下端没有向前突出,鼻骨在中线上高高耸起。鼻腔开口不大，薄薄的下部中间树起一根骨刺。

"鼻子狭窄，挺立，面部平坦。"

爱玛看着我拿电筒照耳管。

"可以看到内耳椭圆形开口。"

我抬起头，发现爱玛正闭着眼，在太阳穴上慢慢地画着圈。

"我会用Fordisc 3.0①再测一下。可这个人就像是教科书上高加索人种的标准头像。"

"那就是四十多岁的白人。"

"保险一点的话，最好是三十五到五十岁。"

"死亡时间？"

我指了指桌上的塑料瓶子。"里面有很多的蝇蛹壳、死甲虫和甲虫壳。你们的昆虫学家应该可以提供一个准确的死亡时间。"

"找虫子还要花很多时间。我现在就想到NCIC里去查看一下。"

爱玛说的是FBI的全国犯罪资料中心，那里包含了所有犯罪记录，逃犯、丢失的财产以及失踪或尚未确认身份人员的检索信息。在这么大一个数据库里搜索，死亡时间越精确越好。

"我开始说的是二到五年，但为了确保不遗漏任何可能性，最好放大到一到五年。"

爱玛点点头。"如果NCIC里也查不到，我就去看看当地人口失踪报告。"

"那些牙齿会有帮助的。"我提醒她，"这人口腔里有金属假牙。"

"我们的牙医星期一会给他制图。"爱玛又开始揉太阳穴。尽管她努力振作，但还是能看出来她精神不济。

---

①一款专门测量、识别人种和性别的计算机软件。

"我来测量腿骨的长度,计算一下身高。"我说。

爱玛似乎连点头的力气都没有。"还有其他判断吗?"

我摇摇头。我没发现任何愈合的创伤或是天生的异常,也没有一处独特的骨骼特征。

"死亡原因呢?"

"不是很明确。没有骨折,没有子弹进出的痕迹,也没锐利器物砍切的迹象。等彻底清理干净后,我会将整个骨架放大检查。可现在不行,什么都找不到。"

"整个的 X 光扫描?"

"可以进行。"

我开始量腿骨时,爱玛的手机响了。我听见她走到另一边去翻开了手机。

"爱玛·卢梭。"

后来她就只是听,不怎么说话了。

"我能行的。"听起来有点遮遮掩掩。

然后对话又停了好久。

"有多糟?"

这回停得更久了。

"现在怎么办?"

我抬起头看着她。

爱玛背对着我。尽管看不到她的脸,但从她的声音里就能知道出大问题了。

5

爱玛把手机扔在台面上，闭上眼，静静地待在那儿。我看着她，知道她一定是在全力压抑心中的起伏。

我也曾经历过这样的痛苦，所以完全能体会到她的伤痛。即便是爱玛这样一个有着强大意志力的女人，也很难不被打垮。没什么能够平息这越来越强烈的悸动，除了时间、睡眠，还有药。

我专心做我的测量。我现在能做的最好的事就是安静地完成工作，让爱玛回去躺下好好休息。如果她愿意说的话，她会开口的。

我听到门开了又关了。

等我完成测量，从工作台回到笔记本电脑旁边时，爱玛回来了。听着脚步声顺着地板传过来，我输入了最后几个数字让程序开始计算。

"我检查了一下衣物。"爱玛站在我背后说，"没有皮带、鞋子、首饰，或任何个人财物。口袋里也一无所有。可惜的是衣服已经完全腐烂，看不出商标。但我觉得裤子有三十八英寸长，如果裤子是属于死者的话,他应该不矮。"

"一米七八到一米八五之间。"我把电脑转过去让她看得更清楚些。

爱玛盯着那些数字,看了一会儿,然后走到工作台前,伸手拿起颅骨拍着它说:"你到底是谁啊?四十多岁的高个子白种男人?"

她的声音很柔和,带着爱怜的亲近。"告诉我们你的名字,大个子。"

这气氛如此私密,弄得我感觉自己是在偷窥。

可我能理解爱玛这动作的意味。

由于电视屏幕上那些侦探片的夸张描述,公众把DNA看成了一把维护正义的寒光闪闪的亚瑟王神剑。好莱坞催生了这个神话:只要这个平行的双螺旋一出现,所有的谜底、铁幕通通揭开,沉冤得雪,正义伸张。只要有骨头就没问题,提炼出来,让这小小的化学分子发挥它奇妙的功能吧。

不幸的是,在无名尸体的案件中这些都无法实现。我们一无所知的某个人没留下任何生活中的痕迹。无名氏意味着没有家庭、没有牙科记录,更没有一个地方来搜寻他的牙刷或是口香糖什么的。

没有名字就无从着手。

凭借现有数据,爱玛可以把这个代号为CCC-2006020277的案件受害者资料输入系统,和已失踪人员数据进行匹配。如果找出数量还算易于查找的名单,就可以调取这些人的医疗记录,还可以和他们的近亲亲属进行DNA样本验证。

我撩起手套看了一下表。四点四十五了。

"我们已经干了十几个小时了,"我提议,"这样吧,我们星期一接着来。你先预定一下全身X光照射。我再研究一下这些底片和骨头。等你们的牙医做出表来,你就可以把他们全输入NCIC了。"

爱玛转过脸来。她的脸在电脑荧屏的映照下像僵尸一样惨白。

"我现在就跟个巫婆一样。"她闷闷地嘟囔着。

"哪个巫婆?"

"不知道。"

"你该回家了。"

爱玛没有反对。

户外,午后的空气更加沉闷潮湿,交通高峰已经来临,车堵得不行,汽车尾气和从港口飘来的咸咸的海风杂糅成一团闷气。

爱玛和我并肩走在坡道上。分手时,她犹豫了一下才开口。我以为她要谈谈她接的那个电话,结果她只是祝我周末愉快,然后便迈步走开。

汽车里热得像火炉一样,我放下车窗,往音响里塞了一张山姆·菲舍尔的CD《活着的人》。旋律忧郁而反复无常,正适合我的心情。

跨过库珀河,我看见东方地平线上已经乌云堆积,一场暴风雨就要来了。我决定赶紧到西蒙海鲜店停一下,买点东西回家吃。

店里面空空的,没有顾客,不锈钢的托盘里只有些垫着碎冰的剩货了。

一眼瞥见竟然还有旗鱼时,我后脑的头皮一阵发麻。

这些有良心的人都干了些什么。过度捕捞!涸泽而渔!顽固不化!

不是说旗鱼含有过量的汞吗?那又怎样,还是照吃不误。

虽然心中怒不可遏,可我什么也没说。

我还是照例在走廊上一边享受我的晚餐,一边欣赏大自然的天光三幕剧。我连每一幕的标题都想好了。

第一幕,阳光渐渐消失,黑夜笼罩大地。第二幕,闪电在乌黑墨绿的云层中撕开一道口子。第三幕，大雨滂沱，倾泻在沙滩上，狂风摇曳着棕榈树，天空慢慢蜕化成灰色。

这晚我睡得很香。

早上被百叶窗透出的耀眼阳光刺醒，还有一阵砰砰声把我吵醒。

我坐起来，试图辨别噪声的来源。难道昨天的风暴把防风板扯坏了？还是有人闯进来了？

看了看钟，八点四十分。

我套上一件袍子，轻手轻脚地走到楼梯口，下了三级台阶，弯腰朝大门瞅过去。椭圆形的磨砂窗上映出一张脸和肩膀的模糊轮廓。

正看着，那家伙把鼻子贴在玻璃上，又砰砰地敲开了。

为保险起见，我又轻手轻脚地回到楼上，穿过前面的一间卧室，撩开窗帘，朝楼下的车道看过去。这下我看清了，皮特的道路玩具正顶着我的马自达。

回到卧室，我套上昨天的衣服，跑下楼去。

走到门口时，敲门声被刮擦声替代了。

我弹开门闩，听到刮擦声更加急促。

我拧开把手。

门呼的一下被推开了。博伊德用后腿站着，把前爪搭在了我的胸前。我一个趔趄，大狗立刻收了爪子，开始围着我的脚踝转圈，脖子上的皮带把我们都缠在了一起。

被大狗这样一闹，博迪失去了勇气。它只是从皮特的身上跳下来，伸伸爪子，摇摇耳朵，察看了一下大厅之后，就进了房子后面。

而博伊德也许是因为到了个新鲜的地方，也许是因为终于从车里出来了而兴奋不已。它就在大厅里撒欢，拖着皮带在客厅、饭厅、厨房里乱窜。

"早上好,查尔斯顿!"皮特一把把我搂在怀里,他经常这样模仿罗宾·威廉斯[①]。

我双手把他往外推。"天哪,你几点从夏洛特出发的?"

"时不我待。我的小背心。"

"不许这样叫我。"

"那就奶油豆子。"

突然听到什么东西摔碎了。

"关上门。"我朝厨房冲过去。

皮特紧随其后。

博伊德正仔细查看一个碎了的饼干罐里的东西。博迪趴在冰箱顶这个安全的地方安静地旁观。

"这是你要给安妮买的第一样东西。"我幸灾乐祸。

"记下了。"

博伊德抬头看了我们一眼,嘴上全是饼干屑,然后接着埋头舔那个碎了的罗娜·杜恩牌的瓶子。

"你就找不到一个寄养它的地方吗?"我一边问一边往一只碗里倒水。

"博伊德喜欢海滩。"皮特辩解说。

"只要有吃的,博伊德也会喜欢集中营的。"

我把碗放在地板上。博伊德开始吧嗒吧嗒地喝水,长长的舌头像一条软软的粉红色鳗鱼。

我做早餐时,皮特去卸车。猫盘狗窝,猫粮狗粮,十一个超市购物袋,一个大公文箱,一个衣物袋,还有一些小袋子。

[①]美国著名演员。

这就是皮特。烹饪一流,穿衣糟糕。

我这个分居的丈夫脖子比身体要粗两号,永远都买不到合适的衬衫。不过不用担心,自打七几年我认识他以来,他只穿过三类衣服。通常都是短裤,牛仔服;时髦一点的是运动装;只有上庭时才穿西装打领带。

今天他穿了一件洛萨森的多彩菱形图案的高尔夫球衫,及膝的咔叽布短裤,脚下趿拉着一双懒汉鞋,没穿袜子。

"你怎么没把人家的杂货店给搬来?"我边问,边从一个袋子里掏出一盒鸡蛋。

"食海无涯。"

"你行啊!"

"我是挺行的。"典型的詹尼斯·皮特式的笑脸,"我就知道你没想到我要来吃早饭。"

我还以为他晚上才到。

"我差点一头撞上一辆车。"詹尼斯·皮特式的眨眼。

我停止磕蛋转身看着他。"什么车?"

皮特耸耸肩。"深色,很大,四开门的那种。你打算把博迪安置在哪儿?"

我抬手指了指杂物间。皮特拿着猫窝出去了。

奇怪,我边打蛋边想。谁会星期天这么一大早来这儿呢?

"可能是来租度假屋的游客吧。"皮特回来后开始磨咖啡豆,"很多房子专门在周末出租。"

"可是租房应该在午后吧。"我从烤箱里拿出面包,又放了两块进去。

"好吧,也许只是要离开的游客。他们在去托莱多港之前用

OnStar[①]确认一下行车路线。"

我把盘子和隔热垫递给皮特。他把它们排开,摆好桌子。

博伊德走过来把下巴放在皮特的膝盖上,皮特屈身抓了抓大狗的耳朵。

"教学实践已经完成了。今天去沙滩来个日光浴吧。"

我把迪威岛上发现无名尸骨的事跟他说了一遍。

"真不走运啊。"

我把咖啡杯倒满,给了皮特一个碟子,然后在他对面坐下。博伊德从他腿上跳到我这边来了。

"一个四十多岁的白人男性。没有受伤的痕迹。"

"除了埋在一个神秘的野坟里外,一无所知。"

"只知道这么点。你记得爱玛·卢梭吗?"

皮特放慢了咀嚼动作,举起叉子。"褐色长发,奶子大得……"

"她是查尔斯顿县的验尸官。牙医星期一会给死者制图,然后爱玛就可以把这些信息输入NICC了。"

博伊德哼哼着,用下巴蹭我的腿,意思是它在这儿,想吃鸡蛋。

"那你要在这儿待多久?"皮特问。

"直到帮爱玛做完这事,当地的法医人类学专家不在。你说说赫伦的事。"

"星期三有一个客户过来,叫帕特里克·伯托尔德斯·弗林。朋友们都叫他巴克。"

皮特把鸡蛋吃完了。

"一个狡猾的卑鄙小人。我给他倒了咖啡,结果这个弗林告诉我说

---

①通用汽车公司提供的汽车远距离通信、跟踪、应急服务。

他不喜欢刺激性饮料。说的就像我教唆他违反教规似的。"

皮特把碟子推开。博伊德听到了,开始绕着桌子转。皮特扔给它一块烤面包,

"趾高气扬的。一眼就能从他眼睛里看出来。"

"人物分析得真不错。这个弗林是个老顾客吗?"

皮特摇摇头。"此前不是。弗林的妈妈是拉脱维亚人,名叫达戈尼娅·卡尔尼斯。他选中我只因为我们是同胞。"

"那他要你做什么呢?"

"这老头子拐弯抹角了半天才说到正题。一进来先大谈《圣经》,悲天悯人,满口基督教的责任。我后来开始在本子上做记号,打算每听到一个'义务'、'职责'就画一下,画满一百下就叫他走人算了。"

这说明不了什么。我没插话。皮特把我的沉默当成了不满。

"弗林还以为我在做笔记呢。还要咖啡吗?"

我点点头。皮特倒满我的杯子,坐下,靠回椅背上。

"长话短说吧,弗林和一帮教友一直赞助赫伦和他的我主慈悲教会,也就是GMC。最近这帮赞助人开始怀疑他们的运作缺乏财政监督。"

博迪跳到了柜子上,然后落到地上,一眨眼就溜出了房间。博伊德目不转睛地盯着皮特的碟子。

"还有,弗林的女儿三年前就和赫伦牵扯上了。她叫海琳,一直在那些尊贵的有钱人开的廉价诊所里工作,换来换去的。据弗林说,起初她还经常打电话回家报告在GMC为穷人工作多么辛苦,自己能出点力多么有满足感。"

皮特吹了吹咖啡,然后小啜一口。

"后来联系就越来越少了。就算是海琳打电话来,也显得很沮丧,抱怨她所在的诊所资源供应不足,护理很差,病人们缺医少药。她怀

疑GMC在造假，或者是经管这家诊所的医生在揩油。"

皮特又喝了一口咖啡。

"弗林承认自己没什么同情心，他认为海琳总是一副穷人捍卫者的样子。想来她经常这样摆姿态。另外，弗林希望这孩子还是能走传统的路。结果老人与海琳的关系就越来越淡，越来越隔膜了。当然了，巴克也不是一个热心、真诚的人。"

"那么，弗林先生和他的伙计们其实就想审计一下他们的钱是怎么被花掉的，干吗要翻脸呢？"

"不知什么原因他们没沟通好。可能忙于超度迷失的灵魂吧，GMC迟迟不对弗林的质询作出回应。"

"弗林可不是个好对付的角色。"

"说得太对了。所以我的主要任务是调查钱的去向，不过还有一项兼职。海琳不见了，赫伦竟然不给弗林任何解释。我想弗林对赫伦的关注一方面是因为自负和感觉受到了伤害，一方面是因为内疚。"

"海琳失踪多久了？"

"弗林有六个月没收到她的任何消息了。"

"那弗林太太呢？"

"死了好多年了。他们没有其他亲戚。"

"弗林到现在才开始找海琳？"

"他们的最后一次谈话以争吵结束。海琳说她再也不想接他的电话了。于是他就有一阵子没给她打电话。他会提起海琳的事还是因为他要开始对GMC进行经济调查，要我顺便了解一下海琳不辞而别的原因。至少他是这么说的。"

我诧异地扬起眉毛。

"弗林是个冷酷的家伙。"

"他没直接问赫伦关于海琳的下落吗?"

"问了。但是要见这位牧师简直比见教皇还难。赫伦的手下告诉他海琳在离开前曾经对同事们说过她申请了洛杉矶一家免费医院的职位,只说是一家大医院。"

"就这些?"

"后来弗林设法说服警察搜查了这孩子租的房子。房东说海琳给她寄过一封信,说自己要搬家。信封里还夹了钥匙和她欠的最后一个月的房租。房子里有些海琳的东西,但都意义不大。那地方加上设备也就只能算是一个小工作室,不像个住人的地方。"

"查过她的银行账户、信用卡和移动电话记录吗?"

"海琳不在乎物质财富。"

"或许没什么大不了的事情。海琳只是搬到海的另一边去了,还没来得及报告呢。"

"但愿如此。"

我想了一会儿,觉得整个故事听起来不太真实。

"如果弗林是个大赞助商的话,他应该见过赫伦吧?"

"一百五十万美元算不算大呢?我也觉得算。赫伦本应该感激万分,积极主动地寻找海琳才对。这确实很奇怪,弗林也本该早点插手这事的。不过他叫我查的主要目标是钱。"

皮特喝光了他的咖啡,把杯子放在桌上。

"我要像那位伟大的人道主义者杰里·马奎尔[①]学习,到处大喊'钱在哪里?'"

[①] 美国电影《杰里·马奎尔》中的男主角,他在爱情和事业都遭挫折后,锐意进取,艰苦创业并最终赢得纯真爱情。其著名台词就是"钱在哪里?"。

6

早餐后,皮特去忙他的 GMC 的事了。我坐在走廊上,腿上堆着二十本蓝色的试题册,博伊德蹲在脚边。

不知是因为大海还是因为这些测试册的水平问题,我很难集中精力。我不断想到迪威岛的野坟,解剖台上的骸骨还有爱玛那张痛苦的脸。

出了医院后爱玛本来是想说什么的,后来又改主意了。是因为那个电话吗?她听完电话后就情绪低落了。到底是什么事呢?

也许她想说什么关于骸骨的事?难道她对我隐瞒了什么?不大可能。

我一直强迫自己改卷子,后来再也受不了了。中午一点的时候我查了一下潮汐表,然后穿上耐克鞋,带着博伊德到海滩上走走。还没到旅游的黄金季节,所以"禁止遛狗不系皮带"的时间管理也没那么严格。狗在海潮里跑进跑出。我则饶有兴趣地踩踏着退潮时留下的沙丘。沙滩上的矶鹬对我们爱答不理的。

回来的路上,我绕道到海洋大道买了几份星期天的报纸。回家冲了个凉后便开始和博伊德一起研究皮特捐献的食品。

六样冷荤、四个奶酪、酸甜的莳萝泡菜、面粉、黑麦、香葱面包、卷心菜沙拉、土豆沙拉,还有一堆菲多利①薯片,简直把人家整个工厂都搬来了。

皮特有无数的缺点,但这个人"食怀若谷"。

在享受了烟熏牛肉、瑞士干酪和黑麦卷心菜沙拉后,我开了瓶无糖可口可乐,拎了份报纸又来到了走廊上。

翻阅着《纽约时报》,我度过了一个半小时的美好时光,还不包括我最喜欢做的填字游戏时间。有这么多值得一读的新闻,我感觉过瘾极了。

博伊德吃完我剩下的面包屑、熏牛肉什么的,心满意足地在我脚下打着盹。

可是看了不到十分钟的《查尔斯顿报章》,我就差点气愤得把手里的三明治扔出去。

在第五页的地方新闻里,一条粗大的标题映入眼帘:

海滩上的骸骨

南卡州查尔斯顿讯:本周,考古系学生在迪威岛考古发掘中挖出的不止是古印第安人。这次由北卡罗来纳大学人类学系唐普兰希·布兰纳博士带领的发掘队意外地在一个野坟中挖出了年代

---

①百事集团下的菲多利公司的是全球最大的薯片生产商之一。

非常近的残骸。

布兰纳博士拒绝就此意外发现做任何说明。但据参与发掘的学生托弗·伯吉斯说,这是一具成人的尸体,整个骨架被腐烂的衣物包裹,埋葬深度只有两英尺,他估计时间不超过五年。

虽然没有警察到场,但是查尔斯顿县的验尸官爱玛·卢梭显然认为此发现非同寻常,并亲自到场指挥了整个发掘过程。已经担任过两任验尸官的爱玛·卢梭最近因为在去年一艘游艇谋杀案中的不当行为备受批评。

发掘之后,这具无名骸骨被送往南卡医学院的太平间保存。医学院工作人员对此案未做任何评论。

——《查尔斯顿报章》霍默·温伯恩特别报道

旁边配有一幅像素很低的黑白照片,我和爱玛正四肢着地趴在迪威岛的坟坑里面。

我飞奔进屋,博伊德也跟在后边。我一把抓起电话,飞快地拨了一个号码。由于激动,拨了两遍才接通。

听到的是爱玛的语音答录。

"该死。"

我按捺住脾气,等待机器播完这段话,无意识地在屋子里转来转去。

滴——我留下了这么一串话:

"你看了今天的报纸了吗?真了不起啊!我们上报纸了!"

我愤怒地对着话筒喊着,转到了南屋,一头倒在沙发上,马上又被弹了起来,瞥见博迪掉在地板上,一翻身悄无声息地逃了出去。

"不是《莫尔特里新闻》①，温伯恩这下闹大了，是《查尔斯顿报章》。人家可是蒸蒸日上啊！"

我知道我现在就像一台轰鸣的机器，可我没法控制自己。

"怪不得……"

"我在呢。"爱玛的声音听起来懒洋洋的，好像刚被我吵醒。

"怪不得这个爬虫会交出他的尼康，原来他还有备用相机，他可能有一整套的备用设备。"

"唐普。"

"这家伙肯定在裤裆里藏了个单眼相机，圆珠笔里有个广角镜头，说不定老二上也吊了个微型相机。都赶上现场直播了。"

"说完了吗？"爱玛平静地问。

"你看了吗？"

"看了。"

"然后呢？"我简直要把电话捏碎了。

"什么然后？"

"你一点都不生气吗？"

"我当然生气啦，把我的屁股照得那么大。你发泄完了吗？"

没错，我纯粹是发泄。

"我们的目标是找出尸骨的身份。"爱玛的声音听起来很干涩，"曝光也许有帮助。"

"你星期五就是这么说的。"

"我现在还这么认为。"

"温伯恩的报道可能会惊动凶手。"

---

① 查尔斯顿县下面的东库珀社区报。

"前提是如果真的有凶手。这人可能仅仅是吸毒过头了,然后他的同伴慌了,就把他扔在了这个他们认为不会被人发现的地方。或许只是一个违反第十七条的小事。"

"什么?"

"对尸体的处理不当。你想,这人可能有亲人的,如果是当地人,他们看到报道后就会打电话来询问。你只不过是气愤竟然上了温伯恩的当,你就承认了吧。"

我挥手做了个"难以置信"的姿势。

博伊德在困惑的时候总会抖抖自己的眉毛,现在它就躲在门口这样干。

"咱们明早再见。"爱玛挂机了。

我爬上楼,走进浴室,把额头靠在了镜子上。冰凉的镜子紧贴着我发烫的皮肤。

该死的干扰!该死的报道!该死的温伯恩!

我深吸了口气,然后慢慢吐出。

我承认我脾气不好,也承认这脾气时不时会激起我的过激反应。我讨厌自己的这个缺点,痛恨那些能激起我脾气变化的刺激。

爱玛是对的。这报道没什么恶意。温伯恩只是在做自己的工作,他必须逃脱我们的控制。

我又深吸了口气。

我不是生温伯恩的气。我只是因为上了被自己认为是低等生物的人的当而生气。

我直直地盯着镜子中的自己。

黄褐色的眼睛明亮有神,可能有人会觉得过于热情了。虽然眼角有了鱼尾纹,可眼睛还是我最好看的部位。

高高的颧骨、鼻子有点小、下巴方正。深棕色的头发里夹杂着几丝灰色。

往后退两步看看全身。

身高五英尺五英寸，体重一百二十磅。

对一个超过四十岁的女人来说，总体上还算不错。

我锁定镜子中那黄褐色的眼睛，对自己说：做好自己的事，布兰纳。别分心，完成任务，这就是你要做的，完成任务。

博伊德走过来轻轻地蹭我的腿。我接着对它说道："去死吧温伯恩。"博伊德又抖了抖自己眉骨上的毛，"还有他的报道。"

博伊德朝天打了个喷嚏表示完全同意，我拍了拍它的头。

我草草洗了个脸，然后梳妆，把头发绾个髻，就飞快地下楼了。在给猫和狗喂粮的时候，前门砰地响了一下。

"宝贝，我回来了。"

皮特又抱回来一大堆购物袋。

"打算和你的航海设备来一次亲密接触吗？"

皮特行了个军礼，像海军陆战队员一样喊道："Semper Fi.①"

"和赫伦处得怎么样？"我从皮特的包里拿出一罐腌鲱鱼放到冰箱里。

皮特从我后面伸手拿了一瓶三姆啤酒，在一个抽屉把手上磕开了瓶盖。

我忍住没说什么。他这种讨厌的习惯已经不关我的事了。

"只是在周围转了转。"皮特回答。

"没办法接近赫伦吧。"我说破他。

---

① 拉丁语，意思是"永远效忠"。

"没办法。"

"那你干了点什么?"

"看一大堆人在那儿祈祷,对着上帝唱歌。中间休息时,我拿海琳的照片给几个信徒看。"

"结果呢?"

"都是一群迷茫的人。"

"没人记得她吗?"

皮特从兜里拿出一张照片放在桌上,我趴过去研究。

照片很模糊,可能是从驾照或是护照上的照片放大的。一个女子面无表情地看着镜头。

海琳相貌平平,体貌特征也没什么特别之处。头发从正中分开,向后扎起垂到脖子后面。

没办法,海琳·弗林不具备任何在同龄女性中脱颖而出的特征。

"后来我找海琳的女房东聊了聊。"皮特接着说,"也没什么收获。他说海琳是个有礼貌的姑娘,每次都准时交房租,没什么客人。她倒是说这个孩子后来有些情绪不稳,但她的不辞而别还是有点意外。在收到那个装着钥匙和租金的信封之前,她一直没想到海琳会离开。"

我又看了看照片上那张脸,太难让人记住了。就算是有目击证人,也只能提供些不大确切的描述:中等个头、中等体格,记不清脸上有什么特征。

"这个弗林就没他女儿的其他照片吗?"我问。

"从高中以后就没有了。"

"少见。"

"弗林是个土得掉渣的家伙。"

"你说他还雇过一个侦探？"

皮特点点头。"叫诺贝尔·克鲁克香克，是个从夏洛特-梅克伦堡警察局退役的警察。"

"克鲁克香克后来就不见了吗？"

"不发报告，也不回电话了。我还做过一点调查。克鲁克香克在夏洛特-梅克伦堡警察局可不是个听话的家伙，一九九四年因为滥用药品被开除了。"

"自制麻醉品？"

"吉米·B[①]的那种。克鲁克香克今年还不是个私家侦探。好像是因为他对另外的顾客也玩失踪的把戏。接一个案子，收了预付金，然后就只顾喝酒取乐去了。"

"私家侦探这么干不是要被吊销执照的吗？"

"显然克鲁克香克先生对于政府文件并不在乎。其实整个夏洛特-梅克伦堡警察局都这样。"

"弗林不知道克鲁克香克酗酒而且没有执照吗？"

"弗林是从网上找到他的。"

"太冒险了。"

"克鲁克香克的广告说他擅长失踪案，而这正是弗林想要的。他还看中克鲁克香克一直在夏洛特和查尔斯顿执业。"

"弗林是什么时候开始雇他的？"

"去年一月，海琳消失后几个月。弗林记得他们最后一次通电话是在三月底，克鲁克香克说调查有进展，但没说是什么。后来就玩起失踪来。"

[①] 著名美籍塞拉利昂歌手，演员，制片人。

"克鲁克香克是跑哪儿去甩掉其他顾客的?"

"一次去了亚特兰大,一次是拉斯维加斯。可并不是所有的顾客都不满意。我见到过的他的客户大都说他们的钱花得很值。"

"你是怎么找到他们的?"

"克鲁克香克给了弗林一个参考名单。我就是从这儿着手的,然后反过来往回查,又得到了些新名字。"

"那你对于克鲁克香克最后的活动有什么了解?"

"克鲁克香克没去兑现弗林开给他的最后一张支票。那是一月份到期的。他的信用卡和银行账号从三月份以来就没动过。他的信用卡欠了两千四百块钱,二月份他在银行里只有四百五十二块钱。最后一张电话单是一月份的,之后就被停机了。"

"他肯定有车吧?"

"没查到。"

"手机呢?"

"早在去年十二月就因为欠费停机了。这不是他第一次被停机。"

"一个私家侦探没有手机?"

皮特耸耸肩。"也许这家伙喜欢单干,只在家里打电话。"

"有家人吗?"

"离婚了,没孩子。和平分手。他老婆再婚了,好多年没联系了。"

"兄弟姐妹呢?"

皮特摇摇头。"克鲁克香克是独生子,父母早死了。自从离开夏洛特警察局以来,这家伙一直独来独往,不跟任何人亲近。"

我又回到GMC的话题上来。

"如果找不到赫伦的话你怎么办?"

皮特竖起一根指头。"别担心,小姐。拉脱维亚智多星才刚开始行动呢。"

我们相遇时皮特是个法律系学生。那时他就已经有这个外号了。不知道谁给他取的,我怀疑就是他自己。

我翻了个白眼,回头把他买的那些羊奶酪什么的放到冰箱里去。

皮特往椅背上一靠,双脚架上了桌面。

我正想骂他,又一想,这和我有什么关系?这是安妮的事,谁让她叫他来的。

"你今天过得怎么样,我的小背心?"

我拉过《查尔斯顿报章》扔在桌子上,指了指那篇文章。

皮特开始读温伯恩的报道。

"标题不错啊,《海滩上的骸骨》。"

"有诗意吧。"

"听起来你对这人很不满啊。"

"一无是处。"

我还没想到托弗呢。温伯恩是什么时候抓到他的?他是怎么成功地让他出来说话的?

"照片也不错啊。"

我狠狠瞪了皮特一眼。

"你那个朋友的游船事件是怎么回事?"

"不知道。"

"也不问问?"

"当然不。"

我把烤圆椒、三文鱼酱、'本和杰里牌'冰淇淋放到冷冻室里,又把巧克力棒、开心果放在保鲜箱里,然后回头看着皮特。

"有人死了,他的家人还不知道。我认为温伯恩的报道是对那家人隐私的侵犯。我说错了吗?"

皮特耸耸肩,喝干了他的啤酒。

"新闻就是新闻。你知道你缺什么吗?"

"什么?"我很警觉。

"野餐。"

"我三点钟才吃的三明治。"

皮特收起脚,把椅子挪正。他站起来,扳着我的肩膀把我转过来,然后往厨房外推。

"去改你的卷子或者随便干点什么。八点咱们在露台见。"

"皮特,我不明白。"

我是不明白,我后脑的每个细胞都竖起了警报的小旗。

我和皮特结婚已经二十年了,分手才几年。尽管我们的婚姻也遇到了无数的困难,但相互从没缺乏过性吸引。我们新婚时在一起很有劲头,现在也还不错。

如果不是皮特太有劲头的话。

皮特的性冲动让我深感不安。我和赖安处得很好。我可不想做什么伤害我们感情的事。我们上次在一起共度了一晚,最后我们两人都疯得像玩追逐游戏的孩子一样。

"我明白。"皮特说,"去吧。"

"皮特——"

"你要吃饭,我也要吃饭。我们只不过是一起在沙滩上吃顿饭而已。"

我总觉得吃饭和人的某种互动有关系。独自在家时,我靠外卖或速冻食品为生。单独外出时,我就叫客房送餐,然后就着莱特曼、雷蒙德、奥普拉[1]之类的电视节目下饭。

有人陪吃饭当然是好事,而且皮特的厨艺不错。

"皮特,这不是约会。"

"当然不是。"

---

[1] 均为美国流行的电视人物。莱特曼和奥普拉是著名脱口秀节目主持人。雷蒙德是肥皂剧《人人都爱雷蒙德》的主人公。

7

我又改了三份卷子，然后整个人就迷糊了。我侧身倒在枕头里，进入了半醒半梦的状态。一些不经意的情景开始在眼前浮现：在沙滩上奔跑，和爱玛一块儿摆骨头等等。

蒙眬中，我又好像去参加一个戒酒者聚会，赖安、皮特都在那儿，还有一个高个的金发男人，他们三个在说话，但我听不清他们在说什么。他们的脸都背着光，也看不清楚表情。

后来，我就醒了，房间里充满了橘黄色的阳光，阵阵晚风将窗外的蒲葵吹得哗啦作响。一看表，八点十分了。

我走进卫生间，重整了一下发髻。打盹时刘海有点翘起来了，我把它们弄湿，抓过吹风机，把它们吹干。吹到一半，我一下子又停下来了。我这是干什么？为什么要化妆？我扔了吹风机，噔噔噔下楼了。

安妮客房的旁边就是一片海滩，那里有长长的木头栈道。栈道的最高点是个弧形沙丘。人们在那儿设置了一个露台。皮特已经在那儿喝酒了,最后一丝阳光把他的头发染成了明亮的金黄色。

凯蒂的发色也是这样,可见遗传的力量。每次看见他们其中的一个我都忍不住想起另外一个来。

我光着脚出来,所以皮特没听见我走路的声音。他摆好了两个座位,铺了桌布,上面有一座银色烛台、一支细腰花瓶和一个冰桶。

我走着走着却猛然停下,不知为何,一种失落感涌上心头。

我本不相信所谓"一生一世"的爱情,但当我遇见皮特时,那种吸引我无法阻挡。当我们手臂相交时体内泛起的激动,当我在人群中看见他的脸时内心怦怦直跳的感觉,都让我相信皮特就是那个我愿意一生一世相伴的人。

此时此刻,皮特的脸已经晒得黑糊糊的,到处起了皱纹,发际线也往后退了一些。二十年来,我每天早上一醒来就看见这张脸。女儿出生时,那双眼睛似乎有点恐惧。我的手指也曾无数次地抚摸着这张脸。上面的每一个毛孔、每块肌肉和骨头都曾经那么的熟悉。

当然我也熟悉那张嘴里蹦出来的每一个措辞。

还有每一次让我心碎的真相大白。

我知道我们之间已经不可能有什么事发生了,最多维持现状而已。

"嗨,伙计。"

皮特听到我的声音连忙站起来。"我还以为被放鸽子了呢。"

"抱歉,睡着了。"

"夫人,靠窗的座位行吗?"

我"靠窗"坐下,皮特把毛巾搭在手臂上,给我倒了杯冰镇的无糖可乐,还把它当做红酒一样,搁在手腕上让我检查了一下。

"年份不错。"我配合着赞叹道。

皮特给自己也倒了一杯,然后开始上菜。有五香虾米、烟熏鳟鱼、龙虾沙拉、卤汁芦笋、法国布里干酪、粗麦面包片、黑橄榄鳀鱼酱。

我怀疑我这个前夫要是没有熟食店的话还怎么活。

我坐下吃饭，看着黄昏的太阳从金黄变成橘黄，再暗淡成灰色。大海今天很平静，细碎的波涛轻柔地拍打着海岸，构成我们的背景交响乐。远处不时传来海鸥的一唱一和。

等我们吃完甜品和馅饼时，天也完全黑了。

皮特收拾了一下桌子，我们都把脚架在栏杆上坐着。

"海滩太适合你了，唐普，你看上去真漂亮。"

皮特看上去也不错，一如既往的皱巴巴、乱糟糟，完全是皮特·彼得森的风格。

我不得不把早先的警告重复一遍："皮特，这不是个约会。"

"难道连说你好看都不行吗？"皮特一脸的无辜。

沿岸的房子里都亮起了朦胧的灯。又一天要过去了。我们静静地坐在那儿，任海风吹乱我们的头发。

皮特再开口说话时，声音低沉了不少。

"我难过的是我不明白我们为什么要分手。"

"因为令人讨厌而且明目张胆的背叛。"

"唐普，人是会变的。"

这个问题怎么回应都不合适，我干脆默不作声。

"你想过——"

就在这时，我的手机响了。我掏出来接听。

"最漂亮的女人今天过得怎么样？"是赖安的声音。

"很好。"我把腿收回来，半转过身来。

"忙吗？"

"还行。"

"你的骨头有进展了吗？"

"没有。"

皮特给自己倒了一杯夏敦埃白葡萄酒，然后举起可乐冲我摇了摇。我摇头表示不要。

赖安感觉到我这边的停顿，接着说："不方便吗？"

"我马上就吃完晚饭了。"一只海鸥在头顶高叫了一声。

"在海滩上？"

"夜景很美。"我不好再掩饰下去了，赖安了解我独自吃饭的习惯，"皮特搞了个野餐。"

赖安停了足有五秒钟，然后说："挺好。"

"莉莉怎么样？"

"很好。"又停了一下，"唐普，我再打给你。"

然后就听到挂机声。

"怎么啦？"皮特问。

我摇摇头，站起来说："我要进去了。谢谢你的晚餐，真的很好。"

"愿意为您效劳。"

我沿着栈道往回走。

"唐普。"

我回头。

"等你愿意的时候，我想跟你谈谈。"

我接着朝房子走过去，感觉到皮特一直在后面看着我。

下午的打盹让我到三点才睡着。

也许是因为赖安不高兴了？我后来打了几次电话，都没人接。

赖安真的不高兴了？还是我有点偏执狂？他正在新斯科舍探望女儿莉莉，那么莉莉的妈妈不也在那儿吗？

随便吧。

爱玛又是怎么回事呢？星期六的那个电话肯定不是什么好消息。是那个游艇案件的事吗？

谁一大早把车停在了安妮家门前？小鬼杜普利？他威胁过我，可我没当真。杜普利会不会来点真格的恐吓呢？不，他要来也用不着亲自动手。

杜普利和迪威岛的骸骨有关系吗？似乎扯得太远了。

雪人的骨头真的被细菌污染了吗？好不容易在阿尔卑斯山的冰雪里保存了五千年，现在却成了微生物的食物？

为什么番茄酱有两个拼法：Ketchup 和 catsup？这个名字是从哪儿来的？

我翻来覆去好不容易才睡着，结果星期一睡过头了。

我赶到医院时已经十点了，爱玛早就到了。在场的还有他们的法庭牙医，一个穿运动装的巨人。那身衣服一看就知道是在凯马特①清货时买的。爱玛介绍说他叫伯尼·格赖姆斯。

跟格赖姆斯握手很难把握力度，太轻觉得抓不住，太重又怕人家把我给捏碎了。

放开手，我冲他笑了笑，他也冲我笑，看起来活像一个穿着蓝色天鹅绒的赛璐珞娃娃。

爱玛早把骸骨从冷冻室里推出来了，还是躺在星期六的那张担架床上，只不过肋骨上盖了一个大信封。牙齿的 X 光照片又被挂在灯箱

---

①美国最大的日用品连锁零售商之一。

上了。

格赖姆斯一点一点地开始给我们描绘CCC-2006020277形态学特征，让我们充分了解到牙齿主人的口腔卫生习惯及其完整的牙齿医疗史。这是一个吸烟者，刷牙时漫不经心，从不使用牙线，补过牙，但还有洞没补上，有大量的牙结石，说明他生前至少有五年没看牙医了。我几乎没听，一心只想着该我研究的骨头。

终于，格赖姆斯说完了。他和爱玛一块去填NCIC案件信息表。我开始一块接一块地检查全身骸骨X光底片，颅骨、上肢、下肢、盆骨。

查了半天一无所获。这并不奇怪，检查骨头的时候我就没看到什么有价值的东西。

接着看躯干部分。

因为骨肉没有相连，肋骨不可能立起来，技术员就把它们平铺着，然后从上方拍摄。右侧没发现什么异常。到最后时，我突然发现左侧第十二根肋骨末端有一个月牙形的阴影。

我转身回到担架床，拿起那根肋骨放到显微镜下观察。经过放大，可以看出这个瑕疵是肋骨末端因为弯曲产生的一道裂缝。尽管很小，但绝对存在。

这条裂缝是刀锋造成的吗？无名死者是被刀捅死的吗？还是说这缺口只是死后形成的呢？比如说泥铲，或是蜗牛之类的甲壳虫造成的？不管我如何调整观察角度，或者是调整放大倍数、调亮光线，都无法判断清楚。

我只好回头继续观察X光片。我开始检查胸骨、锁骨和肩胛骨，然后是其他骨头，没有发现什么异常。

接下来是脊椎骨。椎骨和肋骨的X光片与其他部位的骨头一样，也是一块块分开，按顺序侧放在平面上照的。

如果被刀刺中，通常是肋骨后弓或者脊柱肢体的后部承受撞击，这样就会留下痕迹。我仔细从上往下查看这些底片，没有一张能看出有这种痕迹。

我又回到担架床边，一块一块地检查这些骨头，把它们放在荧光灯下的显微镜里做三百六十度的圆周观察。

开始什么也没发现。直到最后，才发现了一块有问题的脊椎骨。

人的每块骨头都有专门用途。脊椎骨也一样。七块颈椎支撑头部，帮助头部转动。十二块胸椎锚定肋骨。五块腰椎向里弯曲形成一个腰部曲线。五块骶骨构成盆腔侧面的尾椎。不同的功能就有不同的形状。

引起我注意的是第六块颈椎。

前面的说明可能太简单了一点，颈椎可不仅仅是承担支撑头部的作用。它的另一项功能就是为给大脑输血的动脉提供一个安全的通道。这个通道包括横突（即在脊柱主体和它的环拱之间一个小小的骨突出）上的一个小洞。而CC-2006020277靠身体一侧的这个洞有一条铰链状裂缝蛇行在左横突上。

我把这块骨头凑近镜头，发现在洞口的内侧有一条头发丝那么细的裂缝。

没有愈合的迹象，裂缝呈铰链状。毫无疑问，这两处裂缝都说明骨头有过创伤，受伤时间就在死亡的时候。

我坐下来开始思考。

C-6[①]，是脖子下面。

摔的？从高处跌下会产生突然的强大冲击。这样的冲击会造成脊

---

① 第六块颈椎骨的编号。C表示颈椎。

椎破裂。但是摔倒造成的破裂通常都是压缩性的，而且损害的是脊椎的主体。而这处裂缝只表明铰链式骨折，而且只是在横突上。

吊死的？吊死通常会影响到舌骨，就是我们喉咙前面的一块小骨头。

鞭子抽死的？更不像了。

下巴下面、头下面遭受重击？

我实在想不出什么原因可以解释眼前的这个创伤。

想不出来，就继续往下检查。

结果有更多的发现。

在第十二块胸椎上发现了和第十二块肋骨上一样的缺口，还有第一块和第三块腰椎也各有一道裂缝。

可是就像颈部的裂缝一样，这些缺口也令人费解：它们全在腹部的一边。刀痕？要想穿透腰椎的前部，刀尖首先要穿透整个腹部，这一刀力道可够大的。

裂缝都很小，可能是非常锋利的工具。

到底是怎么发生的？

我还在研究时，爱玛又回来了。

"格赖姆斯走了？"我问。

爱玛点点头。前天难看的脸色消退了些，这反倒使得她眼睛周围的黑圈更明显了。"表格填好了，剩下的得等警长来做了。"

尽管NCIC系统是全年每天二十四小时、每周七天全天候开放，但只有联邦、州及地方的执法机关才能输入数据。

"卡利特会马上就输入吗？"

爱玛摊开双手，做了一个"谁知道"的姿势。她从墙边拖过一把椅子，一屁股坐下去，双肘支在腿上。

"有什么问题吗?"我问。

爱玛耸耸肩:"有时事情就是这么令人绝望。"

我不知道他指的是什么。

"卡利特不认为这个案子需要立即处理。就算他真的把这些数据输入电脑,能找到匹配者的机会又有多大呢?要把一个失踪成年人的资料输入数据库,他首先得是残疾人,或是灾难受害者,或者是被绑架、诱拐者,又或者具有危险性……"

"什么意思?"

"和其他人一起失踪,并且意味着对他人的身体健康有威胁。"

"就是说有很多失踪人口进不了这个数据库?这个受害者失踪时的数据很可能就没能进入数据库?"

"想想看,其实有很多成年人的失踪是出于自己的选择。丈夫和情人私奔,绝望的妻子想追求更好的生活。穷途末路的人跑路躲债。"

"还有逃跑的新娘。"我想起了最近媒体热炒的一个敲诈案。

"就是这种案子给了大家一个示范。"爱玛伸开腿,往后靠,"可情况就是这样。大多数成年人为了逃离原来的生活玩失踪,这不犯法。把他们全输进去太增加系统负担了。"

爱玛闭上眼,把头靠在后面的墙上。

"我不认为这个人是玩失踪。"我说着,走回到担架床边,"来看看这个。"

我正摆弄那些脊椎,后面突然一阵响动,然后是吓人的碎裂声。

我转回身。

看见爱玛瘫倒在瓷砖地上。

8

爱玛一头栽倒在地上,背部拱起,脖子和四肢蜷曲得像只晒干的蜘蛛。

我冲过去,伸出两个手指测定她的脉搏。脉搏虽然还很稳定,但显得极其虚弱。

"爱玛!"

没有回应。

我轻轻地放下爱玛,让她平躺在地板上,然后冲到走廊上。

"救命哪!有医生吗?"

一扇门开了,露出一张脸。

"爱玛·卢梭晕倒了。赶紧叫急救。"

那人眉毛扬了扬,嘴巴张得老大。

"快啊!"

那张脸不见了,我又跑回去。不一会儿,两个护理人员冲进屋里。

他们一边把爱玛往担架床上抬,一边问了一堆问题。

"怎么回事?"

"她虚脱了。"

"你搬动她了吗?"

"我只是把她翻过来调整了一下呼吸。"

"有什么病症吗?"

我眨眨眼,茫然地看着他。

"她正在吃什么药吗?"

我不明所以,什么也不知道。

"请让一让。"

一阵橡胶轮子的滚动声,吱扭吱扭的。

解剖室的门咔嗒一声关上了。

爱玛闭着眼躺在床上,一根输液管从头上的点滴袋延伸插入她的手臂。管子用白色的胶带绑在手腕上。爱玛的皮肤苍白得和胶带一样。

这就是那个一直热情洋溢、青春自然的女人吗?现在怎么看也不像。她躺在病床上,那么小,那么虚弱。

我蹑手蹑脚地走进小隔间,捏住我朋友的手。

爱玛睁开眼。

"对不起,唐普。"

这话让我摸不着头脑,难道不是该我道歉吗?难道不是我忽视了她所有的痛苦迹象吗?

"爱玛,好好歇着,以后再说。"

"是非霍奇金淋巴瘤。"

"什么?"我知道爱玛在说什么,只是本能地不愿相信。

"我得了非霍金淋巴瘤,NHL。我不是说曲棍球①。"

"多久了?"我觉得有个凉冰冰的东西堵在我胸口。

"有一阵子了。"

"一阵子是多久?"

"几年吧。"

"什么类型的?"这个问题真蠢,其实我对淋巴瘤一无所知。

"没什么特别的。弥漫性大B细胞淋巴瘤。"爱玛机械地重复着,就像这个名字她听过、说过几千遍似的。天哪!她可能真的听过无数遍了。

我勉强控制住自己的情绪,问:"你在治疗吗?"

爱玛点点头。"我本来好了一点。后来又复发了。我在门诊接受CHOP治疗。环磷酰胺、多柔比星、长春新碱和泼尼松(CHOP)什么的都用上了。我最大的担心是感染。服用了这些消灭癌细胞的药物,我就毫无免疫力了。一个葡萄球菌就能要了我的命。"

我真想闭上眼,把这些令人痛苦的字眼全赶走。可我不能。

"你是个女巫。"我挤出一丝笑意,"你会好的。"

"星期六医生告诉我治疗没有达到预期效果。"

这就是那个带来坏消息的电话。那天站在医院外,爱玛本来打算说的就是这个吗?我真是太专心工作了,都没准备好好听听朋友的心声。是不是我做错了什么让她不愿说呢?

"你跟谁聊过吗?"

爱玛摇摇头。

---

① NHL 也是美国全国曲棍球联合会的缩写。

"星期六那次不是偏头痛?"

"不是。"

"你该对我实话实说的。爱玛,你应该信任我。"

爱玛耸了耸肩。"你又帮不上忙,干吗白让你担心?"

"你的同事们知道吗?"

爱玛眼神闪烁了一下。"我瘦了很多,还掉头发,可我还能工作。"

"你当然能。"

我拍拍爱玛的手,我了解我的朋友,可是并不全面。

爱玛对自己的职责忠心耿耿,她会不惜一切代价把它们做到最好。我们在这方面很相似。

但是爱玛·卢梭有另外一种驱动力,一种我从未体会过的力量。对权力的欲望?社会的认同?想要出人头地的癫狂?我听不到爱玛的行进鼓点。

"现在有很多治疗淋巴瘤的成功例子。"我开始口拙词穷,老生常谈了。

"说得太对了。"

爱玛庆祝似的举起两只手,我连忙伸出双手和她碰了一下。她的手又无力地掉在了床上。

弥漫性大B细胞,这是淋巴瘤的高级阶段。癌细胞已经极具破坏力而且扩散得很快。

我心里一阵酸楚,用力睁着眼,嘴角努力保持一丝笑意。

这时从床边的柜子里传来沉闷的《坏小子》的乐曲声。

"我的手机。"爱玛说。

"那不是《绝地战警》的主题曲吗?"

爱玛有点着急了。"在我衣服旁边的塑料袋里。"

等我终于把手机掏出来时音乐已经停了。爱玛看了看来电显示，按了回拨。

我本来应该阻止她的，叫她休息，以避免紧张，可我知道那不会有用。爱玛还是会做她要做的。我们在这点上也一致。

"我是爱玛·卢梭。"

我隐约听到一点点那边的声音。

"我很忙。"爱玛说。

结婚了[①]？我对她做了个鬼脸。

我继续翻眼睛，爱玛用一个指头警告我。

"谁打电话报告的？"

那个细细的声音回答着，但我一个字也听不清。

"在哪儿？"

这次这个声音说了很久。

"再说详细点。"

爱玛把电话换到另一边，这下我什么也听不到了。她一边听，一边伸手想看一下手表，结果发现没有。于是她指指我，示意我把手腕伸到她面前。

"不要碰尸体。我一小时就到。"

爱玛挂断电话，掀开毯子，把双腿移向床边。

"绝对不行。"我说着，双手按住她的膝盖，"如果我没搞错的话，你几小时前还不省人事呢。"

"急救医生说我只不过是疲劳过度。我的生理指标都正常。"

"疲劳过度？"就算爱玛精力过人，这也够呛了，"你昏倒在地，

---

①爱玛说"很忙"用的是 Tied up，这在英文中也有"结了婚的"意思。

差点就没命了。"

"我现在没事了。"爱玛站起来,向前跨了一步。她的腿都没能完全直起来。她闭着眼,靠着床头板,希望自己的身体能使上劲。

"我能行。"她低声抗议。

无须再多说什么了。我抓住她的手,帮她躺回床上,用毯子盖住她的半个身子。

"我还有太多事要办。"她有气无力地反抗。

"没有医生的允许,你哪儿也别想去。"我说。

爱玛眼睛一转,不理我了。

我看着我的这个朋友。没有丈夫,没有孩子。好像连个情人也没有。她有一回提过一个疏远了的姐姐,但那是多少年前的事了。目前为止她身边好像还没有一个亲密的人。

"你有朋友能来看你吗?"

"起码有一个连。"爱玛拍掉一个毯子上并不存在的东西,"你以为我是个没人答理的怪物吗?"

"当然不是。"我撒谎了。

这时,一个值班医生进来了。油油的黑头发让他看起来像是从里根当政以来就在值班。他手术服上的一个塑料牌子写着他的名字叫布利斯。

这牌子是不是预示着一种上天的祝福?祝你幸福[①]?

布利斯开始翻阅爱玛的体检表。

"告诉她我今天不会成为器官捐献者。"爱玛对他说。

"她所接受的治疗会让她变得虚弱。"布利斯转向爱玛,"你不能跑

[①] Bliss(布利斯)这个姓作为单词是"幸福、祝福"的意思。

马拉松，但只要你定期去看医生，其他没什么事。"

爱玛竖起胜利的大拇指。

"她正准备回去工作。"我告状了。

"这可不太好。"布利斯回答，"回家。好好恢复你的体力。"

"我又不是要去和卡罗来纳黑豹队①打比赛。"爱玛辩解道。

"你是做什么的？"布利斯一脸倦容，在爱玛的表格上做着记录。

"她是验尸官。"我插嘴。

布利斯停了下来，看着爱玛。"怪不得我觉得这名字挺耳熟。"

来了个护士。布利斯只叫她把爱玛的点滴摘了。

"你朋友还好。"布利斯把检查表合上，"休息一天。如果不休息的话，今天的情形会重演的。"

布利斯刚走，爱玛就给卡利特打电话了。

警长出去了。爱玛说她会亲自把 NCIC 的表格送过去。

挂机后，她整理好衣服，大步走出了病房。我跟在后面，决心无论如何要说服她回家。或者，至少不管她要做什么，我都得看紧了。

我们一起把 CCC-2006020277 装回袋子里，叫一个技术人员把他送回冷藏室。然后我们收起 X 光片，整理好文件。自始至终，我都不断推销我的卧床休息计划。

自始至终，爱玛总是回答："我没事。"

一出医院就像是走进了一个大蜜桶，暖洋洋，黏糊糊的。

爱玛冲下斜坡，好像故意要与我拉开距离。

我赶上去。使出最后一招。

"爱玛。"我的声音严厉得超出了我的控制。我实在是累了，也不

---

① 美国职业足球队。总部在北卡罗来纳州的夏洛特。

想吵了。"现在的气温是华氏九十五度,你又这么虚弱。有什么案子这么重要不能等到明天呢?"

爱玛恼火地喘了口气。

"刚才打电话的是我的探员。今天下午几个小孩在林子里发现了一具尸体。"

"那就让探员去处理好了。"

"这个案子很敏感。"

"哪个死了人的案子不敏感?"

"该死的,唐普。我经手过两三千件案子,没有比这个更麻烦的。"

我一言不发只是看着她。

"对不起。"爱玛撩了一下额前的头发,"几个月前,一个十八岁的孩子失踪了,他得过抑郁症。钱,护照,财物都没少。"

"警察认为是自杀?"

爱玛点点头。"没人见过他,也找不到尸体。我的探员认为这具尸体可能是他。"

"让探员去处理现场不行吗?"

"这个案子出不得一丝差错。他爸爸是当地的政客。老家伙发火了,到处胡说。他认识的可都是些有权有势的人。他们凑在一起就坏事了。"

我怀疑所谓的游艇案件对爱玛的影响是不是比我想的要大?

"探员有什么线索?"

"遗体挂在树上。这树离这孩子最后出现的地方不到一英里。"

我想象着这场景,太熟悉了。

"告诉他爸爸了吗?"

爱玛摇摇头。

得上第二个计划了。

"这样吧,"我提议,"告诉他爸爸我们非常重视他儿子的失踪案。现在已经找到了一具尸体,但是尸体在野外暴露了三个月,给尸体分析带来了很大困难。我们需要邀请外面的专家来做身份确认。"

正如预料的那样,爱玛立即就明白了。"验尸部需要最好的专家,费用不是问题。"

"我喜欢你这种风格。"

爱玛虚弱地笑了一下。"你真的愿意接手吗?"

"你有权在这个案子中介绍我加入吗?"

"当然。"

"只要你保证回家躺着我就接手。"

"这样吧,"爱玛反过来提议,"我把 NCIC 表格送到警长那儿去,让他去办迪威岛的案子。你去检查那个吊死的受害者。电话联系。"

"在你睡一觉之后。"

"好的,好的。"

"这个计划还行。"

9

以下是爱玛掌握的案情。

马修·萨默菲尔德四世是一个追求完美的家庭里的害群之马。他妈妈萨莉来自米德尔顿家族，是第一批参加大陆会议的那个米德尔顿①。他爸爸是南卡罗来纳州军事学院的毕业生，在查尔斯顿市议会里是个说一不二的人物。

马修四世曾试图追寻父亲的脚步，没想到刚进校就因为被发现是老烟枪而被踢出来了。父亲恨铁不成钢，一怒之下把他赶出了家门。

马修四世住在朋友那里，靠贩卖大米和干豆赚点零花钱。他从皮格利·威格利②市场批发，然后再分装成小包的八宝粥、约翰汤的原料卖给游客。他的摊子就在东贝大街的老城市场。一月二十八号，人们发现他没在自己的摊子上，据说去了聚会街，却从此消失了。他今年

---

① 指阿瑟·米德尔顿，《独立宣言》签名人之一。
② 卡罗来纳州的食品杂货连锁店。

刚十八岁。

根据爱玛说的地址，我来到了弗朗西斯·马里恩国家森林公园北面的万朵河一带。这片森林是一片由北面的桑提河、东面的内陆水道及西面的莫尔特里湖围起来的三角地带。面积大约为二十五万英亩。一九八九年遭受过雨果飓风的袭击，一片狼藉。现在公园里重新种植的是以巴西热带林木为主的植物群。一路上，我都担心找不到案发地点。

结果发现担心完全是多余的。差不多快到时，就见一路上停满了车辆。巡逻车不停地闪着警灯。远处有一辆验尸车、一辆森林警察吉普车、一辆雪佛兰、两辆ＳＵＶ。车的主人们都斜靠在车厢上，脸上都显现出同样的好奇，这些都表明这里发生了什么案子。

我很高兴没看到有媒体的车辆。但鉴于现场有这么多闲人，估计他们很快也就到了。

除了围观者，还能看见一个穿制服的警察和两个黑人小孩。我带上自己的包向他们走去。

两个光头小孩看起来都在十六岁左右，都穿着巨大的篮球衫和宽松的牛仔裤。根据爱玛的报告，我猜这就是发现尸体的那两个小孩。

警察是个有着褐色眼睛的小个子。他的铭牌上显示的信息是副警长H.泰比。尽管天气又闷又潮，泰比的警服还是穿得笔挺笔挺的，警帽也戴得端端正正，一丝不苟。

听见我的脚步声，泰比停下问话抬头察看。他的鼻子又高又挺，我猜他的同事们都会叫他"老鹰"。

两个孩子双手交叉抱在胸前歪头看着我，耳朵都快贴着肩膀了。泰比保持着中立的表情，我只能自己判断他的态度。我的结论是傲慢。

这三个男人都不好惹。

我做了自我介绍,解释了一下我与他们验尸官的关系。

泰比朝林子里歪了歪头。

"到的时候就死了。尸体在那旮旯。"

那旮旯?

"这俩小混混说他们屁都不知道。"

小混混们懒洋洋地动了一下,相视傻笑。

我对个子高点的说:"你叫什么?"

"贾马尔。"

"你看见什么了,贾马尔?"

"我都告诉他了。"

"告诉我。"

贾马尔耸耸肩。"我们就看见一个东西挂在树上。就这些。"

"你认出挂在树上的人来了吗?"

"那家伙一塌糊涂了。"

"你们在林子里干什么?"

"欣赏美景啊。"两人又傻笑起来。

又听到一阵马达声,我们都往大路上看去。

一辆两侧都有一颗蓝星的白色福特越野车正绕过来。我们看着它在一辆巡逻车后面停下。一个男人带着一条狗下了车。

这人很高,大概有六英尺二,膀阔腰圆,像个拳击手。他穿着咔叽布制服,戴着一副飞行墨镜。那狗是褐色的,血统里应该有猎犬的成分。

我突然觉得自己的气势相形见绌,下次出来一定要带上博伊德。

这人大踏步地朝我们走过来,就像自己是个州长似的。他白衬衫的左袖上绣着"朱尼厄斯·卡利特警长"。

贾马尔抱在胸前的手垂了下来，指尖藏到了裤袋里。

"下午好，长官。"泰比碰了碰帽檐，"这位女士说她和验尸官是一起的。"

"卢梭小姐跟我说了。"卡利特说的名字像是"罗萨"，"看起来没错。"

警犬朝林子跑过去，每隔几棵树就抬腿撒尿。

卡利特上下打量我一番，然后伸出手来，几乎把我的手掌捏碎。

"你就是夏洛特来的那个女医生吧？"卡利特毫无语调地问。

"人类学家。"

"卢梭小姐通常是和贾佛合作的。"

"她肯定告诉你了，他出国了。"

"是有点乱。卢梭小姐是这么说的。她给你介绍情况了吧？"

我点头。

"这孩子和一群吸毒鬼住在离这儿不到一英里的地方。"看来，这位警长不是个装腔作势的报告员。"看过尸体了吗？"行事风格直截了当。

"我刚到。"

"那家伙成虫子的美餐了。"贾马尔一脸坏笑。

卡利特沉下脸来，一点表情都没有。经过了长长的令人不安的沉默，卡利特终于又说话了。"小子，你就不知道对死者尊重一点吗？"

贾马尔耸耸肩。"伙计，那家伙的头——"

卡利特用手指戳着他的胸部说："闭上你的臭嘴听着，那个'美餐'跟我们一样都是上帝的灵魂。"卡利特收回自己的手指，"连你这样的坏小子也是。"

小子突然一下子对自己的运动鞋感兴趣了，低头看着，死不吭声。

然后卡利特对我说："那旮旯有条通向沼泽的小路。当地人和旅行者对这里都不是很有兴趣。没有鱼可钓。野营的话虫子又太多。"

我点头。

"你要准备好。"

我点点头。

"没什么能吓坏我这个老兵了。"

警犬跑在前面，我跟着卡利特。

我走进林子，把思想集中到死亡情境中来。从现在开始，我要关闭一切外在的想法，只看与案情相关的东西。我要查看每一株生长异常的植物、每一根折断的树枝、每一种气味、每一只昆虫。人群的嘈杂将成为我最大的干扰噪声。

这片树林是火炬松、橡胶树、铁杉和山毛榉的混合林，底下是一层山茱萸，巫榛和香灌木，空气中弥漫着太阳烤出来的林木芳香。

卡利特走得很快。太阳从头顶叶缝中穿透过来，光与影交织出变幻的几何图形。我们开路的沙沙声惊动了林中各种生灵。脚下的泥土又软又湿。

走了二十码，我们穿过树林来到了一片小小的开阔地。右边有一片沼泽，黑黝黝的水面上偶尔有一两只蜻蜓或是别的什么水上昆虫掠过。

沼泽周围是一圈晚果松和火炬松。这些树大都看上去发育不良，树干弯弯曲曲，最后消失在黝黑的水里，根部倒是露在外面，上面长了一串串绿色的节瘤。

离沼泽五码开外有棵孤零零的白栎树，一具尸体吊在树上最低的枝干上，脚尖几乎没离开地面。

看着这骇人的场面，我忍不住想是什么会让人以这样的方式来结束自己的生命呢？头脑要经受什么样的折磨才能让这个郁闷的人做一个活结系在树上，套住自己的头往下跳？

警察和平民都站在那儿围观，一边赶着苍蝇，拍着蚊子，一边议论纷纷。每个人的衬衫都软塌塌的，腋下都汗湿了一大片。

一位女士正在摄像，脖子上还挂了两个相机，衬衫上有查尔斯顿尸检部的标志。

我穿过警戒线走上前去介绍自己。那位女士名叫李·安·米勒。她结实得就像个伐木工人，铜红色的鬈发自然垂落。

"我现在可以检查尸体吗？"

"来得正是时候，亲爱的。"米勒撩了撩头发，张大嘴冲我微笑。

"等你拍完也行。"

"有你这个小美人在这儿我没法做事了，我选错行了。"米勒扭过头，又给了我一个大嘴微笑。

尽管觉得不合时宜，我还是回笑了一下。李·安·米勒一看就是那种当你要寻求纾解、建议或是轻松一笑时的好女伴。

我向树边走过去的时候，卡利特正和另一个人说话。我没理他们，我要收集所有的细节。

尸体是用一根黄色的三股聚丙烯绳子吊着的。绳结已经深深地嵌入脖子里，在第三或第四块颈椎处。往上的头颅和第一、第二两块颈椎都不见了。

腐烂的粘连组织全被太阳晒化，就连骨头也被太阳晒退色了，衣服看上去空荡荡的，就像盖在一个稻草人身上。黑色的裤子、斜纹布外套、褐色的袜子、平底靴子，这说明上吊时天气还凉爽。怎么只有一只靴子?

我四处寻找,发现右脚骨在尸体东边十英尺以外的地方,旁边插着一杆小黄旗。

我走过去,脚骨和胫骨及腓骨的末端都在靴子里。靠近躯干的那部分没有了。大腿折断、碾碎了,一块股骨也有类似的破坏。

"说说怎么回事?"卡利特站在我身后。

"野兽们都是机会主义者。它们大多数只要有机会就会帮我们人类清理。"

一只蚊子趴在我的手臂上。我一巴掌拍过去,接着工作。

头颅在树下坡处六英尺外,卡在弯弯曲曲的树根里。旁边当然也插了一杆小旗。

头颅自然也被动物们清理过了。

"不会是动物爬到树上咬下来的吧?"卡利特一直跟着我。

"上吊的尸体,如果在户外暴露过久的话头颅就会脱落。"我听到头顶一阵扑啦啦响,一只乌鸦停在了树枝上,"鸟类可能在头颅掉下来的过程中起作用,但腿骨折断肯定是食腐动物们的功劳。"

说话时,我看了一下颌骨。

"下巴不见了。"我说。

"我这就去找。"他一副公事公办的样子。

卡利特询问米勒时,我蹲下来仔细研究头骨。出于自身的兴趣,卡利特的狗也挤了过来。我本来绝对不能允许这位犬科同事来干扰我的犯罪现场,但这是卡利特的宝贝,我最好还是不要挑战警长的权威。

我戴上手套,脑子里记下重点。几乎没什么头发,骨头已被太阳晒退色了,但在紧贴表面的分支处稍有一点杂色,无数的小虫子在光光的头颅上爬动。

我用一个手指小心地把头颅翻过来。

左颊和太阳穴处还有几块组织粘连着,和相邻的土壤颜色混杂在了一起。一只眼睛还在,另一只眼眶里面全是沙土和苔藓。

等我研究完,把头颅恢复原位时,一朵乌云遮住了太阳,天空顿时阴下来了,温度也降了许多。我看着这个绝望者的尸骸,竟然感到一丝凉意。

回到尸体旁边,我仔细检查了它脚下的土壤。没有蛆虫,但是有蝇蛹壳证明它们存在过。我从袋里掏出一个小瓶,采集土壤样本。

卡利特的狗看着,舌头垂在嘴边哈哧着。

"没找到下颌。"卡利特回来了。

我站起来。

"让大家四处散开在林子里找找。"

卡利特发号施令的时候,我记下了更多的细节。

没有动物粪便、黄色外套、苍蝇、甲虫、蚂蚁、树枝上的缺口、四肢的磨损、两头磨损的绳子、脖子后面的活套。

"米勒问你还要多久完事。"

"我好了。"我说。

卡利特举起手在空中挥了一圈,声音洪亮地喊道:"准备撤了。"

米勒朝我竖起拇指,走到我们来时的那个地方对一个旁观的人说了什么。那人转身走了。

在另一个旁观者的帮助下,米勒拿来了一副担架。她打开搭扣放下固定皮带,拉开装尸袋,把里面的折边塞好。

转身走掉的那个人带着一架折叠梯子又回来了,卡利特指挥他把梯子立在树下。

这个人把梯子尽量展开，然后爬上踏板，用手稳住自己骑在了树枝上。卡利特站在树下指挥着。

其他人站在远处，都盯着尸体。

米勒递给树上的人一把长柄剪刀。在旁人的帮助下，她又调整了担架的位置，小心把尸体剩下的那条腿装进尸袋的一端，把另一端也提起来，与这端平行并且尽可能地靠近吊着的尸体。

树上的人用眼神询问卡利特。

"剪断。"卡利特的脸上还是毫无表情，"慢点。"

"尽可能离那个结远一点。"我说。

树上的人身子往前靠，把剪刀伸进去，刀锋对准绳子，开始用力按剪刀的柄。

我走上前去，准备帮忙把尸体顺进袋子里。

剪了两次，绳子终于断了。

米勒把袋子往上提，她的帮手则把另一端往下放。我张开双臂，防止尸体倒向我这边。

尸体顺利地滑进了袋子，两人满头大汗，气喘吁吁地把尸体放到了担架上。

"你以前干过这事？"我问。

米勒点点头，用手臂抹了把脸上的汗。

等米勒去收拾头骨和脚骨的时候，卡利特开始搜索衣物，看有没有东西可以确认身份。

然后，大家听到一声"啊——哈。"

卡利特从死者的外套口袋里掏出了一个钱夹。皮质早被渗入衣物内的分解物污染得僵硬了。

卡利特用一个镊子撬开搭扣。钱夹里面也是潮乎乎的，黏成一片。

警长用镊子刮掉第一个塑料套子上的土。

然后他的脸颊上堆起了好多头发丝般的笑纹。

"不错。不错。"

10

"驾驶执照，南卡罗来纳州颁发。"卡利特把墨镜推到头顶，用拇指抹了抹那层塑料膜念道。接着他上下左右调整钱夹角度想看得更清楚点。

"这可怜的人绝对不是马修·萨默菲尔德。"卡利特把皮夹子伸到米勒面前。

验尸官的调查员也像警长一样把角度调来调去。"你说得对。"米勒又把钱夹递给了我。"这字对我们这些昏花的老眼来说太小了。"

尽管照片已经被严重腐蚀，但还是能清楚地辨别出这人绝对不是个孩子。他戴一副黑框眼镜，肌肉松弛、头发纤细，被梳到中央来掩盖秃顶。我竭力想辨认出照片右边的那些字母来。

"这名字看起来像是切斯特什么什么皮尼。或者皮克尼，平克尼？其他的就实在看不清了。"我说。

米勒张开塑胶袋，我把钱夹放了进去。她把袋子交给了卡利特。

"如果你没意见的话,我们将把这位先生的遗骸送到太平间去。卢梭小姐会确认他的身份并尽快通知他的亲人。"

米勒看了看自己的表,我们也都下意识地抬起自己的手腕,像是巴甫洛夫的小狗。

"快七点了,"卡利特说,"今晚没什么事了。"

警长冲我和米勒点点头,把墨镜架回鼻梁,一声口哨叫上自己的狗朝路边走去。

趁同事们把树上剩余的绳子剪断装进证物袋的工夫,米勒和我确认了一下现场没有什么地方还可以榨出情报来。我们站在那里,只感觉到头上藤蔓丛生,耳边蚊子嗡嗡,旁边黝黑的沼泽里满是爬虫们的聒噪。

等到米勒终于关上验尸部的面包车门时,天空显现出一片南方沿海低地特有的血色黄昏。她脸上满是蚊子叮的包,前胸后背一片汗湿。

"我待会儿就给爱玛打个电话,"我说,"告诉她最新的情况。"

"谢了,宝贝。我脑子里又省下一桩要记的杂事。"

我站在路边拨号,铃响了三次后爱玛才接听,声音单薄尖厉。我跟她说了事情的过程。

"真不知该怎么谢你。"

"客气什么啊。"我说。

"萨默菲尔德家可以松口气了。"

"是啊。"我答应着,毫无激情。熟悉的场景,有人欢喜有人忧。

我听见电话里深吸了口气,结果对方却没说话。

"什么事?"

"已经够麻烦你的了。"

"没什么的。"

"真不好意思再求你。"

"求我？"

停了一下，接着说："我明天有个治疗。我——"

"几点？"

"约了七点。"

"那我六点半来接你。"

"太谢谢你了，唐普。"听到她那满怀感激的语气，我眼泪都差点掉下来了。

我又带着一身死亡的气息回了家。一回家我还是冲到户外淋浴棚里，把水温调到能承受的最高点，打上香皂和香波冲了一遍又一遍。

博伊德一如既往地热情欢迎我，先是抬起前脚，然后又绕着我的脚转"8"字圈。博迪不以为然地、或许是轻蔑地看着它。猫的心思谁说得清。

我穿好衣服，装满了猫盆狗碗，然后查了一下电话。赖安没打电话来，也没给我的手机发短信。皮特的车没在外面。除了猫和狗，房子里空空的。

我一解开皮带，博伊德就上蹿下跳，在厨房里不停地转圈，最后前脚着地，尾巴竖起来，我只好带它到沙滩上遛了一大圈。

回到家，我又检查了两部电话，还是什么也没有。

"给赖安打电话吗？"我问博伊德。

小狗抖了抖眉毛，歪着脑袋看我。

"你是对的。如果他还是不高兴，就给他一点个人空间。如果他忙，他过一会儿会打过来的。"

我上楼回到自己的房间，敞开玻璃门，倒在了床上。

博伊德趴在地板上。我躺着，却久久不能入睡，听着海的声音，闻着海的气息。

不知什么时候，博迪跳了上来，蹲在我的身边。迷迷糊糊之中我想到要吃东西。

卡利特说对了，那晚后来就没什么事了。

"平克尼？"

第二天上午十一点，爱玛和我在大医院东边两个街口处一家诊所的治疗室里接到了电话。爱玛穿着医院的罩衣，左臂上连着点滴管子，右手接电话，一听就立刻振作起来，也顾不上医院不许打手机的规矩了。

"是固话吗？"爱玛问。

停顿。

"地址是哪儿？"

"我知道了。一个小时后我就可以到那儿。"

爱玛关机对我说。

"那人叫切斯特·提尔·平克尼。"

"跟我猜的差不多。"我说。

"他的电话被拆了，但地址离罗克维尔不远。"

"那不是在南边吗？快到凯瓦岛和水溪镇了。"

"是在瓦德马洛岛上。那地方挺偏的。"

我想了想。

"平克尼先生长途跋涉来此上吊。"

没等爱玛回答，一个女人走进房间。她穿一件白色外套，手里拿一个记录夹。表面友好其实态度冷淡。

爱玛介绍说这是娜佳·李·拉塞尔医生。尽管一上午爱玛都装出自信的样子，但她的声音听起来还是很紧张。

"我知道你经历了不少痛苦。"医生说。

"只是有点疲劳。"爱玛回答。

"你昏倒了？"

"是的。"爱玛承认。

"以前发生过吗？"

"没有。"

"发烧，恶心，盗汗有吗？"

"有点。"

"哪个症状厉害？"

"都有。"

拉塞尔记下来，然后翻看爱玛的记录，房间里只听见日光灯的嗡嗡声。

拉塞尔一直在看，长时间的沉默让人越来越感到不祥。我又觉得胸中一块冰冷的东西在挤压我。这就像是在等待判决，是生还是死，是好还是坏。我强迫自己保持笑容。

终于，拉塞尔开口了。

"恐怕不是个好消息。爱玛，你的指标没有达到我们预期的水平。"

"在下降吗？"

"应该说是没有看到我们预期的进步。"

房间的空气似乎凝结了。我抓住了爱玛的手。

"那怎么办？"爱玛的声音里毫无情绪，表情也很呆板。

"还要继续。"拉塞尔说,"每个病人的情况都不一样。对有些人来说,疗程可能要漫长一些。"

爱玛点点头。

"你还年轻,身体还好。如果感觉可以的话就继续治疗。"

"我可以。"

爱玛的目光跟着拉塞尔一起退出了房间。可我从中看到的虽然有担心和忧伤,更多的却是不在乎。

"不管你怎么说,我还是要工作。"

旅游手册上说,瓦德马洛岛是查尔斯顿保持得最原始的一个岛屿。而这一点,也是最不吸引旅游者的。

从地理上来讲,瓦德马洛的确是个岛,波希克特河和北埃迪斯托河把它和大陆断开了。可它也没连着海,它的南面和东面分别有个富贵的邻居挡着:凯瓦岛和水溪岛。这种地形的好处是很稳定,很少遭遇飓风的前锋侵袭。坏处则是没有沙滩。瓦德马洛岛的地面是乱七八糟的林地和湿地,这样的生态环境吸引不了旅游者和假日小屋的投资人。

尽管也有几幢高级点的房子出现在瓦德马洛岛上了,不过这地方的居民主要还是农民、渔民和靠小虾小蟹为生的人。岛上的一处名胜是查尔斯顿茶园,这个建于一七九九年的茶园号称是美国最古老的茶园,其实这也可能是美国唯一的一座茶园。

谁知道呢?说不定哪天岛上的小蜥蜴、小乌龟就激发了生态旅游者的兴趣,到那时瓦德马洛岛就寸土寸金了。

这个叫罗克维尔的小镇坐落在岛的南端。我和爱玛离开诊所后就朝着这个方向出发了。

上车前我试图和她聊聊她的非霍奇金淋巴瘤，但她显然把这个当成限制话题了。她的这种态度一开始让我很恼火，既然不愿意对我说那叫我来做什么？可是想象一下，要换了自己会怎么样呢？也会选择不去面对这些词语后面的真实含义来掩饰自己的虚弱吗？我也不确定。所以还是让爱玛自己来决定吧。她的病，她说了算。

我开车，爱玛坐在副驾驶座上。她指点着我从西南方穿过詹姆斯和约翰斯岛，来到梅班克公路上，然后再转上比尔斯·布拉夫路。除了几句指路和关于路标的谈话，我们一路沉默无语，只听到空调的吱吱声和虫子撞在挡风玻璃上的叮当声。

最后，爱玛带我走上了一条两旁全都挂满寄生藤的槲树小道，没多久她又叫我右拐，开了四分之一英里后向左拐，上了一条有车辙印的土路。

两边的古木参天，几十年的交情让它们互相合抱，形成一条独特的通道。通道外面是沟渠，沟里面是墨绿色的苔藓和难闻的臭水。

不时会冒出一两个破旧得不成样子的邮箱，标志着一条弯弯曲曲通向人家的便道。除此之外，整个通道全由绿油油的植被覆盖着，感觉自己就像是在繁茂枝叶间穿行的昆虫。

"那儿。"

爱玛指着一个邮箱叫道。我在它旁边停下车。

这是那种在家得宝[①]买的邮箱，上面斜斜地贴着一行金属字：平克尼。

地上还有一个自制的招牌靠在邮箱的柱子上，上面写着：出售兔

---

① Home Depot（家得宝），美国最大的装潢零售公司，也是美国第二大的零售公司。

子，优质诱饵。

"你们这儿用什么来抓兔子?"我问。

"兔热病。"爱玛回答,"在这儿拐弯。"

进去三十码,大树不见了,出现了一堆乱糟糟的灌木。再过去十码,灌木变成了一块泥面的平地。

开发商从来不会光顾这样的地方。这里没有分户公寓、没有网球场、没有小鬼杜普利。

一幢木屋矗立在平地的中央,周围堆着旧轮胎、汽车零件、破旧家具和锈迹斑斑的设备。房子只有一层,建在一堆碎砖头的基座之上。大门敞开着,但有纱门挡着,从外面一点也看不清里面。

空地右边有两根柱子,中间牵了一根钢索。钢索上挂着一根皮带,皮带的底端系着一个空的项圈。

空地左边有一座没上漆的木头棚子。我猜想这就是那些可怜的兔子们的住所吧。

爱玛深吸了一口气,我知道她很不喜欢做这事。她下了车,我跟在后面。天气又闷又热,空气中散发着一股潮湿和植物腐烂的气味。

我站在台阶边等着,爱玛走进门廊。我的眼睛四处张望,提防从那儿蹿出一条德国或美国种的猎犬来。我喜欢狗,但也很实际。乡下的狗和陌生人之间从来都是龃龉不断的。

爱玛敲门了。

一只大乌鸦哇的叫了一声盘旋在木棚顶上,然后不断飞升,消失在空地后面的火炬松林里。

爱玛在门外喊了一句,然后敲了一下门。

这时听到了一个男人的说话声,然后是锈住了的门折页转动的声音。

我朝屋子里看过去。

结果看到了一张打死我也想不到的脸。

11

给爱玛开门的男人穿着宽大的黄裤子和胶底凉鞋,杏黄色的T恤上写着:滚回去,地球太满了!这人戴着一副黑边眼镜,油腻的头发盘在头顶上遮住秃顶,真是太难看了。

"谁他妈砸门呢?"

我愣在那儿,张大嘴看着眼前的切斯特·提尔·平克尼。

爱玛没见过平克尼的驾照,所以不知道跟她说话的人就是照片上的人。她也没注意我的反应,接着做她的工作。

"先生,您好!您是平克尼家的人吗?"

"我他妈左看右看这就是我的房子。"

"好的,先生。那么您是——?"

"你们是要租拖拉机吗?"

"不,先生。我想跟您谈谈切斯特·提尔·平克尼的事儿。"

平克尼的眼光瞟向我。

"开什么玩笑?"

"不开玩笑,先生。"爱玛认真地回答。

"爱玛。"我小声叫她。

爱玛一只手在身后面摆了一下,示意我别出声。

平克尼的脸上突然堆出一些笑容,露出一口被烟熏得发黑的牙齿,他的牙看来多年没打理了。

"哈伦叫你们来的?"平克尼问。

"不是,先生。我是查尔斯顿的验尸官。"

"我们的验尸官是个女的?"

爱玛出示了警徽。

平克尼看都懒得看。

"爱玛。"我还想提醒她。

"就是弄死尸的,对吗?我在电视上见过。"

"是的,先生。您认识切斯特·平克尼吗?"

爱玛的问题把他给搞糊涂了,或者他在想用什么俏皮的话来回答,反正平克尼一脸迷惘的样子。

"平克尼先生。"我终于插上话了。

这下爱玛和平克尼都盯住我了。

"你是不是丢过钱包?"

爱玛的眉毛低下去又跳上来,然后往天上看了看,稍后又摇了摇头,回头看着平克尼。

"你们就是为这事儿来的?"平克尼问。

"你就是切斯特·提尔·平克尼?"爱玛的语气听起来有点放松了。

"我他妈长得像希拉里·克林顿吗?"

"不像。"

"你们终于逮住了偷我钱包的小子了?我能拿回我的钱吗?"

"你什么时候丢的钱包?"

"不是丢了,我他妈被偷了。"

"什么时候?"

"都这么久了谁记得啊!"

"请回忆一下。"

平克尼认真地想了一会儿。

"在我把卡车开到沟里之前,因为从那时起我就找不到驾照了。"

我们等着他接着往下说,结果他却闭上了嘴。

"日期呢?"爱玛只好发问了。

"二三月份。天冷的时候。我走回家差点把屁股冻没了。"

"你报案了吗?"

"用不着,当废铁卖了。"

"我是说你的钱包。"

"我他妈当然报案了。""报案"听起来像"比奥案","六十四块钱呢,六十四块钱就不是钱了?"

"你在那儿丢的?"爱玛开始记笔记了。

"不是丢了,是被偷了。"

"你确定吗?"

"我他妈像一个保不住自己东西的笨蛋吗?""保"说成了"比奥"。

"不是这个意思,先生。能描述一下这件事吗?"

"我们出去见几个女朋友。"

"我们?"

"我和我的伙计艾尔夫。"

"然后呢?"

"没什么啦。艾尔夫和我带着大家去野外烤肉，大家喝了些啤酒、白酒什么的。第二天早上醒过来我的皮夹就不见了。"

"你当时到过的地方都找了吗？"

"记得的都翻过了。"

"那是在哪儿呢？"

"想想看啊。好像是在双L酒吧。"平克尼耸耸肩，"艾尔夫和我都喝得烂醉。"

爱玛把笔记本收进衬衣口袋里。

"平克尼先生，您的财物已经找到了。"

平克尼不满地叫道："我都跟那六十四块钱说拜拜了。驾照也没用了，我现在又没车。"

"对不起，先生。"

平克尼皱起眉头。"为什么派一个验尸官来通知我这件事。"

爱玛盯着平克尼看了会儿。我猜她在考虑该向他透露多少关于钱包是怎么被找到的事。

"我只是帮警长一个忙。"爱玛说。

爱玛谢过平克尼之后，走下台阶。我们俩一起转身穿过院子。

一只脏兮兮的灰色狮子狗挡住了我们的去路，它脖子上套着一个饰有钉头的粉红色项圈，前爪抓着一只死松鼠。

小狗也好奇地看着我们，我们互相看了一眼。

"道格拉斯。"平克尼吹了一声短哨，"进来。"

道格拉斯站起来，叼着松鼠，围着我们转了一圈。

我听到门闩哗啦一响，然后砰的一声关上了。我和艾玛走向自己的车。

"可爱的老家伙。"爱玛说。

"道格拉斯吗?"

"平克尼。"

"奇异之旅。"

爱玛瞪了我一眼。

我发动车,掉头,上了小道。

"道格拉斯怎么啦?"爱玛问。

"项圈的颜色有点太花哨了,可放在它身上却合适,正好呼应了它的眼睛。"

"这老家伙被打劫的可能性有多大?"爱玛问。

"我今年当选美国偶像[①]的可能性有多大?"我回答。

"现在有两个了。"我们走上大路时爱玛突然说。

"一个在树上,一个在岛上。"

"还押韵呢。"

"没办法,我们爱尔兰诗人的气质。顺便问一下,你今天感觉怎么样?"

"有点累,但还行。"

"真的?"

她点头。

"那好。"

爱玛没要我帮她做树上那个人的骸骨分析,但我们都知道事情该怎么办。我们知道卡利特回去做那些收集情报的工作,而且我如果再介入另一个案子的话他会起疑心的。

我一路想象着他跟爱玛可能发生的对话,直接开到了医院太平间。

[①]美国最流行的一个电视选秀节目。

* * *

等爱玛打电话给卡利特通报了最新情况后,星期二的工作就是星期六工作的重复。还是那个太平间冷藏室,还是那片地砖和不锈钢解剖台,还是那种经过消毒的死亡气息。

米勒把树上吊死的这个人编号为CCC-2006020285。

我和爱玛换上操作服,把CCC-2006020285从袋中取出来放在解剖台上。先是连接着的部分,然后是头颅,最后是其他脱离了或是被食腐动物们扯开了的身体部分。

大脑和内脏都不见了。躯干、手臂和大腿部还保持着肌肉和韧带。有些部分化脓了,有些部分却被阳光和风烤焦,风化了。肌肉虽然不利于骸骨分析,但可能为迅速确认身份提供帮助。有肌肉组织就意味着有皮肤,有皮肤就意味着有指纹。

右手由于有袖子保护要完整些,没有遭到迅速的风化。但是腐烂使得软组织极端脆化了。

"拿点TES来。"我指使爱玛。我说的是软组织增强液,这是一种柠檬酸缓冲的盐液,对于恢复脱水或是受破坏的软组织很有帮助。

"谢谢使用我最喜欢的防腐剂。"

"请把它加热到五十摄氏度。"就像在迪威岛的案子一样,检查尸骨的过程中,爱玛把我当成上司了。不知道她要离开多久,但我已经决心把这工作做下去,直到有人叫停。

"用微波加热行吗?"

"可以。"

等爱玛走了,我把受害者右手的手指从根部取了下来。她一回来,我就把这些断指放进溶液里,搁到一边慢慢泡。

"我可能要出去会儿。有个建筑工地上发现了死尸,要我去看一下。等指纹好了,你把它们交给技术人员,他会向卡利特报告的。"

"没问题。"

骸骨检查其实挺简单的。而且,除了把软组织切割下来的那一部分外,其他都让我想起星期六对迪威岛无名氏骨骼的分析。

脊柱是最难分离的部分。在等待手指浸泡的时候,我先从那些肌肉黏着力不强的骨头开始。

从头颅和骨盆的形状来看,死者是个男性。

牙齿、肋骨和耻骨连接表明他已经有三十五到五十岁了。

头盖骨和脸部形状显示他的祖先来自欧洲。

又是一个四十多岁的白种人。

身体相似之处也就到此为止了。

迪威岛的那人很高,而腿骨测量计算出树上的这人大概在五英尺六到五英尺八之间。

前者是长发,金黄色;而这个人的头发很短,褐色而且卷曲。

和迪威岛的那个人不同,这个人没修过牙,上牙掉了三个白齿和一个前磨齿。下牙因为没找到下巴就不知道了。牙床内侧有烟渍,说明死者生前是杆老烟枪。

完成了生理轮廓的整理之后,我开始寻找骨骼上的异常之处。通常找的是天生特质、由于反复性动作造成的骨骼变异、愈合的创伤,还有生前的医疗记录。

树上的这人创伤累累,包括腓骨断裂,峡骨开裂,左肩胛骨也有伤痕,但都愈合了。X光显示左锁骨上有阴影,表明那儿可能有一个旧伤。

这人个头不大,却喜欢惹是生非,而且身体复原能力极强。

我伸了伸腰,晃晃肩膀,摇摇脑袋。背上感觉就像是被豹子踩过一样生疼。

墙上的钟指向四点四十。该看看那些手指了。

组织软化得非常好。我用一个小注射器把TES注射到真皮底下，这样指尖就饱满起来了。我用酒精把它们擦干净，蘸上油墨，按下指纹，纹路出来得非常清楚。

我叫来技术人员，等他把指纹收好后就继续工作。

死后的伤口只局限于小腿，骨头被咬后破裂，还有几处很小的环形牙印，表明施害者可能是犬类。

我没找到临死前的伤口。除了那个明显的伤口外，没有其他的死亡原因。就是因外力挤压导致颈椎碎裂而窒息。简单地说就是吊死的。

爱玛七点钟的时候打了个电话来。我通报了最新情况。她说她打算立刻绕道到警长那儿去"轰"他一下。说得就跟赶鹅一样。

提到鹅倒让我觉得自己饿了。我赶紧去了趟自助餐厅，吃完一顿不够味的卤汁面条和过腻的沙拉之后，我又回到了解剖室。

尽管有些部分还没有充分地再度成为水合物，但我还是可以把大部分椎骨上腐败的肌肉去掉，只留下几块顽固的骨头继续浸泡，然后把其他几块刚弄好的颈椎和胸椎以及两块我从颅底拆下来的颈椎放在一个托盘里。

在显微镜下，我先看C-1，然后一个一个往下看，直到C-6才发现一些异常之处。

这简直就是星期六事件的重演。

同样一块椎骨上、同样环拱上、同样在通向头盖骨通道的横切面上。

左边，有一条铰链状的裂缝。

我调节了焦点和灯光。

毫无疑问。一条头发丝般的裂缝从左横突上一直蔓延到小孔的内侧。

这和我在迪威岛骸骨上看到的一模一样。伤口的铰链形状以及没有愈合的迹象表明这个裂痕也是肌体完好时形成的,伤害就发生在死亡之时。

但到底是怎么形成的呢?

C-6,在脖子的底部,离吊绳远着呢。尽管死者的头颅已经脱落了——可能是由于食腐动物的拖拽造成的,可绳结还在,嵌在 C-3 和 C-4 之间。

难道是因为受害者从树上往下跳时突然拧了脖子?如果他是从树上跳下来的,那他又是怎么上去的呢?他爬上六英尺高的树干?也有可能。

我闭上眼,想象着尸体挂在树上的情景。绳结是在脖子后面的,而不是侧面。这和单边破裂的颈椎不一致啊,我在脑子里记下要再去看看米勒的现场照片。

那吊死也能解释迪威岛受害者的死因吗?难道他也是自杀的吗?

难道爱玛说对了,迪威岛的那个人就是自杀,然后被朋友或是家人埋在那儿的?为什么呢?为死者感到羞耻?不愿意支付丧葬费用?害怕保险赔偿被拒绝?这不大可能,想要等法庭宣布一个失踪者死亡然后拿保险要好几年呢。

难道迪威岛的死者最终也只不过是尸体处理不当?

每想到一个对于树上那个人的颈部单边创伤的不同解释,我就要把它放在迪威岛那人一起检验一下。

摔死的?勒杀的?鞭死的?头部撞击而死的?

对于这种特定裂痕和位置，没有一个能说得通的。

等爱玛兴冲冲地回来时，我还在苦苦思索这个问题。

"我们找到他了。"

我从显微镜上抬起头。

爱玛对着骸骨扬了扬手中的打印纸。"卡利特在 AFIS 里搜索了指纹。"AFIS 是指自动指纹识别系统，"这人一下就跳出来了。"

爱玛说出一个名字，我一下就把脊椎上的裂缝抛到脑后去了。

12

"他叫诺贝尔·克鲁克香克。"

"天哪。"

虽然我的反应有点意外,但爱玛也没在意。

"克鲁克香克是夏洛特-梅克伦堡的退役警察。可他在数据库里不是因为他是警察。虽然夏梅警察局的探员们在警校的时候就得录指纹,可那些都在警察局内部保密的。克鲁克香克是因为酒后驾车被逮捕才录进来的。"

"你确定就是克鲁克香克吗?"这问题真傻,答案不是明摆着的嘛。

"指纹有十二处匹配。"

我接过打印单查对克鲁克香克的基本信息。男性,白人,五英尺六英寸,出生日期标明的年龄是四十七岁。

完全符合我的骨骼分析结论。身体状况也和对暴露了两个月的尸骸的分析一致。是克鲁克香克无疑。

就是巴克·弗林的那个失踪侦探诺贝尔·克鲁克香克。

我仔细地研究上面的照片。尽管只是黑白的,而且像素很低,照片还是能告诉我一些它的主人的信息。

克鲁克香克的脸上满是痘痕,鼻子高耸,头发直往后梳,在底部打卷儿。下巴和眼角的肌肉开始松弛,可能体重也超过正常范围了。不过整体看来这张脸还是很有男子气概。

"诺贝尔·克鲁克香克,这太让人惊讶了。"

"你认识他吗?"

"没见过。但是他一九九四年就因为滥用药品被警察局开除了。去年三月失踪前他一直做私家侦探。"

"他的这些破事儿跟我们有什么关系?"

"还记得皮特吧?"

"你丈夫。"

"分居的丈夫。皮特一直在调查GMC的金融问题,顺手也帮一个客户找女儿。因为她也牵涉在这组织里头。巴克·弗林,就是那个客户,在雇皮特之前也找过克鲁克香克。还没查清楚呢,克鲁克香克就消失了。"

"皮特不是律师吗?"

"我也是这样想的。可皮特是个拉脱维亚人。弗林的母亲也是拉脱维亚人。弗林是把他当做自己的同胞来看待的。"

"弗林的孩子是在这儿失踪的吗?"

"应该是。克鲁克香克最擅长寻找失踪人口,而且查尔斯顿和夏洛特就是他的地盘。他女儿,海琳·弗林,是GMC的员工,而巴克是这个组织的主要赞助人。"

"奥伯利·赫伦。这下又有事做了。克鲁克香克不汇报了,难道弗林没感到蹊跷吗？"

"问题是克鲁克香克有酗酒的名声。"

"弗林雇了个酒鬼？"

"弗林在雇他之前并不知道，是在互联网上找的。所以后来他只找他信得过的有波罗的海基因的人。"

这时爱玛问出了我心里正在想的问题。

"克鲁克香克拿着平克尼的钱包干什么？"

"他找到的？"我猜了一下。

"偷的？"

"从一个捡到或是偷了钱包的人那里得来的？"

"平克尼说他的钱包是二月或三月丢的，正好大致是克鲁克香克自杀的时候。"

"差不多吧。"我说

"差不多。也可能有人在林子里碰到了尸体，然后把钱包塞在里面了。"

"为什么？"我诧异。

"恶作剧。"

"这可是我听过的最变态的幽默。"

"或者是为了让警察确认身份时误入歧途。"

"钱包是在上衣口袋里，对吧？衣服可能是克鲁克香克借来的，捡来的，甚至是偷来的，他自己都不知道里面有钱包。平克尼说过他丢衣服了吗？"

爱玛摇摇头。

"克鲁克香克身上怎么就没带一点自己的东西呢？"

"真正想自杀的人常常会把自己的东西收起来。"爱玛想了一会儿。

"但为什么选择弗朗西斯·马里恩森林呢？他又是怎么到那儿的呢？"

"问得聪明，验尸官大人。"我赞同。

爱玛和我都找不到聪明的答案。

我拿起 AFIS 打印单说："这个能给我吗？"

"就是给你的。"等我把单子放在台面上，爱玛又接着说："那么你的克鲁克香克先生真的是上吊死的？"

"皮特的克鲁克香克先生。"我纠正她。

"那皮特现在也在查尔斯顿啰？"

"哦，嗯。"

爱玛扬起眉毛，一脸坏笑。

我对她翻了个白眼，几乎把她顶到墙上去。

我回到"望海居"时已经快九点了。厨房的两个台子上都堆满了桃子和西红柿。星期二，我猜皮特一定是去过快乐山农贸市场了。

皮特和博伊德都在书房里看棒球赛。明尼苏达的双子星队把皮特喜欢的芝加哥白袜队杀了个十比四。白袜队是皮特在芝加哥度过童年时期起就热爱的球队。当他们把他们的 3A 级分会放在夏洛特时，皮特简直是感激涕零。

"克鲁克香克死了。"我故意给他个措手不及。

皮特坐起来，认真地看着我。博伊德仍然盯着那吃了一半的爆米花。

"真的？"

"是上吊死的。"

"你确信就是克鲁克香克？"

"AFIS有十二点匹配。"

皮特挪开一个枕头，我一屁股坐了下来。我先说了一下去平克尼家的奇遇，然后再说树上吊死的那个人。博伊德一头扎向了爆米花，沾了一身。

"克鲁克香克是怎么弄到别人的钱包的？"

"谁知道。"

"爱玛还会再去跟这位平克尼先生聊聊吗？"

"我想会的。"

博伊德一边看着皮特，一边歪着头猛舔爆米花。皮特把碗移到了我们脑后的桌子上。

博伊德一向是个乐观主义者。它跳上沙发，把整个身子靠在了我身上。我心不在焉地摸了摸它的耳朵。

"没调查克鲁克香克为什么自杀吗？"皮特问。

我犹豫了一下，想起了爱玛和我都回答不了的那个问题，还有那第六节颈椎。

"有线索吗？"

"可能也没什么。"

皮特一口干了他的喜力啤酒，放下瓶子，摆出一副洗耳恭听的样子。

我描述了一下颈椎左横突上的那条铰链状裂纹。

"有什么特别的？"

"这个伤口不符合上吊造成的伤害，尤其是绳结在脑后而不是在侧面的情况下。而且，迪威岛上的那个骸骨在同样位置有一条一模一样的裂纹。"

"这很重要吗？"

"我以前从未见过这样的创伤模式。可现在忽然在一周内碰到了两例。你不认为很可疑吗?"

"那你的解释是?"

"我想了好多种答案,可都不具说服力。"

"优柔寡断是灵活性的重要特征。"

博伊德现在已经把下巴凑到我肩膀上了,鼻子离爆米花只有几英寸。我把它放下来,它乖乖地躺在我的大腿上。

"你今天有什么收获?"我问。

"这不挺好的吗?"皮特咧嘴笑了,"就像一对真正结了婚的人。"

"我们是结过婚。情况并不好。"

"我们现在还结着婚呢。"

我推开博伊德。大狗从我身上跳向皮特。我站起来准备走。

"好了,好了。"皮特举手投降,"我今天到GMC大闹了一通。"

我重新坐下。"见到赫伦了吗?"

皮特摇摇头。"我放了一通吓人的话。起诉啊,滥用慈善基金啊什么的。往他们锅里撒了泡尿。"

"厉害。"

"最后,赫伦终于答应星期四早上见我。"

就在这时我的手机响了,我一看是爱玛。

"卡利特找到了克鲁克香克的一个住址。这地方在卡尔霍恩,离南卡医学院一带不远。他去了一趟,从正在看《洛奇》①的房东那里打探到了一些信息。克鲁克香克在他那里住了两年了,但自三月以来就没再见着他。房东名叫哈罗德·帕罗特,是个彻底的基督俗世论者。当

---

①美国著名动作影星史泰龙的系列电影。

克鲁克香克拖了一个月的房租没交时,帕罗特把他的东西收到纸箱里,换了锁,把房子重新租出去了。"

"那么那些箱子呢?"

皮特扬起眉毛向我示意,并用嘴形说了克鲁克香克的名字。我点头表示知道了。

"帕罗特把它们堆在地下室了。他认为克鲁克香克是搬家了,他可不想等这个人回头来拿自己东西时惹麻烦。卡利特认为是克鲁克香克把帕罗特吓坏了。卡利特和我明天上午去那儿看看。我想你也会感兴趣的。"

"在哪儿?"

爱玛说了一遍地址,我记下来了。

"什么时间?"

皮特指指自己的胸口。

"九点。"

"我们在那儿见面吗?"

"行啊。"

皮特更加热切地指着自己。

"如果皮特也去你不介意吧?"

"那就更有意思了。"

今天一开头就不顺利,后来就更糟了。

不到八点时,爱玛打电话过来说她晚上没睡好,问我能不能自己去见卡利特和帕罗特。她已经跟警长说了我已正式接手为这案子提供咨询,要求他通力合作。

我听出了爱玛声音中的痛苦。我非常清楚,要她承认自己不行了需要承受多么大的痛苦。我向她保证我完全可以,等问完帕罗特之后就立即全面开始工作。

我走进厨房时皮特正好打完手机。他给弗林打了电话。尽管情况有点令人不安,不过听说克鲁克香克已被找到,巴克还是很满意。他更满意皮特即将见到赫伦,以及他可能找到他想要的答案。

皮特还给在夏洛特-梅克伦堡警察局的一位朋友打了电话,朋友对于这位前同事的死讯并不诧异。他和克鲁克香克在军队里担任调查员时就认识了。用他的话说,克鲁克香克是一颗上了膛的子弹。

等我和皮特从卡尔霍恩拐进一条死胡同时,看见卡利特的越野车已经停在那儿了。这一带从前可能还算繁华,人口众多。但街上原先迷人的夹竹桃和接骨木风景在现代新发展面前黯然失色。在林立的办公大楼和商业大厦之间,这些带着邦联①时代印记的暮年美人就像人家的砖质墙衬。

爱玛给的地址是一座在南北战争中幸存下来的、典型的查尔斯顿特色的房子:前部狭窄,内部幽深,侧面有游廊式的上下楼梯。

我和皮特下了车,走上人行道。尽管阴天气温不高,可是湿度太大。不一会儿,我的衣服就开始沾在身上了。

走进那座房子,就看到了更多的细节。木头有些溃烂了,油漆也脱色了,但整体形态比英国布莱顿的英皇阁还整齐些。门上的一块金属片上写着"木兰庄园"。

可房子里既没有木兰,也没有鲜花。旁边院子里只有一丛野葛。

前门没锁。我们穿过大门,就从一团潮乎乎的热气里走进一团稍

---

① 美国内战期间南方的叛乱政府。

微凉快一点的湿气里。

带扶栏的楼梯，堡垒式的墙，枝形天花板吊灯。这个曾经典雅的厅堂现在只作为门厅用。厅里不多的几件家具散发出牙科诊所的特色。胶合板的餐具柜，藤椅，塑料假花，塑料藤蔓，塑料的字纸篓里塞满了丢弃的广告。

两行铭牌说明这幢房子被分成了六个单元。下边靠右有一个对讲器，一张手写的卡片上标出了常驻管理者的号码。

我拨了这个号码，响到第三声时帕罗特接了。

我自报家门。帕罗特说他和卡利特正在地下室，要我沿着中央走廊到房子后头去。楼梯就在门后左边。

我示意皮特跟我走。

地下室的门就在所指的地方，敞开着。

"克鲁克香克绝不是因为这老房子的保安系统选的这里。"我压低声音说。

"肯定是看上了这里内部装饰的古色古香。"皮特答道。

我已经听到卡利特和帕罗特在下面讲话的声音了。

"还有这名字，"皮特又加上一句，"这名字多华丽啊。"

等我和皮特走完那段木头楼梯，温度起码下降了半度。到了底下，空气中弥漫着积蓄了几十年的霉味。我都不知道该用鼻子还是嘴呼吸。

地窖里正如我预料的那样，脏兮兮的地板，低矮的天花板。砖墙上灰泥脱落得坑坑洼洼的。能让人想到的二十世纪的东西只有破旧的洗碗机、甩干机、热水器和一只由旧电线吊着的瓦数很低的灯泡。

到处是垃圾和堆积的旧报纸，中间的一张工作台上放着一个纸箱。卡利特一手拿着一个吕宋纸文件夹，一手搜寻着目录。

听到脚步声，两人都转过头来。

"看来你成了我们的验尸官的御用候补啊。"卡利特的开场白总是别出心裁，"只要大家各尽职守，我没问题。"

"当然。"我介绍了皮特，简短地解释了一下他对帕罗特的房客感兴趣的原因。

"你的克鲁克香克先生看来是个大忙人啊，法律顾问先生。"

"只是有些间接地牵扯到了克鲁克香克。"

卡利特打断了他。"这个人在我的辖区内自杀了，于是就成了我的事。你可以跟着这位医生一起行动。但如果你想自作主张的话，最好不要轻举妄动。"

皮特无话可说。

"卢梭小姐说你在找一个叫海琳·弗林的小姑娘？"还是那种毫无语气的调子。

"是的。"皮特答道。

"我能问下原因吗，先生？"

"海琳的父亲很担心，因为与她失去了联系。"

"你找到了这姑娘怎么办？"

"告诉她父亲。"

卡利特盘问了这么久，我还以为是要把皮特打发走呢。结果他却说："没什么大不了的。我的孩子要是不见了，我才懒得管呢。"

警长合上文件夹，来回晃了晃。

"这个你读起来会觉得很有趣。"

13

卡利特把文件倒过来,让我们看标签上手写的标题:弗林,海琳。日期正好是巴克·弗林最初和克鲁克香克接触的时间。

卡利特把文件夹递给皮特,转身继续在纸箱里翻寻,拿出一个文件夹来,看看它的标签,然后又扔回去。

皮特浏览了一下海琳·弗林的文件内容。

我则观察着帕罗特。这是一个老年黑人,卷曲的头发油光整齐地梳向两边,活像穿着连身内衣的纳特·金·科勒①。他看起来有点紧张,好像担心谁会在他背后给他一拳似的。

卡利特随便看了几份文件之后转身问帕罗特。

"这些箱子都是你装进去的吗?"

"那些文件不是。克鲁克香克就是这样放着的。我只是把那些杂物

---

① 美国二十世纪五六十年代著名黑人歌星。

收拾了一下。"帕罗特指了指一堆的纸箱子。

"帕罗特先生,克鲁克香克先生的东西你一件没落下吗?没有乱放,没有遗失之类的,对吗?"

"那可不敢保证。"帕洛看看卡利特,又看看我,然后低下头,"我又没列清单。如果非要问的话,我只能回答说是我装的这些东西。"

"哦,噢。"卡利特死死地盯住这个房东。

帕罗特用一只手摸了摸头顶,头发纹丝未动。现在这头顶比卡卡圈坊①的甜面圈还油亮了。

有十几秒钟、一分钟没人做声。只听到不知什么地方有一个水龙头在滴水。

帕罗特又摸了一下头发,然后抱起双臂,又放下。而警长的眼睛就一直这么盯着他的脸。

终于,警长打破了沉默。"为了安全起见,如果我把克鲁克香克先生的东西带走你不会反对吧?帕罗特先生。"

"那不是还要法庭许可证什么的吗?"

卡利特脸上没有任何反应。

帕罗特张开双臂无可奈何地说:"好吧,好吧。没问题,警长先生。我只是想照章办事。你知道,房客也有他们的权利。"

总共有八个箱子。我拿了装文件的那个。皮特和卡利特先是一人拿了两个箱子。等他们回去拿第二趟的时候,我坐在卡利特的越野车里给爱玛打了个电话。她虽然听起来好多了,但还是很虚弱。

我告诉她我们准备到警长的办公室去。爱玛谢了我,要我保持联络。

---

①美国最大的甜面圈连锁店。

离开木兰庄园二十分钟后,我们跟着卡利特拐进了查尔斯顿县警署的停车场。警署在查尔斯顿北部派黑文大街上的一幢灰泥粉刷的低矮砖楼里。我们上下了两趟才把箱子搬到了一个小会议室。

在卡利特给查尔斯顿市局打电话的时候,我和皮特开始着手整理克鲁克香克的遗物。皮特拿了弗林的文件去看,我则开始翻箱子。

第一个箱子翻出来的是浴室毛巾、化妆品、牙膏、一次性剃须刀、剃须膏、香波、足部爽肤粉等等。

第二个箱子是厨房用具,一次性杯子、盘子、几个玻璃杯,都是些廉价用品。

第三个箱子里全是食品。家乐氏香甜玉米片脆片、谷类早餐、通心粉、通心面、金宝汤罐头、烤豆等等。

"这人对吃的好像没什么品味。"我边关上箱子边说。

皮特正全神贯注地看着文件,只发出一声含混的嘟哝。

第四个箱子里有一只闹钟、床单、毯子。

第五个箱子塞满了枕头。

第六个箱子里是衣服。

"有发现吗?"皮特问,注意力还在做笔记上。

"一堆烂衬衫。"

"什么?"皮特根本就没听。

"这人最喜欢褐色。"

"嗯。"皮特不知在写些什么,画得飞快。

"还有件黛尔·伊文思[①]式的泳衣。这可是件古董了。"

"嗯。"

[①] 美国二十世纪三十年代女歌星。

"还有吊袜腰带。"

皮特终于抬起头来。"什么?"

我展示了一件褐色的工作衬衣。

"你真搞笑,亲爱的。"

"你找到什么有价值的东西了?"我问。

"他用的是某种速记符号。"

我走过去,看了看克鲁克香克的手迹。这些笔记由数字,字母和短语组成。

2/20

LM

Cl-9-6

Ho-6-2

AB Cl-8-4

CD Cl-9-4

mp no

No F

23 i/o

2/21

LM

Cl 2-4

Ok stops

Ho7-2

AB Cl-8-5

CD Cl-8-1

？？？

No F

31 i/o

2/22

LM

No Cl

？？？

AB Cl-8-4

CD Cl-12-4

No F

Cl 9-6

28 i/27 o

si/so rec！photos

"这可能是日期。"我指着每条记录的第一行说,"二月二十号,二月二十一号等等。"

"雷耶夫斯基①也比不上你,宝贝儿。"皮特笑嘻嘻地看着我。

我不明白。

"英格玛?"

我还是摇摇头。

---

①波兰数学家和密码学家,二十世纪三十年代领导波兰密码学家率先对德国使用的英格玛密码进行了系统性的研究和破译。

"二战的时候,德国人使用了一种叫做英格玛的电动机械转轮密码体系。雷耶夫斯基用理论数学破解了这个密码。"

"那你一个人想吧,拉脱维亚智多星。"我转身继续翻箱子。

在第七个箱子里我终于有所发现。

这箱子里的东西应该是桌上或是工作区里的。一沓沓的纸、信封、记事本、笔、剪刀、胶带、订书机、曲别针、橡皮筋、订书针。

还有一盒光盘。

我打开盒子,把光盘从中间的圆轴上取下来。一共六张。我看了看它们的标签。

五张空的,只有一张上写了字。

黑色油笔写的是"弗林,海琳"。

我脑袋里轻轻的嗡了一下,怎么回事?竟然有点失望?那我指望着上面写的是什么呢?难道还能是"迪威岛无名野坟"?

"皮特。"

"嗯。"

"皮特!"

皮特的头匆匆抬了一下。

我举着光盘。

皮特的眉毛都快飞到头顶了。他刚要说话,卡利特进来了。我把光盘展示给他看。

"有电脑能看这个吗?"

"跟我来。"

卡利特把我们带进了他的办公室。他坐在了桌子后面的一把皮椅上。那桌子比一个篮球场也小不了多少。输了一些命令后,他伸出手来。我把光盘递给他,他又敲了几下键盘。

计算机哼哼着开始读克鲁克香克的光盘。卡利特又敲了几个键，然后做了个手势叫我们过去到他后面看。

皮特和我绕过桌子，站在卡利特后面。屏幕上全是小方块的图标，是JPEG格式的图片文件。

卡利特双击了第一个小方块。一幅图像充满了屏幕。

图像上显示的是一幢两层的砖楼，中间有个大门，两边各有一扇观景窗。不论是门上还是窗户上都没有任何字母或是符号。也没有道路标志或是门牌能让人确定这座房子的地点。而威尼斯式的百叶窗把屋子里面遮得严严实实的。

"景深极小，"我说，"非常模糊。肯定是用长焦镜头从远处拍的。"

"眼力不错。"皮特说。

"你认识这地方吗？"我问卡利特。

"我只能肯定不是长虹路。剩下的任何地方都有可能了。"

接下来几张照片显示的是对同一个建筑的不同角度拍摄。还是没有一张包含了邻近建筑或是任何可以识别的路标。

"看看那张。"我指着一张有个男人走出这座房子的照片说。

卡利特双击了这个文件。

这个人中等身高，很壮实。他深色头发，穿一件带腰带的雨衣，围着一条围巾。他没有看相机，或者说是没意识到有相机。

下一张显示有另一个人走出来。这人也是深色头发，但个子要高些，比第一个人还要粗壮，似乎也要年轻些。他穿着风衣和牛仔裤。像第一个人一样，他也没看镜头。

再下一张是个女的。一身黑，金发，胖——很胖的那种胖。

光盘里总共有四十二张图片。除了最初几张，其余的都是人们进出这幢砖楼的情景。有个孩子一只手臂吊着绷带，一个戴着蒂利式①帽子的老人,一个胸前的婴儿背袋里装着孩子的女人。

"改变一下显示模式。"我指着工具条上的图标建议道。

卡利特把光标在蓝色屏幕上右键点击了一下,有点犹豫。

"看看详细列表。"我指示道,尽量避免命令语气。

卡利特双击了最后一个选项,屏幕上的图标变成了竖行显示。第四列的信息显示了每张 JPEG 照片的拍摄时间和日期。

皮特说了句有眼睛就能看到的废话。"这些照片都是在三月四号上午八点到下午四点间拍摄的。"

"够格当雷耶夫斯基的助手了。"我小声说。

拉脱维亚智多星没理会我的嘲讽。

卡利特回到缩略图模式下,又打开了第一张照片。"这就是说克鲁克香克三月四号的时候还活着。"他语气单调地说,"他还在监视这个地方。"

"也可能是别人。这张光盘可能是别人给他的。"

"这不要紧。重要的是后来这人自杀了。"卡利特侧着头,给了我一个疑问的目光,"现在可以确定他是自杀的吧,女士?"

"从死亡方式来看是——"我搜肠刮肚,"但情况有点复杂。"

卡利特转过身来让自己完全面对我。皮特把腰靠在书柜上。我只能站着。

我描述了一下克鲁克香克的第六块颈椎。卡利特听完了没作任何评论。然后我又解释了一下我和爱玛在迪威岛的野坟里发现的骸骨的情况。

"两人都是四十多岁的白人?"卡利特问,有点兴趣,但不为所动。

---

①二十世纪三十年战争中佛兰芒人的陆军元帅。

128

我点头。

"可能仅仅是巧合。"

"可能。"像塞伦盖蒂国家公园①一样大的可能性。

卡利特又转回屏幕那边。"如果克鲁克香克不是死在自己手上,那问题就来了。谁帮他自杀的?为什么?照片上的地方有什么意义?"

"地点也许不重要,"我设想,"重要的是人。"

"只有一张光盘上标着海琳·弗林的名字吗?"皮特问。

"我们试试其他光盘吧。"我说。

试了一下,其余都是空白的。

"你翻完了所有的箱子了吗?"卡利特问。

"还有一个。"

我们回到会议室。最后的箱子本来是装赫尔曼蛋黄酱的。皮特和卡利特都看着我打开纸箱的盖子。

里面有些书、几个相框、一本影集、一个纪念章、一本警务大事记。

没有光盘。

"我们退一步说吧。"我合上箱盖时卡利特说,"可能是克鲁克香克本人在监视这房子,也可能是别人。如果是别人,那会是谁?他为什么要这样做?克鲁克香克又为什么会对这些照片感兴趣?"

"他又是怎么拿到这些照片的?"皮特加了一句。

我想了一下。

"有几个可能。"我掰着手指开始数,"一、克鲁克香克自己照的。二、这张光盘是别人给的。三、他得到的是一张数码相机的智能卡或

---

①位于坦桑尼亚北部,面积一万四千七百六十平方公里。

照片存储器。四、他是通过电子传送方式收到这些照片的。"

"意思是，我们没有任何线索。"皮特说。

"但我们知道了一件重要的事。"

两人都看着我。

"要想从相机、智能卡、照片存储器或者网上下载这些照片，要想收电子邮件，要想把它们都存到光盘上，要想看光盘上的图像，需要什么？"

皮特和卡利特异口同声地说："克鲁克香克有一台电脑。"

"我要说的是非常可能。他可能还有台数码相机。"

卡利特的眼睛里立刻充满怒火。也许只是我想象出来的。

"还得跟那个好房东帕罗特好好谈谈。"

我对着第八个箱子做了个拿文件的姿势。"我们能不能把这个带回去研究一下？"

卡利特两个大拇指扣着自己的皮带，下嘴唇鼓起来了。一时间我不确定他是不是要对我们的请求置之不理。结果他猛拉了一下自己的裤子，长出了口气。

"现在的情况是，我缺个副手。既然卢梭小姐信任你，把你介绍进来，那么我认为你翻翻这些盒子没什么坏处。只是要登记一下。然后签个单子，注意安全。"卡利特没把告诫完整地说出来。有些显而易见的东西确实没必要重复。

我们走到快乐山时电话响了。皮特在开车。

我从包里掏出手机。屏幕上显示的是一个我不认识的本地号码。我开始不想接，后来又改变主意了。万一是关于爱玛的呢？

我本该服从我的第一反应的。

14

"别来无恙,博士?"

我几乎立刻就听出来了这个声音:可恶的"水藻"。

"你怎么知道我的号码的?"

"过得挺好的吧?"

"温伯恩先生,我不接受采访。"

"你看到我在《查尔斯顿报章》上的那篇报道了吗?关于迪威岛僵尸的那篇?"

我一言不发。

"我们编辑发话了,全力支持我继续跟进。"

我还是一言不发。

"现在我有几个问题想问你。"

我用一种从那些警察和海关官员那里学来的语气,一字一顿地说:"我—不—接—受—采—访。"

"几分钟就行了。"

"不行。"我斩钉截铁。

"对你有好处的。"

"我要挂了。不要再打过来。"

"我觉得你最好别挂。"

"温伯恩先生,你那架尼康相机还在吗?"

"当然在。"

"你最好带着它到一个太阳照不……"

"我知道不少弗朗西斯·马里恩那具尸体的事。"

这招厉害。我没挂。

"这人叫诺贝尔·克鲁克香克,曾经是夏洛特的警察。"

看样子"水藻"还有点货。

"你从哪儿搞到这些信息的?"我冷冰冰地问。

"博士,"他装出一副很失望的样子,"你知道我们的消息来源是要保密的。可我说的都对,是吧?"

"我什么也没说。"

皮特一直用探询的眼光朝我这边看,我示意他好好看着前面的路。

"但是有些事我不明白。"温伯恩慢慢吞吞,啰啰唆唆,一定是看多了《神探哥伦坡》,"克鲁克香克是个前警察、私家侦探。他死的时候可能正在办案。是什么事有这么大的打击,让一个这么强悍的人想不开呢?"

电话里一阵沉寂。

"还有这个人的特征,"最后两个字他发成了"特字恩","男性,白人,四十多岁。听起来不是很耳熟吗?"

"基努·里维斯也是。"

温伯恩没接我的话茬儿，或者说就没听懂。"所以我现在在查克鲁克香克上吊时到底在查什么案子。你知道些详情吗？"

"无可奉告。"

"我也在查克鲁克香克和你的迪威岛的尸骨之间的联系。"

"从各方面考虑，我都劝你最好别乱写。"

"是吗？说说看。"

"首先，如果弗朗西斯·马里恩的尸体是克鲁克香克，那么一个自杀的人是不值得做独家新闻的。其次，你也知道，克鲁克香克过去是个警察，他以前的同事未必喜欢你这么搅浑水。第三，不管受害者是谁，在通知他的亲人之前就公布死讯是不道德的。"

"我会考虑的。"

"我要挂了，温伯恩先生。如果你再偷拍我，我会告你的。"

我啪的关上手机。

"浑蛋。"我差点把手机扔到窗外去。

"吃午饭吧？"皮特问。

我气得说不出话来，只能点点头。

过了申克里克之后，皮特右转从科尔曼大街上了活橡树路。这是一条居民小巷，路的两边全是带游廊的平房。而且，名副其实的，头顶是橡树的浓荫密盖，树上还缠满了寄生藤。皮特向左开到了哈德勒尔，再往左绕终于进了一个沙砾铺成的停车场。

停车场对面，在万朵海鲜公司和马格伍德父子海鲜酒楼之间，一个摇摇欲坠的船骸架子立在那儿，看上去就像一群语言不通的人被强行绑在了一起。这个就是被当地人称之为"老残"的理查德号和沙琳号船的残骸。没有任何标记和招牌，这家餐馆可能是查尔斯顿保存得最好的秘密了。

这里还有个故事。在当年雨果飓风袭来的时候,一艘名叫理查德和沙琳的渔船被抛到了现在这家餐馆老板的领地上。餐馆老板的妻子认为这是一个好兆头,就以这艘船的名字命名了自己的餐馆。

请您坐下来,我们给您讲个不一般的故事……

那是一九八九年,船骸一直立在那儿,老残餐馆也一直伴随左右。老板抛弃了一切市场和宣传的形式,决定对餐馆进行特色经营,连个标记也不要。

水泥地板、屋顶吊扇、带纱窗的走廊。如果要排队等候的话,冷藏柜里的啤酒随便自取。这些新鲜主意很吸引人,店里的生意络绎不绝。

下午四点半了,周围一片宁静。要到五点半才开饭呢,但大家还是都早早地占下了座位。知道了吧,这地方就是这么牛!

老残的点菜方法就像列菜单一样简单。皮特拿着一支蜡笔,在海虾套餐、秋葵荚(鸡肉)汤和酸橙面包布丁上画圈,注明他要理查德(男)的分量,我要了个沙琳(女)分量的牡蛎套餐,然后又给自己点了健怡可乐,给皮特要了杯克洛琳娜美人鸡尾酒。

这就是最好的南方菜了。

"让我猜一下。"饮料来了之后皮特说,"那是个记者打来的。"

"就是那个在迪威岛闯入我挖掘现场的浑蛋。"

"听起来他很快就从犯罪调查专业毕业了嘛?"

"我看起来像这个蠢材的就业指导吗?"我还是很生气,说话不免有点歇斯底里,"但这家伙掌握了太多他不该知道的信息。"

"肯定有眼线。"

"切,高见啊。"

"好好好。"皮特喝了一大口啤酒,身子往后靠,摆出一副如果我不能控制自己的话谈话就到此为止的架势。

透过纱窗,可以看见码头上海鸥绕着拖船盘旋,我盯着上下起伏的浮标,希望借此来平复情绪。

"对不起,"等到上菜了,我对皮特说,"我不是生你的气。"

"没关系。"皮特拿着个大虾对着我,"每天都有无数的记者等着发生紧急情况。"

"我也想过,关于发现尸体的事,温伯恩可能是窃听到了警用电台,但他这样还是不能知道死者的身份啊。"

"通过警署内部的人员。"

"也许吧。"

"太平间工作人员?"

"很可能。"

"还有……"皮特欲言又止。

我一口油炸玉米饼还没吞下去。"还有什么?"

"你的朋友爱玛可靠吗?她有没有什么你不知道的打算?"

我也想过这事,我还记得爱玛替温伯恩说话,说他在迪威岛的出现不会有什么麻烦。

我没说什么,但皮特说的也有道理。

爱玛可靠吗?

我们边吃边聊些其他的事。关于女儿凯蒂、皮特妈妈的臀部美容手术、我的家人什么的,还说起了我们二十年前到凯瓦岛的一次旅行,不知不觉时间就到五点四十五了。

好了,就这些吧。

皮特抢着付了账,用的是现金,在"老残",人们不用信用卡那样的塑料片。

"愿意帮我浏览克鲁克香克的文件吗?"回到"望海居",皮特在停车的时候问。

"我也想,但是我还得改卷子,时间太紧了。"

"多等一天都不行吗?"

"明天就是交成绩的最后期限了,我还得给哥伦比亚市的州考古管理处交一份关于迪威岛挖掘的初级报告,还不知道有没有什么其他的事呢。"

"看起来我只好孤军奋战了?"皮特有点失望。

我笑着捣了一下他的肩膀。"你还可以使用求救热线啊,打给你的伙计雷耶夫斯基。"

上楼回到自己的房间,我给爱玛打了个电话。她的答录机接了,我留了个口信。

八点时我终于改完了最后一份卷子,算好分数后,把它们用电子邮件传给了北卡大学的系务秘书。她答应过帮我把成绩表交给注册处主任。

我又拨通了爱玛的电话,听到的还是电话录音。

十点时,我写完了关于迪威岛上西维印第安人墓地的简报,阐明了它在文化资源方面的价值,然后用电子邮件给南卡罗来纳考古和人类学院、南卡罗来纳州历史及档案馆,还有南卡大学的丹·贾佛各发了一份。

然后我又坐下来,心生犹豫,要不要给小鬼杜普利发?那人是只黄鼠狼。不,这么称呼他对黄鼠狼可不公平。但这遭卅毕竟是在他的土地上,而且我的评价将迫使他做出一些决定。况且,天知道什么是小鬼的底线。

博迪就在桌子上，在我左边蜷成一团。

"你认为如何，博迪？"

小猫翻了个身，四仰八叉地躺着。

"你是对的。"

我在互联网上一搜，找到了杜普利的一个电子邮件地址，给他也发了一份。

皮特和博伊德还在书房里，电视开着，可两人都没看。这次上演的是一部鲍勃·霍普①的老片。

皮特躺在沙发上，光脚架在茶几上。海琳·弗林的档案摊在腿上，他正在一本黄色的便签纸上写着什么。

博伊德躺在他身边，后腿搭在主人的膝盖上。

文件箱和第八个纸箱并排放在靠窗的座位上。

屏幕上，一个男人正在描述僵尸，说他们长着死鱼眼睛，只会听命令，不知道也不关心他们自己在做什么。

"你是说就像那些民主党人？"霍普问。

皮特听到了放下铅笔，哈哈大笑。

"你不感到气愤吗？"

"一个小幽默而已。"民主党人皮特回答道。

小狗睁开疲倦的眼睛，看见我站在门口，赶紧蹿到地板上去了。

皮特用铅笔敲着电视屏幕。"这部片子里收集了霍普最棒的俏皮话。"

"什么名字？"我和皮特最初在一起时，一起看老电影一直是我们的共同爱好。

---

①美国著名笑星，表演生涯长达七十多年，堪称美国的"笑坛长青树"，被誉为"喜剧之王"、"美国幽默主席"。

"《捉鬼人》。"

"那不是鲍厄里兄弟演的吗?"

皮特瓮声瓮气地叫了起来:"不不不!大错特错,那部叫《追鬼人》。"

我也忍不住大笑起来,看样子我们相处起来还是很自然。

此刻的皮特在灯光照射下,脸部线条非常柔和。我突然一阵感动。虽然我们已经分居一段时间了,各有各的生活,可是我没有一天不想,或者至少也是试图逃避我丈夫的。

想到这儿,笑意在嘴角消失。

"故事讲什么的?"我问,试图让自己轻松下来,抛弃我突如其来的念头。

"波莱特·戈达德继承了一座闹鬼的城堡。霍普的台词太经典了。"

"你的密码有进展吗?"

皮特摇摇头。

我走过去坐在窗户下的位子上,我把克鲁克香克的东西搬到沙发上,把两个箱子放在脚下,打开盒盖开始乱翻。

我拿出来的第一件东西是个纪念章,上面一个戴帽子的小人拿着一根球棒,木头底座上刻着:联盟冠军,一九八三年六月二十四日。我把它放在了茶几上。

第二件东西是个棒球,上面满是签名。

我把球放在纪念章旁边,判断这两个东西之间有什么联系。我的思维开始发散了。

克鲁克香克曾经在联盟里打过球,在哪儿呢?打什么位置?他的球队一直很棒吗?还是说这纪念章只是某个赛季的冠军奖品?六月的那天是什么样的?很热?还是下雨?比分是倒向一边呢?还是克鲁克香克的球队靠最后一击才赢的呢?

克鲁克香克留着这个球是不是因为就是他赢了关键的一垒呢?他的队友们为他骄傲吗?比赛完了是不是大家一起去喝酒庆祝,重温整个比赛呢?

以后很多年,克鲁克香克是不是都在回忆那个光荣的时刻?在喝过点波本酒之后,他是不是又看见了投球手,感觉到了自己手中的球棒,听到球和棒完美相遇时产生的撞击声呢?

这个人是不是诧异于生活怎么变得如此糟糕呢?

屏幕上霍普一语双关:"姑娘们都叫我朝圣者,因为每跟一个姑娘跳完舞我都会有所进步。"

皮特又哈哈大笑。我从克鲁克香克的箱子里拿出一对相框,第一幅照的是五个穿制服的战士,都笑嘻嘻的,勾肩搭背。克鲁克香克在左边第一个。

我仔细看着这些很小的人像。克鲁克香克头发很短,眼睛眯着,可能是对着太阳的缘故吧,脸上的轮廓没那么硬,可也能看出他年纪大了以后的样子了。

再拓展一下想象的空间。

克鲁克香克服过兵役?还是后备役?去越南他太年轻了。那他在哪儿服役的呢?

第二幅照片是一群穿深色制服的人非常正式地排成几排照的。我猜这是克鲁克香克从警察学校毕业时的照片。

里面还有一个装满警察纪念品的金属圆筒、克鲁克香克服役的不同警区的领徽、一些彩色的方块——估计是部门的奖章,以及一个双面警徽。

一个皱巴巴的文件夹里装着一份警校的文凭,几张特殊训练课程的证书，还有几张照片：有克鲁克香克和一些高级警官握手的，克鲁克香克和三个穿西装的人在一起的，还有克鲁克香克和另一个警察同葛培理牧师①站在一所教堂前面的合影。

我接着再翻。

一个有夏梅警察局标志的 Zippo 打火机、一个钥匙链、一把小刀、一条有着同样标志的领带；一个夏梅警察局的徽章、一副手铐、一把钥匙、一条镶褶边的吊袜带、一个老式的山姆武装带搭扣、一副磨损的枪套、一只左轮手枪的装弹器。

现在所有的东西都在桌上了。

箱子底下是一本书和几个信封。我挑了一个大的褐色信封，解开封绳，把里面的东西倒在了腿上。

几张快照，已模糊退色，边缘也泛黄了。我把它们收起来，接着往下找。

每张照片上都是一个金发女人，高挺的鼻子，满脸雀斑，很像《草原小屋》里的女主人公。

有些是这个女人的单独照，有些是和克鲁克香克的合影，有几张是他们两人在一大群人里面，像是圣诞晚会、滑雪旅行、野餐什么的。从发式和服饰来看，我觉得这些是二十世纪七十年代后期、八十年代初期的照片。

我看了看照片后面，只有一张写了字。照片上，克鲁克香克和这个女人穿着泳衣并排趴在毯子上，下巴枕在手腕上。后面写着：诺贝尔和香农在莫特尔海滩，一九七六年七月。

我拿起最后一张照片，诺贝尔和香农，笑得就像这世界永远那么

---

① 一九一八年出生于美国夏洛特，是美国当代著名的基督教福音布道家。

年轻似的。我没有笑,我的思绪飘到了一个不那么明媚的地方。

还有一张柯达快照记录了克鲁克香克和香农面对面、手牵手、手指相缠的深情一刻。她穿了件很短的背心裙,头上戴着花,他穿着浅蓝色外套。在他们的头顶上方,有一条横幅写着"拉斯维加斯维拉婚礼教堂"。在他们前方,一个猫王模仿者戴着墨镜,穿着全套的缎面连身装,单腿着地,对着镜头摆造型。

我盯着这幅照片,这是一段注定曲终人散的婚姻诞生的时刻,曾经是那么珍贵的记忆,现在也只能沦落到褐色信封里的一张纸片了。

我不由自主地瞥了一眼皮特,想到我们俩的现状,心里不由有些烦躁。我努力收回目光,克鲁克香克的这些东西还是能给人一点点小安慰的。

这些东西代表着一个人生,一个曾经享受过友谊、报效过国家、当过警察、踢过球、结过婚的人。一个不顾以上幸福,决定结束自己生命的人。

他是自杀的吗?

我的目光又回到了莫特尔沙滩的那张照片上,香农和诺贝尔、失去的婚姻、失去的生命。

银屏上,有人在问霍普是否认为戈达德应该把这城堡卖了。

"我的建议是留着城堡,把鬼魂卖了。"

皮特的笑声刺破了我心头的凄凉。多少次他和我一起大笑?不遗余力地逗我开心?没钱的时候还买花给我?在我生气时给我跳脱衣舞?可是从什么时候起我们不再一起大笑了?

低头看着这令人心碎的展示,我被诺贝尔和香农的情感历程深深地打动了。同时我也为克鲁克香克的死感到悲痛,为我自己失去的婚姻感到难过,为我心中混乱的情绪感到困惑。

我感到迷惘。

我深吸了口气,从沙发上站了起来。

"唐普。"皮特不知道发生了什么。

我站起来冲出房间,差点被克鲁克香克的箱子绊到,也不知道自己要去哪儿。

海风,星星,生活。

我拉开大门,跑下楼梯。

皮特跟了出来,跑到前院时他抓住了我的肩膀,把我转过去,给我披上条毯子。

"没事的,嗨,唐普,没事的。"他轻轻地抚摸我的头发。

起初我反抗着,后来就屈服了,把我的头靠在了皮特的胸前,眼泪哗哗地流了下来。

不知道站了多久,我就一直抽泣着,皮特喃喃地安慰着。

一会儿,也许是很久以后,一辆车顺着滨海路驶了过来,中途停了一下,然后在"望海居"的牌子那里拐了弯。我抬头看过去,明亮的月色照着车内,可以看到驾驶室的人。

车子停了下来,好像是辆吉普,或是小型的SUV?

我感到车门打开时皮特紧张起来。一个男人下车,绕了车头半圈。这时我可以看清这人又高又瘦。

可以看得更清楚了。

哦,天哪!

这人也愣住了,在车头灯的照射中定住了身影。

我的心都要跳出嗓子眼了。

还没等我喊出声,这人突然开始后退,钻回车里,把车一倒,冲上了马路。

  我就这么看着车子急速调头,听着轮胎与地面的摩擦声,直到尾灯慢慢缩成了一个小小的斑点。

15

我的心怦怦跳着,三步并作两步跨过台阶,冲回屋里,抓起电话按下一串号码。

铃响过四遍之后,语音服务响了起来。

先是法语然后是英语。

我再拨,结果拨错了,越着急手就越笨。再拨。

结果一样。

"接电话啊,求你了。"

"告诉我他是谁?"皮特也跟着我一个房间一个房间地遛来遛去,后面还有博伊德这个尾巴。

我再按了一遍速拨键,第三次接通。

一个声音机械地提醒我,机主已经不在服务区内。

"好啊,有本事把自己关了。"

我气恼地把电话摔了出去,电话从沙发弹到地板上。博迪蹿上去用鼻子探测着这个可怕的物件。

"跟我说话。"皮特用心理医生安慰歇斯底里的病人的语气请求我,"那人是谁?"

我深吸了几口气,稳住自己,然后脸对着他。

"安德鲁·赖安。"

皮特在脑海里搜索了一阵子。"那个魁北克的警察?"

我点点头。

"那他为什么来了一句话都没说又走了?"

"因为他见到我们在一起。"

经过了片刻思索,皮特恍然大悟:"你们俩——"他扬起眉毛,看看我,然后又看看赖安驾车来过的马路。

我又点头。

"情况不妙啊?"他探询道。

"你以为呢?"

又拨了两次赖安的号码,他还是关机。

我上楼后机械地履行睡觉前的仪式:刷牙,洗脸,保养。

我安慰自己,我们又不是什么大二的学生,我们都是大人,赖安很有理智的。我可以解释清楚,然后一笑了之。

可是这个大男人会给我机会吗?

我躺在床上,感觉到内心的沉重。一夜难眠。

第二天早上九点钟,我决定把我的手机也关掉。

不,我要把这玩意儿碾碎,把塑料粉末和金属碎片从下水道冲到哪个遥远的第三世界国家去,最好是孟加拉,或者哪个中亚国家。

第一个电话是七点五十五分打进来的。

"早上好,夫人,我是小鬼杜普利。"

难道这就是南方的幽默?

"我刚看了电子邮件。"

"你起得可真早,杜普利先生。"

"我看到你给我的报告了。谢谢你啊!我现在要准备应付一大帮愚蠢的官僚了。"

"不用谢,先生。我觉得你会想要一份的,所以就发了。"

"你干吗非要告诉那帮省府的笨蛋我的地上有个破遗址呢?"

"我可不是这样说的。"

"也他妈的差不多吧。你知道这样的报告会耽误我开工吗?耽误我开工又会造成多大的损失吗?"

"如果我的发现给你的工程带来什么后果我只能表示遗憾。"我说,"我的工作就是如实描述我的发现。"

"这个国家就是被你们这帮废物弄得一团糟。经济一塌糊涂,人们找不到工作,流离失所。我帮他们建房子住,为他们提供工作。可我的努力得到了什么回报?一堆粪便。"

杜普利在迪威岛上建的那些价值百万的沙滩别墅难道是给流离失所的人住的?我懒得跟他吵。

"现在你们这帮文凭比大脑多的蠢货跑来就说什么我的土地上有什么历史遗迹。"

"如果我的发现对你造成不便的话,那抱歉了。"

"不方便?就这样?"

这问题一听就来者不善,我不回答。

"你们这帮闲事佬给我带来的岂止是不方便!"

我冷冷地对他说:"你在计划开发这块土地之前就该找人做一下文化评估的。"

"我们等着瞧谁更不方便吧,布兰纳女士。我,也还是有那么几个朋友的。我的朋友可不像你们这帮纸上谈兵的家伙。"

说完他就挂了。

我坐在那儿,想了一下杜普利的最后那句话,难道这个癞蛤蟆还要找人打我不成?

也许找个家伙来折磨死我?其实他来骚扰我才是又蠢又没效果呢,解决不了任何问题。

我又给赖安打电话,还是关机。

我掀开被子,走进浴室。

第二个电话大概在八点一刻,我在厨房里喝着咖啡,吃着皮特的越橘松仁脆饼。

越橘和松仁?怎么会把这两种东西混在一起,我奇怪地看了两眼商标,的确没错。

博迪在碗里嚼一些褐色的小丸子,博伊德把下巴靠在我膝盖上,眼巴巴地看着我吃。

"我是卡利特。"

"早上好,警长。"

卡利特也开门见山:"我刚从帕罗特那儿出来,帮他回忆可费了点劲。不过这位老先生总算记起来有一个箱子没放在那一大堆物件里。"

"那箱子里有电脑或是照相机吗?"

"帕罗特记不大清里面有什么,只记得是些电子设备。"

"那这只单独的箱子到哪儿去了呢?"

"似乎是他儿子拿走了。"

"儿子？"

"我给了帕罗特一个小时把这事和他的宝贝儿子说清楚，等收到他回音我再给你打电话。"

我给爱玛打电话，回应是电话录音。

再打给赖安。

"L'abonné gue vous tonnez de joindre…"您所拨打的用户……

我真想跳到电话线那头掐死这个用两种语言说话的女人。

我在八点半和八点四十五分又打了两次，还是没通。

我合上手机，心中疑虑重重。赖安能去哪儿呢？他怎么会来这儿的呢？为什么一声不响就来了？难道是来监视我？就为了抓住我跟皮特在一起？

九点时，我又给爱玛打了个电话，还是电话答录机，同一个声音在问我的姓名和号码。

奇怪，我一边想一边冲洗杯子，把它放到洗碗机里。我昨晚就给她打了两次电话，分别在六点和八点。今早又打了两次，她一般不会错过我的信息的啊。尤其是现在，我这么关心她身体的时候。

我知道爱玛经常放着电话不接，躲开她不愿意听的电话。但她从未对我这样过，至少据我所知没有。不过那时候生活一切正常，我也很少打电话给她。难道由于现在太接近了，我成了她的威胁，或是打扰，她反而不听我的电话啦？还是说我的担心让她觉得不自在？难不成她后悔把我拉进来破坏了她的自信？她躲避我是不是就是在躲避自己生病的现实？

也许她发病了？

我做了个决定。

我走到皮特的卧室,靠在门边喊了一句:"皮特?"

"我就知道你会来敲门,小背心。等会儿我把蜡烛和巴里·怀特[①]准备好。"

皮特,真是个可爱的家伙。

"我要去看看爱玛。"

门开了,皮特身上搭着一条浴巾,半边脸上全是剃须泡沫。

"又要抛弃我了?"

"对不起。"我犹豫了一下要不要把爱玛得非霍奇金淋巴瘤的事告诉他,后来还是觉得这是泄露人家的隐私。"发生了点事。"

皮特知道我一直在掩饰什么。"如果你说出来就必须把我杀了,对吗?"

"差不多吧。"

皮特扬起眉毛:"那个法国外籍军团[②]的家伙有消息了吗?"

"没有。"我赶紧转换话题,"卡利特打了个电话,帕罗特的儿子可能拿了克鲁克香克的电脑。"

"你认为他会允许我们检查硬盘上的内容吗?"

"有可能。警长不是个电脑高手,他现在也缺人。而且,由于爱玛的推荐,他现在基本上把我看做是自己人了。"

"有什么消息通知我。"

"那麻烦你记得给自己的手机充电并带着。"

皮特肯定是西半球最后一个买手机的人,而且不幸的是,那也是他对无线通信世界最大胆的一次尝试了。自打买来以后,他的黑莓手机不是关着机,就是忘在衣柜上、没穿的衣服口袋里,或是汽车的车

[①]美国上个世纪七十年代灵歌歌手,是他让灵歌与"流行"这个词挂上了钩。
[②]法国的正规军组成部分,最初以接纳犯罪的外国人和严格训练而闻名。

厢里。

皮特行了个漂亮的军礼:"保证维护好设备,上尉。"

"对我主慈悲教会不能心慈手软,法律顾问先生。"我回应道。

后来证明,这些话说得太不合时宜了。

爱玛的房子是非常典型的"老查尔斯顿"风格,以至于我觉得应该给这位老美人套上衬裙才行。这幢两层的房子有着明亮的白边双层游廊,周围是一圈生铁栅栏,一棵巨大的木兰树荫护着小小的前院。

我刚认识爱玛时她正要买这座房子,她一眼就看上了这里的木工、花园,还有它在邓肯大街的位置。这里离查尔斯顿大学和南卡医学院只有几分钟路程。尽管房价超过了她当时的支付能力,但申购成功时她还是喜出望外。

她出手很及时。接下来几年,查尔斯顿的房价节节攀升。她这点小小的历史收藏现在已经价格不菲了,不过爱玛从来没想过要卖掉它。她每月还贷有点费力,但她还是尽力省钱,除了食物和维持这个家以外,她尽量不花钱。

下了一整晚的雨,把这个城市从令人压抑的热浪笼罩中解脱出来。我推开爱玛家的院门,凉爽的空气扑面而来。房子的细节似乎都被放大了,古老锈蚀的门栓吱吱作响,木兰蛇形的树根把水泥地拱得凹凸不平,夹竹桃芳香弥漫,耐冬、紫薇和茶花开得满院都是。

爱玛穿着浴袍,趿拉着拖鞋开了门。她皮肤苍白、嘴唇干裂、头发一缕缕地从一条包在头上的印第安头巾里垂下来。

为了掩饰我的诧异,我大叫一声:"嗨,大姐。"

"你怎么跟雅虎的弹出窗口一样讨厌。"

"我又不是来推销壮阳药的。"

"你的放大镜也够大的了。"爱玛挤出一丝微弱的笑意,"进来吧。"

爱玛往里让,我迅速穿过门廊进到屋里。一股松木和清漆的味道代替了屋外的花香。

爱玛房子的内部和外表一样引人入胜。正前方双开的桃心木门打开后是一条宽阔的通道,通道右边是客厅,左边是蜿蜒向上的扶梯。光亮的地板上铺的是波斯产的俾路支和席拉地毯。

"要茶吗?"爱玛问,她说句话都得用尽全身的力气。

"如果让我自己来沏的话。"

我跟在爱玛后面,不住地打量这房子。

这一看就知道我朋友的钱都花在哪儿了。家具的年纪都远大于起草《独立宣言》的国父们。要是愿意兑现的话,爱玛靠卖古董就能撑上一千年,克利斯蒂拍卖行[①]要花一个月才能整理出一份清单。

爱玛带我进了厨房,这里简直有个便利店那么大。她自己坐在一张橡木圆桌边。我开始烧水,找茶袋,同时告诉她关于克鲁克香克箱子的事。她听了也不做声。

"要牛奶还是糖?"我把开水冲入茶壶,问道。

爱玛指了指柜子上的一只瓷鸟,我递过去,又从冰箱里拿出一盒牛奶。

等爱玛开始喝茶时,我又慢慢把事情详细讲了一遍,包括丢失的电脑、光盘上的图片、两具骸骨上颈椎处的相同裂缝。

爱玛问了几个问题,这时气氛都是很友好的。然后我突然改变了语调。

[①] 一七六六年成立的克利斯蒂拍卖行,今天仍旧是主要的英式拍卖行。

"为什么不接我电话？"

爱玛看着我，就像一个人看着一个拿着橡皮刷要给你擦车的小孩一样，不知道是该说"谢谢"呢，还是说"走开"。过了几秒钟，爱玛慢慢把杯子放在桌子上，好像下了什么决心似的。

"我病了，唐普。"

"我知道。"

"治疗不见效果。"

"我也知道。"

"而最近的发展最让我受不了。"爱玛转过脸去，但我还是看到了她眼中的痛苦，"我没法做自己的工作。先是星期一，然后是今天。有具尸骸我没法确认身份，现在又来了一个可能不是自杀的前警官。我在干吗？在家里睡大觉！"

"拉塞尔医生说你可能还会昏厥。"

爱玛笑了，绝对不是高兴的笑。"拉塞尔医生没看见我在这儿把胆都吐出来了。"

我正要反对，她扬手阻止了我。

"我好不了了。我必须面对现实。"爱玛睁圆了眼睛，放下杯子，"我得为我的同事着想，我得为我服务的社区着想。"

"你不用急着做这么重大的决定。"我嗓子眼发干。

窗外传来一阵快乐的风铃声，和玻璃门里面的痛苦形成鲜明的对照。

"那也快了。"爱玛轻声说道。

我放下自己的杯子，茶也凉了，一口没喝。

问吗？

风铃又响了起来。

"你姐姐知道了吗?"

爱玛终于回头看着我,她的嘴唇张了张。我还以为她要说别扯了,少管闲事。结果她只是摇头表示没有。

"她叫什么?"

"萨拉·普尔维斯。"声音小得几乎听不清。

"你知道她住哪儿吗?"

"在纳什维尔和一个医生结了婚。"

"你愿意我跟她联系吗?"

"她才不管我呢。"

爱玛站起来,走到窗户旁边。我跟着她,站在她身后把手放在她肩膀上,有一会儿我们都没说话。

"我喜欢满天星。"爱玛看着外面花园里一丛优雅的白花说道,"市场上有卖的,还有那种。"她指着一束绿白相间的梗子上长着修长叶子的植物。"知道那叫什么吗?"

我摇头。

"兔烟丝。用兔烟丝发酵制作的茶叶一度被卡罗来纳的人们认为是治感冒的最好药物。乡下人还吸它做的烟来治哮喘。它的另一个名字叫永久花。我种它是在……"

爱玛深深地吸了口气,呼吸中带着刺耳的沙沙声。

尽管我也是喉头一紧,但还是尽量保持平静和稳定。

"让我帮帮你吧,爱玛。"

一个节拍过去了,又一个。

爱玛没有回头,但是点了点头。

"但是不要叫我姐姐来。"她又深吸了口气,慢慢吐出,"还没到时候。"

从爱玛的家里回来，各种情绪在我心里交织着。我担心我和赖安的关系、为迪威岛和克鲁克香克的案子感到棘手、为爱玛担心、为自己在她的疾病面前无能为力感到焦躁。

行驶在那明媚的晨光中，我渐渐把担心、忧虑和焦躁抛在了脑后，试图慢慢把它们转变成了新的东西，积极一点的东西。

我没法深入到朋友的骨髓中去把那些正在失去生命力的细胞复原，但我可以尽自己的能力帮助她排解工作上的烦恼。我要努力工作，帮爱玛找到她想知道的骸骨的秘密。

渐渐地我心中形成了一个艰难的解决方案。

情况就是这样的，这片南方的低地正在揭示它的秘密。二十四小时之内，又有一具尸体将被发现，而这具尸体给我提供了比骨头提供的多得多的信息。

16

为实施刚刚形成的方案,我只好回到南卡医学院继续研究那些骸骨。没有比这更好的办法了。

我找到一个太平间的工作人员,向他解释了我的身份,说我是代表验尸官来工作的。我要求调取 CCC-2006020277 和 CCC-2006020285 两具骸骨,担架送到之后,我取出了克鲁克香克和迪威岛骨架上的第六块椎骨,把它们放到显微镜下观察,只要粗略地一看,就能发现这两块骨头上的裂纹是一致的。好的,这下我可以完全确定了。

原因呢?

这两个案子有联系吗?

像以往一样,我先是做了些猜测,然后我往下开始检查托弗从迪威岛现场收集来的土壤。为什么?我实在没什么更好的主意了。

我把一个长方形的不锈钢盆放在水槽里,上面蒙上一层过滤网,然后从担架下面拎出三个黑色的垃圾袋,我解开袋子的铁丝封口,把里面的尘土缓缓地倒在过滤网上。

沙质的土壤透过网眼掉到盆里去了,网上只剩下鹅卵石、贝壳、海胆、海星、软体动物和海蟹什么的。我用放大镜仔细检查了这些残渣,然后把它们倒掉,接着检查另一钵。

还是一样的石头、碎片和海洋生物。

检查到第二袋土时,一丝很细的白色反光引起了我的注意。这东西嵌在一个贝壳碎片里,太小了,我差点就没看到。

好像是某种细丝,线头?

我戴上手套,用镊子小心地把它夹出来,放在掌心里观察。这块贝壳不到三厘米长,褐色的、螺旋状,但是比我以前在沙滩上见过的要圆一些、鼓一些。

我回到担架旁看了看托弗写的标签,这袋土是在最靠近骨头的周围采集的。

我回到台子边,小心地把那根丝线从贝壳里取出来放在载玻片上,再在上面盖上一块玻璃片,然后把它放到显微镜下,凑近目镜观察。

这东西看上去像是一根模糊的曲线,我转动旋钮把焦距调得更准确些。

是根眼睫毛,黑色的眼睫毛。

我正想着,电话响了。显示的号码是区号八四三。

不是赖安。

我失望地扯下手套接电话。

"唐普兰希·布兰纳"。

"我是卡利特,我找到了一台戴尔 Latitude 笔记本电脑和一台宾得 Optio5.5 数码相机。"

"只是一个误会吧?"

"是的。老帕罗特非常抱歉，小帕罗特看起来这几天倒是过得挺开心。"

"结果怎么样？"

"相机里面是空的。要么是克鲁克香克什么也没留下，要么就是小帕罗特把它们全删了来掩饰自己的操作，电脑有密码保护。我们试了几个，没成功。"

"我能试试吗？"

卡利特考虑了一会儿。

"你对这个有经验吗？"

"有。"我说的比自己感觉的还要有信心。我自己的电脑常设密码，但我不是一个破译密码的福尔摩斯，其实我从来也没破解过别人的电脑密码。

电话那边又顿了一下，然后说："反正也没什么坏处。卢梭小姐信任你，我的副手们又有别的事要忙。"

"我在太平间。"

"半小时就到。"

剩下的土壤里没能找出什么有价值的东西来，警长到的时候我正检查第三袋土。

卡利特把一个塑料包裹放在旁边的柜子上，然后把墨镜摘下来挂在衬衣胸前的口袋上，他左右看了一眼两辆担架车和我身后。

"卢梭小姐在吗？"她问。

"她有点别的事要忙。"我说，"你来看看这个。"

卡利特走到显微镜边，我把一个碎裂的颈椎放进去。卡利特看了一会儿，没说什么，我又换了另一块。

卡利特抬起头看着我。

我解释说第一块标本是来自克鲁克香克，第二块来自迪威岛上的无名尸骸。

"两人的颈椎骨都开裂了。"卡利特还是用那种平淡、单调的语气说话。

"是的。"

"怎么裂的？"

"我不知道。"

我又把眼睫毛放了进去，示意他再看一眼。

"这看的是什么？"

"一根眼睫毛。"

卡利特在目镜里又多看了几秒钟，然后还是毫无表情地看着我。

"这是来自迪威岛的坟墓里的。"我说。

"这个星球上有二十亿人有这样的睫毛，那得有多少根才能作比对啊？"

"可这根来自地下十八英寸，是在和这具尸骸直接接触的土壤里找到的。"

卡利特的表情一点变化也没有。

"这根睫毛是黑色的。"我说，"迪威岛的那个人是淡黄色的头发。"

"不会是你们挖掘者的吗？"

我摇摇头表示不可能。"我那两个学生也都是金发的。"

这时卡利特的一条眉毛翘起来了，可能比另一条高了一毫米左右。

"睫毛能做 DNA 测试吗？"

"用线粒体可以。"我说。

卡利特不明白。

"是一种通过母系亲属测试DNA的方法。"这表述或许太简单,但能让人明白就行。

卡利特点点头,走到柜子边,从那个塑料包里抽出一张证物转移表。

我跟过去,填上自己的姓名和日期。

卡利特把证物转移表的两联撕开,一联交给我,然后折起另一联塞进外套口袋里,他的目光又一次落在了两具尸骸上。

"有什么把这两人联系在一起的发现吗?"

"没有。"

"除了两人都断了脖子?"

"是的。"

"如果这两人有关系的话,这就是个双重谋杀了。当然,是假设的。"

"对,假设的。"

"连环谋杀?"

我耸耸肩,表示有可能。"也许他们俩相互认识。"

"继续说。"

"也许他们因为目击到了什么而被杀。"

卡利特的表情纹丝没变。

"也许他们卷入了什么事件当中。"

"例如?"

"贩毒、伪造货币、林白绑架案①之类的。"

"都是假设。"

---

① 一九三二年初的一个夜晚,美国飞行英雄查尔斯·林白仅二十个月大的儿子遭到绑架。此案引起全美乃至全世界的关注,被《时代》周刊列为全球二十五件世纪大案之一。

"都是假设。"

"我的特别行动组第一副手找到了那幢房子。"

我脸上肯定是一副困惑的表情。

"克鲁克香克光盘里那些照片所照的房子,我手下说那是在纳索的一个免费诊所。"

"谁开的?"我问,终于明白过来了。

"GMC。"

"赫伦那帮人。天哪!可能就是海琳·弗林工作的那家?"

"现在我明白你男朋友为什么对那帮家伙感兴趣了,可是有张法律文凭不意味着他能在我们这儿当警察。如果我们现在是在寻找谋杀犯,我是说如果,我不希望冒冒失失的愣头青把嫌疑犯给吓跑了。"

看来声明皮特不是我男朋友毫无意义,也许他不仅是冒冒失失的。

卡利特用手指做了一个警告的标志。"好好看着你男友。他要是把事情搞砸了,擦屁股的是我。"

"你会去检查那家诊所吗?"

"目前还没有这个必要。"

卡利特拍拍电脑。"找到密码后通知我,不行的话我们就交给SLED了。"他指的是南卡罗来纳州执法部。

"那是不是要排队等很长时间?"我问。

卡利特重新戴上他的雷朋墨镜。"你尽量吧,女士。"

等警长走了,我给爱玛打了个电话。她告诉我把睫毛和贝壳留着,她会叫李·安·米勒来拿,送到州犯罪实验室去。

我给这两块颈椎照了相,再把睫毛和贝壳用袋子装好,交代技术人员说我今天的工作完成了。时钟显示下午两点,我该回家了。

在路上,我给皮特的黑莓手机打电话,没人接,真奇怪。

我急于看克鲁克香克的硬盘，没吃饭就直接回家了。回到"望海居"，我把博伊德带出去在马路上装模作样地散了几步就把它拽回来了。我扔给它一个火腿奶酪三明治，然后自顾自地在厨房的桌子前坐了下来。

笔记本电脑启动，windows标志闪过之后出现蓝屏，一个光标闪烁着，等着装载个人设置。

我从一些最常用的密码开始试：123123、123456、1A2B3C、password、open。

都不对。

克鲁克香克的名字缩写？生日？

我起身拿来了爱玛留给我的AFIS打印单。

他的全名是诺贝尔·卡特尔·克鲁克香克。

我又试了NCC，CCN以及名字首写字母的各种组合，带生日和不带生日的、顺写的和倒写的，每个名字都试过一遍，然后又把它们的字母重组了一遍，然后又把字母换算成数字，把数字换算成字母。

那光标就是纹丝不动。

夏洛特－梅克伦堡警察局也试过了。

又把它的缩写CMPD和名字、生日进行了一系列组合。

还是没门。

还试了他前妻香农的名字。我不知道香农的姓和中间名，他们什么时候结的婚？也不知道。沙滩照片是在一九七六年七月照的。我又组合了一遍。

那光标就是不买账。

还有棒球。我找来盒子掏出那奖杯：一九八三年六月二十四日。

生日、赢得冠军的日子。组合、拼凑、翻转，什么都试了。

还是不行。

我又试了克鲁克香克的地址，以及 AFIS 那张纸上的每一个日期。

这样弄到四点半时，我终于想不出什么新鲜点子了。

"我没有足够的个人信息。"我对着厨房的空气喊道。

博伊德吓得忽地站了起来。

"还在为那个敷衍了事的散步生气呢？"

博伊德张着嘴，长长的舌头像块紫红色的橡胶一样耷拉着。

"你们狗绝对是宽容的物种。"

大狗扬了扬头，耳朵前后晃了晃。

"我们还是来看文件吧。"

我关上电脑，走进书房。博伊德噼噼啪啪地跟在后面。

克鲁克香克的文件还放在窗下的椅子上。我把它搬到咖啡桌上，坐在沙发上看了起来。

博伊德立起来趴到我身上，我们对视了一下，博伊德便老实地跳回地板上了。

箱子里大概有四十个文件夹。每一个都有手写的名字和日期，有些很厚，有些很薄。我浏览了一下标签。

文件夹是按时间排序的，看得出来克鲁克香克有些时段同时接了几件案子，有些时段一件也没有，估计那时就是他借酒浇愁的时候。

我抽出了一份最老的档案。

默多克，黛伯拉·安妮，二〇〇〇年八月。

黛伯拉·默多克的文件包括以下的东西：

和凯伦·弗林文件里一样的速记笔记。

几张来自黛伯拉和杰森的联合账户已兑现的支票，最后一张日期是二〇〇〇年十二月四号。

数张一对男女进出餐馆、酒吧或是汽车旅馆的照片。

几封寄给南卡罗来纳州蒙克斯角的叫杰森·默多克的信。发信人都是诺贝尔·克鲁克香克。日期从二〇〇〇年的九月一直持续到十一月。

为了弄明白，我看了其中的一封信。

哦，黛伯拉是照片中的女人，但那男人不是杰森。

我继续往下看。

朗，亨利。二〇〇一年二月。C

一样的材料。笔记、支票、照片、报告。克鲁克香克在这案子上花了六个月。这回是丈夫出轨。

下一个。

托德曼，凯尔。二〇〇一年二月。C

这个案子是一个古董经销商怀疑他的合伙人欺骗他，克鲁克香克用了一个月把这个骗子揪了出来。

我看了一个又一个档案，故事都是悲剧性的。夫妻的背叛、失踪的父母、离家出走的孩子。几乎都没有快乐的结局。那句话怎么说来着？如果你怀疑，那很可能就是真的。

我看看钟，六点一刻。皮特在干什么呢？

赖安又在做什么呢？

我查了查电话，没有信息，电池是满的。

电池当然没问题了。

还是回到档案上吧。

埃斯里吉，帕克。二〇〇二年三月。

这是箱子里最厚的一份了。

帕克·埃斯里吉，五十八岁，一个人住。二〇〇二年帕克的儿子过来接他去钓鱼，这是一次计划了很久的旅行，却发现埃斯里吉不在家，从此以后谁也没见有到过他。克鲁克香克调查了一年，最终一无所获。埃斯里吉的儿子在二〇〇三年五月解雇了他。

法兰克林，佐治亚。二〇〇四年三月。C

二〇〇三年十一月，一个十九岁的女生佐治亚在查尔斯顿的宿舍里消失了。四个月后，由于不满意警方进度，佐治亚的父母雇了克鲁克香克去寻找他们的女儿。他最终找到了她，在北卡罗来纳州的阿什维尔和一群做首饰的佛教徒生活在一起。

坡，哈蒙。二〇〇四年四月。失业男性。最后一次出现是在弗吉尼亚H.约翰逊医疗中心，是一个朋友报告失踪的。

弗里古里蒂，西尔维亚。二〇〇四年五月。C。老年女性，从一个扶助中心走失，结果在爱国者角的港口发现了浮尸。

我又检查了一次手表和手机。

七点五十二分，没电话。

我感到很沮丧，于是站起身来活动一下，转动肩膀，双臂举到头顶，博伊德睁开了睡意蒙眬的眼睛。

"还不算是浪费时间。"我说。

博伊德转着眼睛看着我。

"我现在知道标签上的 C 意味着案子了结了。"

博伊德看上去不明所以，我也懒得管它，总算有点进展了。

放下手臂，我接着从刚才的地方往下看。

斯尼普，丹尼尔。二〇〇四年四月。从乔治亚州的萨瓦纳来查尔斯顿做客时失踪，回程的汽车票都没用，报告人是其祖父蒂凡尼·斯尼普。

沃尔顿，朱利亚。二〇〇四年九月。C。离家出走的主妇，最后在佛罗里达的坦帕发现她和男友住在一起。

最近的一些文件夹里只有一些剪报和几张速记的笔记，没有支票、照片和报告。

我看了一下那些剪报，每张都是关于失踪者的。

"难道这些案子也有人雇克鲁克香克去查？"

博伊德也不知道答案。

"或许他关注这些失踪人口另有目的？"

肯定是。

我打开最后一份档案，读到了另一份剪报。

出现在眼前的名字一下子就激起了我的兴趣。

17

最近的那篇文章署名是霍默·温伯恩。这篇不到两栏的豆腐块文章叙述的是二〇〇四年一个叫做劳尼·艾克曼的人的失踪。

一位来自快乐山的女士恳请查尔斯顿居民关注一下她失踪的儿子,劳尼·艾克曼。苏西·鲁丝·艾克曼告诉《莫尔特里新闻》记者,她儿子今年三十四岁,已经失踪两年了。

"他就这么消失了。"艾克曼夫人说,"他跟我说'回头见,妈妈。'然后就一去不复返。"

警方一直没能找到劳尼,于是艾克曼夫人求助于媒体。她相信儿子就在查尔斯顿一带。艾克曼夫人说媒体是她最后的一线希望。

"当你亲人失踪的时候,只要有一点希望你都不会放弃的。"她解释说。

艾克曼夫人到处寻找，张贴广告恳求每一个有消息的人给她、或者查尔斯顿警署打电话。她说她儿子患有精神分裂症，失踪前一直在服药。她觉得他是被绑架了。

艾克曼夫人说："我觉得他肯定是被人强行关押在某个地方。"

劳尼·艾克曼身高五英尺八英寸，体重一百六十磅，蓝眼睛，褐色头发。

文章刊登在三月四号的《莫尔特里新闻》上。克鲁克香克在艾克曼的年龄、失踪日期和"精神分裂"上画了圈。

我又看了几条剪报，都是在同样的信息上画了圈。

这么说克鲁克香克是在收集失踪人员的故事。这可不是顾客雇请他做的调查。因为这些档案里面没有支票、没有报告。那他为什么感兴趣呢？

有两份档案中只有手写的笔记。一份档案的名称叫做赫尔姆斯，威利，另一份叫蒙塔格，尤里克。从它们放在箱子里的位置来看，应该是克鲁克香克死前不久才建的。为什么？威利·赫尔姆斯和尤里克·蒙塔格又是什么人？

我一点头绪都没有，于是在电脑上创建了一个电子表格。把那些没解决的失踪案输进去，

埃斯里吉·帕克。白人男性，五十八岁，身高五英尺七英寸，体重一百三十五磅，灰头发，蓝眼睛。失踪时间二〇〇二年三月。

蒙姆·罗斯玛丽。黑人女性，二十六岁，身高五英尺三英寸，体重一百〇五磅，红头发，褐色眼睛。失踪时间二〇〇二年十一

月。吸毒者，从事色情行业。

瓦特里·卢比·安妮。黑人女性，三十九岁，身高五英尺五英寸，体重一百四十磅，黑色齐肩长发，褐色眼睛。失踪时间二〇〇三年七月。吸毒者，从事色情行业。

坡·哈蒙。三十九岁，白人男性，身高五英尺十一英寸，体重一百五十五磅，褐色头发，褐色眼睛。失踪时间二〇〇四年四月。吸毒者。

斯尼普·丹尼尔。二十七岁，黑人男性，身高五英尺五英寸，体重一百二十磅，金色齐肩长发，褐色眼睛。失踪时间二〇〇四年六月。吸毒者，从事色情行业。

劳尼·艾克曼。白人男性，三十四岁，身高五英尺八英寸，体重一百六十磅，蓝眼睛，褐色头发。失踪时间二〇〇四年春天。精神分裂。

没有一个和迪威岛的案子匹配的。我就把它也输进去吧。

CCC-2006020277，白人男性，三十五到五十岁，身高五英尺十英寸到六英尺一英寸之间，金色头发。C-6颈椎碎裂，第十二根肋骨、第十二根胸椎和上腰椎有裂痕。埋葬地点迪威岛。

温伯恩是三月份写的报道，艾克曼的失踪案能解释他在迪威岛上的行为吗？难道这个记者认为我们发现的就是劳尼？

克鲁克香克在三月十四号甚至之后还在收集温伯恩的报道，艾克曼的案子是最后一个吗？

那么赫尔姆斯和蒙塔格的案子又有什么意义呢？那用密码写的笔记到底意味着什么呢？

这时，皮特回来了。

"是我，送比萨的。"他的声音在客厅回响。

我听见钥匙扔在桌面上的声音，皮特随后出现在了门口。他穿着丝光棉的衣服，总让人觉得像是保龄球衣，加上头顶的黄蜂队球帽就更像了。

博伊德蹿了上去，围着这个自称是送比萨的人的脚踝乱转，吸着鼻子使劲闻他手中沾了奶油的盒子。

"我就知道你在家而且没吃饭，所以买了个大号的。你怎么不开灯啊？"

我一心在做我的表，根本没注意到天色已晚了。一看表都八点二十了。

"怎么天黑得这么快？"

"一场大风暴就要来了，全岛都在封舱呢。我们这儿有舱口吗？封了吗？"

我看到皮特的帽子。"皮特，坏消息。黄蜂队搬到新奥尔良去了。"

"我只是喜欢这颜色。"皮特把帽子摘下来，欣赏上面的图标。

"你喜欢紫色和青绿色？"

"不叫青绿色，是深青色，叫凫蓝。亚历山大·裘里安[①]选的颜色，

[①] 美国著名运动服装设计师。

整个联盟都嫉妒死了。"

"管他谁选的颜色呢,这个球队要离开夏洛特了。"

皮特把帽子往柜子上一扔,探头看我身旁的文件。"你在干吗呢?"

有一个声音在悄悄提醒我。警惕!

警惕什么?

必须保密!

我赶紧盖上文件。

"你在干吗呢?"皮特又问了一遍。

"研究克鲁克香克的案子。"

"我猜这就是克鲁克香克的电脑吧。有进展吗?"

我摇头。"猜不出密码来。你今天干什么了?"

"耗在信托账务里了。你说什么样的灰色收入能在会计账面上看起来正常?"他把"会计"的"会"读成"汇"。

我举起双手示意他读错了。

"你是杜宾犬①吗?"

"这不好笑。"

"但是事实就是这样的。这些人非要念成'会计'是因为他们缺乏魅力,人云亦云。"

"你问了赫伦关于海琳的消息没有?"

"这位牧师认为我们应该先查账。"

我皱了皱眉。

"不要那样看着我。弗林雇我是为了调查他的钱的去向。在这个过程中顺便了解一下他女儿的去向。"

---

① 著名犬种,也有称多伯曼或杜百门的,既聪明又极易训练,个性机警。

"你告诉赫伦克鲁克香克的死讯了吗?"

"说了。"

"他的反应呢?"

"震惊、悲伤,然后衷心祝他安息。你在档案里发现什么了吗?"

"有点吧。"

我们移到门廊边吃饭,凉爽的风把吊扇吹得转动起来。

我摆好碟子和餐巾,皮特把比萨分好。我一边吃一边把今天的发现说了一下。

"C 就意味着案子了结了。"

"我们终于有点进展了。"

"我也是这么跟博伊德说的。"

博伊德的耳朵竖着,鼻子一直贴着桌边。

"克鲁克香克最近的一些文件只是些失踪人口的剪报,我还做了个电子表格想查一下其中的规律。这是些什么东西?"我指着比萨上一些黑色的小点问。

"葡萄干。然后呢?"

"自二〇〇二年以来,克鲁克香克为在查尔斯顿失踪的两名妇女、四名男子创建了文件夹,里面没有支票和报告。还有几份除了笔记之外什么也没有。"

"这么说他不是受雇来调查这些案子的。"

"我也是这样想的。"

皮特想了一下接着问:"迪威岛上的那个人是克鲁克香克收集的失踪人员之一吗?"

"他和那些记录一个也对不上。"

"那是些什么人?"

"男的有一个黑人,三个白人。年龄在二十七到五十八岁之间。有一个从事色情业。两个吸毒的,一个精神分裂。女的都是黑人,二十八和三十九岁,两个都是妓女和吸毒者。"

"听起来像连环杀手。似乎是一个专门猎取妓女和瘾君子的?都是些边缘人,死了也没人发现。"

"我不知道艾克曼或是迪威岛人失踪的具体日期,但是埃斯里吉和蒙姆失踪之间有八个月的间隔,而蒙姆和瓦特里之间又是八个月,过了九个月才轮到坡,两个月后是斯尼普。如果是连环杀手的话,时间上可不像。"

"难道连环杀手不就是非典型性的吗?"皮特又吃了一大口比萨。

"从这些信息看来,受害者分散在所有区域。男人、女人、黑人、白人,年龄也从二十七到五十八岁都有。"

"不是集中于什么十几岁的街头男孩或是留着长发、从中间梳开的女生吗?"

"你什么时候成了罪犯分析者[①]了?"我发现皮特说的很符合约翰·盖西和特德·邦迪[②]的类型。

"我只是个仆人,送比萨的。"

"谁想出来要放葡萄干的?"我问。

"奥图罗餐厅。"

接下来我们俩都只是听着海潮,不做声,最终还是我打破了沉默。

"劳尼·艾克曼的报道是霍默·温伯恩写的,登在三月一十四号的《莫尔特里新闻》上,至少那时克鲁克香克还活着。"

[①]对美国联邦调查局罪犯行为分析小组成员的称呼。
[②]美国七十年代著名的连环杀手。前者专杀他雇来办事的少年,后者被称为优等生杀人王子,专邀女同学出游然后杀害。

"温伯恩就是那个在你挖掘现场出现的记者?"

我点头。

"你给他打电话了吗?"

"我会的。"

"那位讲法语的先生——"

"没有。"我拿起另一片比萨,把上面的葡萄干去掉,放在我盘子里。

"吃饭有点挑剔啊。"皮特说。

"葡萄干实在不能和凤尾鱼搅在一起。说说赫伦的事吧。"

"我等于没见到赫伦。"

于是皮特描述了一下他在GMC的一天。他没有夸张,听起来是无路可走了。我突然记起卡利特告诉我的事。

"警署确定了克鲁克香克光盘照片上建筑物的地点。"

"哦,是吗?"皮特正在嚼比萨。

"就是GMC的一个免费诊所。"

"在哪儿?"

"纳索大街。"

皮特突然不嚼了,一口把比萨吞了下去。"那就是海琳·弗林工作的地方。至少是工作过的地方之一。"

"我猜也是,这才能解释克鲁克香克为什么要盯着那个地方。"

皮特擦了擦嘴,把餐巾揉成一团扔在盘子里。"卡利特准备跟进吗?"

"可是迪威岛尸骨和克鲁克香克都不是警长注意的重点,我给他看了两块开裂的颈椎骨,可他还是不相信那两人是被谋杀的。"

"或许我可以——"

"卡利特绝对不允许你和诊所里的任何人接触。他明确说了。"

"有什么关系——"

"不行。"

"为什么不行?"皮特的声音尖厉起来。我知道那尖厉意味着什么,因为他觉得受人控制,身不由己了。

"求你了,皮特。不要跳过我去找卡利特。他已经允许你和我参与了一些本来没什么理由可以参与的事务。我们会失去很多的,我可不愿意冒这个险。我必须帮爱玛揭开这些案子的真相。"

"你已经尽力了。爱玛是这儿的验尸官,卡利特是她的竞争对手。"

我把目光移向纱窗外的黑夜中。在银光闪烁的海水这边是一团团黑糊糊的沙丘。

我做了个决定。

"爱玛病了。"

"严重吗?"

我告诉皮特关于爱玛的非霍奇金淋巴瘤和她最近的旧病复发。

"很抱歉,唐普。"

皮特把手放在我手上,我们坐在那儿没说话。屋外,大海喧嚣着。

我脑子里想的是爱玛。至于皮特,我一点都不知道他在想什么。海琳·弗林? GMC 的现金账目? 克鲁克香克的密码? 沙漠?

博伊德对我们的沉默不大理解,于是就拱了拱我的膝盖。我拍拍它的头,开始收拾比萨残渣,这就是转换话题的提示。

"我检查迪威岛的土壤时发现了一根睫毛,是黑色的,而迪威岛死者的头发是金色的。"

"难道不是所有人的睫毛都是黑色的吗?"

"不是,如果不涂睫毛膏的话。"

"你认为是埋葬死者的人留下的?"

"两个参与挖掘的学生也都是浅色头发。"

"洛卡德交换原则。"皮特露出了一个"为你服务"的微笑。

"佩服佩服。"我说。

皮特引用了一个关于罪犯的著名概念。洛卡德说两个物体只要接触就会相互作用,留下痕迹。银行的诈骗犯、躲在树枝上的狙击手、埋在沙子里的谋杀犯。每个罪犯都会从现场带走一些证据痕迹,也同样会留下一些痕迹。

"你准备给这个叫温伯恩的人打电话吗?"

我看看自己的表。将近十点了。

"最后我还要继续研究一下克鲁克香克的文件。"

"那个会计为什么要难为你?"

看见皮特正翻一本账簿,我问他。

"因为这上面说明了他们去年干了些什么。"

等我一眼看到皮特的帽子时我差点倒在了沙发上。我的潜意识又有一个声音在悄悄提醒我。呦!

NBA?黄蜂队?凫蓝?

深青色?

吉米·雷·蒂尔[①]?

我什么时候读的那篇文章?实践课的最后一天。不到一星期。

皮特正要回屋去,我估计他是要去封舱了。

我叫住他:"哪天是收垃圾日?"

"我哪知道,干什么?"

[①] 英文单词 Teal 本意是"深青色",也是人名。

我是上星期一股脑把一堆废纸扔在了前院的垃圾箱里的。

"干什么?"皮特又重复了一遍。

我抓起电筒,冲出大门,冲下台阶。风很大,无情地抽打着棕榈树。我已经闻到雨水的气息,暴风雨就要来临了。

我揭开垃圾箱的盖子,拎出一个蓝色的回收报纸的塑料桶。

我拿出一沓报纸,从底下开始找起,借助电筒一一寻找日期。找到一半时,我感觉有辆车正沿着滨海大道开过来。我没注意,继续翻我的报纸。

车灯更近了。

找到了!五月十九号的,先看头版。这时突然一阵狂风吹乱了我手中的报纸。

车慢了下来,我没管它。

我找到上星期五的经济评论、分类广告、地方和全国新闻。

那车在"望海居"面前停了下来,两道灯柱直射垃圾箱。

我抬起头,车灯的光直射过来,照亮了驾驶室的人。

赖安?我心中一阵狂喜。

车没有往前开,也没开进小道。

我用手遮住眼睛。

司机突然加大了油门,车胎甩出尘土。车冲了过来。

有个东西向我飞过来。

我扔下报纸,摔倒在地上。

18

一个硬邦邦的东西砸在了我的胳膊肘上,我的手臂顿时火辣辣地疼了起来,一股闻起来像啤酒的液体洒了一身。

我腾出那只没受伤的手拿电筒扫过去。光线照射下,一只碎啤酒瓶歪躺在垃圾箱边。

谁扔的?

开车出来找乐子的小孩?

也太过分了吧!

故意的?专门针对我的?

我好不容易找到的上周五的报纸被风吹得满院子都是,我一张张捡起来回了屋。皮特已经从厨房转到书房去了。他在记事本上划拉着什么。他瞥了我一眼,见我捂着手臂。

"被雷劈了?"这可不是关于会计的笑话。

"有个疯子从车窗往外扔瓶子。"

皮特睁大了眼睛:"你没事吧?"

"没事,冰镇一下就好了。"

我表面上不在乎这个小事故,心里却在犯嘀咕。皮特星期天早上看见过一辆可疑的车停在院门口,现在又发生这件事。难道有人在给我颜色看?找乐子的小孩通常不会停下来寻找目标,他们也不会故意瞄准什么人。有人对我的所作所为不满?是小鬼杜普利?我决定今后要小心观察周围环境了。

我一边给胳膊敷上冰袋,一边看星期五的《查尔斯顿报章》,把吉米·雷·蒂尔的信息也输入到我的电子表里。

蒂尔,吉米·雷。四十七岁,男性。失踪时间五月八号,地点在杰克逊大街的公寓里。报告人为其兄弟。失踪时前往看病。

我在猜想蒂尔的种族时又突然想到了一点。那个市议员的儿子,马修·萨默菲尔德也失踪了,但这孩子不符合其他查尔斯顿失踪人员的特征。他的特征是:

萨默菲尔德,马修四世。十八岁。白人男性,失踪时间二月二十八号。地点在老城市场。吸毒者。

后来,我听着外面的狂风暴雨入睡了。

一晚上我都在做些奇怪的梦。赖安抱着个婴儿;卡利特大喊大叫,可我什么也听不清;一个没牙的男人拿着黄蜂队的帽子在乞讨;爱玛在一个黑屋子叫我，可我却走不动，然后她就消失了。

早上，我被电话吵醒了，我伸手摸它时感到肘部一阵疼痛。

"我是卡利特。"电话里同时传来背景声，好像也是打电话的声音，"我们又有一件案子了。"

我心里咯噔一下。

"暴风雨把一个大桶冲上了佛利沙滩，几个渔夫好奇地上前察看，结果发现了一具尸体，那儿还是我们县的地盘，所以他们给我们办公室打了电话。卢梭小姐还是去不了，她又推荐了你。看来你要成为我们事实上的验尸官了，小姑娘。"

一大早七点钟，小姑娘还迷糊着呢。"给我地址。"我伸手去摸纸和笔。

"没时间浪费在问路上了，三十分钟后在太平间那里等我吧。"

"干吗这么急啊？"我有点生气，可卡利特说得对，我确实不擅长找路。

"马上要涨潮了。"

我飞快地套上牛仔、T恤，把头发往脑后一扎，草草洗了一把脸就下楼了。

皮特已经走了，大概是继续他的查账去了。博伊德和博迪都在厨房里，对着被碰倒的碗大眼瞪小眼。

我一出现，博迪就跑了，博伊德坐起来，鼻子上还沾着牛奶。

"你要被抓起来了，可怜的大狗。"

我把被碰倒的碗放到水槽里，然后倒了杯咖啡，检查了一下自己的伤口。还好，只是有点青肿，可最终会变得很显眼，留下难看的疤。

我解开皮带时，博伊德乐坏了，一下就把我拽到了人行道上。院子里满是被暴风雨打下的棕榈树枝叶和其他碎片。

博伊德在垃圾桶、邮箱和一根断枝上留下自己的印记之后，就想往马路上冲。我拼命地把它往屋里拽。它的眉毛不停地在抖，大概在说"你疯了吗？"

"回来我给你买奇力欧①酸豆好吧？"我讨好它。

可怜的大狗还是在不停地抖它的眉毛。

我揣了块格兰诺拉麦片饼就奔向南卡医学院，警长在太平间的门口等着呢。

卡利特一直往南开，从阿什利岛上了詹姆斯岛公路，不久就看到通向佛利海滩的标志。

卡利特开着车，又把所知道的情况说了一遍，其实并不比电话里说的多多少。无非是渔夫、桶和尸体。

我有意问了一下验尸官为什么要我来，卡利特说估计那具尸体也腐烂得差不多了。

我向窗外望去。汽车开得很快，房子、树木、电线杆什么的都模糊不清。卡利特很少主动说话，我注意到他老是看我的胳膊肘。

我想起皮特星期天看到的汽车和昨晚的瓶子事件。见鬼了，如果真有人要故意骚扰我的话，让警长知道应该没什么坏处。于是我就把事情给他说了一遍。

"你在这儿结了什么仇家吗？"卡利特的语气还是那么平淡。

"我把温伯恩赶了出去。"

"温伯恩干不出什么出格的事来。"

"还有那个叫理查德·杜普利的开发商。"

---

① 美国一家创建于一九四一年的早餐公司。

"我正奇怪州政府怎么还没让老杜普利动工呢,这家伙是个天生的权术家。"

"他也没什么危险吗?"

卡利特犹豫了一下:"基本上是吧。"

基本上?我也没多想。

过了阿什利河十五分钟后,卡利特拐进了一条穿越沼泽的小道。道路两边的互花米草和针茅灯心草从温和的琥珀色水面伸出来,直指湛蓝的天空。我放下车窗,深吸了一口这混杂着生机与腐败的气息。沼泽地里满是牡蛎、招潮蟹,还有无数古老的无脊椎动物。

我胆子大了点,决定尝试与警长做进一步的交流。

"你知道吗?南卡罗来纳州拥有大西洋沿岸最大的沿海沼泽。"

卡利特看了我一眼,接着开他的车。

"实验室的人说他们检查完了那个钱夹。"

"除了驾照外有什么新发现吗?"

"没什么。几张买一赠一的早餐优惠券、一张杂货店的打折卡、一张彩票、六十四块钱,还有一个战神玛格南牌的大号避孕套。"

"平克尼是个乐天派。"

"可不是嘛。"

剩下的路程我就只好一路观赏白鹭了,看它们洁白的身体出没在起伏的绿草之间,纤细的腿优雅地踩在泥滩上。

等卡利特终于把车停下来时,我基本上辨不清东西南北了。前方代茶冬青树下有两幢小屋,小屋后面是一个向河口延伸的桩木码头。我弄不清这河口是斯多诺河还是别的河在大西洋的入海口。

已经有两辆车在那儿了。一辆是闪着警灯有电台装置的巡逻车,一辆是黑色的封闭式小卡车。

我和卡利特一下越野车,一群红翅乌鸫便呱呱叫着腾空而起,一位穿制服的巡警向我们走了过来。我认出他那高耸的鼻子,是副警长泰比。

"警长,女士。"泰比分别对我们碰了一下帽檐,算是行礼,"一个叫奥斯瓦尔德·莫尔特里的先生今天早上检查蟹网的时候发现了这名死者,他就住在那旮儿。"泰比努起下巴指了指第一幢小屋。

"他们开始以为找到了海盗的财宝了吧?"卡利特越过泰比,看着远处的码头。

"我不知道是不是,长官。"幽默可不是泰比的强项,"遵照您的命令,我们在这一带设置了警戒线,一切都和发现时一样。"

"你做了笔录吗?"

"是的,长官。"

"另一个小屋里谁住着?"

"你是说那个带红色雨篷的小屋?那是莫尔特里的兄弟利兰的。"

我跟着卡利特离开了泰比,向河边走去。这个入口很小,最窄的地方只能勉强通过两只小船。潮水退去了,码头显得很高。这有点摇晃的木结构码头倒让我想起刚看到的白鹭,都是从泥滩里高高地伸出来。

莫尔特里兄弟坐在自己家的雨篷下抽烟,他们看上去简直就是克隆出来的:一样黑瘦黑瘦的,都戴着灰色塑框的眼镜。

李·安·米勒和另一个警长的副手站在码头上。卡利特和我走过去,相互打了招呼。这个副警长叫赞周,他看上去身体不太好。

我走向码头时,闻到了一股刺鼻的腐臭味。在我身后,他们还在交谈,主要讨论这个桶是如何从小河中浮上来的,怎么才能方便地把它捞上来。

我尽力排除这些声音的干扰，集中精力思考。

码头上有个平台用来卸鱼，上面布满了苍蝇，平台边挂了两个有点腐坏的蟹笼，两把长柄斧头也挂靠在一起。

我往水里看。

水是深绿色的，底下的泥巴黑糊糊的、又黏又滑。一些极小的螃蟹横着身子游来游去，像角斗士举盾牌一样举着自己的大钳子。沙滩上不时可以看见鸟的三脚趾印。

那水桶半浮在水面，这样的笨家伙也只有大风暴才能把它拖上岸。岸边满是走过去又走回来的脚印，乱糟糟的，估计是莫尔特里兄弟试图把他们的战利品拖上岸时留下的。

桶外面有一圈链子，有几节朽烂了，但大部分看起来还挺牢固。我观察到桶和链子都有缺口。

桶盖就躺在泥巴里，里面朝上，边沿上有很深的凿痕。

在桶内，我看到一个光光的头盖，在这混浊的泥水中脸部显得非常惨白，怪瘆人的。

我有了基本的判断。

"好像是个油桶。"我回到大家身边说。

"锈得像棺材钉。"米勒说，"上面的标志和印刷字早没了。"

"那桶是很旧，可链子是新的。把那斧子收起来装袋，它们的刀锋就是用来砍断链子的，而斧背被拿来敲开盖子。"

"利兰说这东西是自己崩开的。"副警长赞周说。

"可能。"我回答。

"你想怎么处理尸体？"米勒问，"我觉得我们应该把整个东西一块儿带走。"

"完全赞成。"我表示同意，"我们不知道那桶里还有什么。"

米勒大嘴一咧冲我笑了笑。"当我听说发现了一个桶的时候，我就把臭烘烘的卡车开来了，还拿了几百米的塑料薄膜。我以前碰到过一两次这样的情形。"

卡利特对赞周说："把你的车开过来。"

他立刻去了。

卡利特又转向米勒。"你带链子了吗？"

"有绳子。"

"高筒靴呢？"

米勒很快点了点头，但神情有点蔫蔫的。

"我们用绳子把桶固定住，拖到岸上来，然后再弄到手推车上去。"

米勒看了看河里。"这儿有蛇吗？"

"有水蝮蛇，或许还有一两条喜欢玩水的响尾蛇。"卡利特的声音里没有一丝同情。

米勒走到卡车那儿，拿来了靴裤和两卷聚丙烯绳子。她把它们扔在大家脚下，开始拍现场照片。

在赞周的指挥下，泰比把巡逻车停好了。赞周把两根绳子绑在保险杆上，另一头延伸向码头的尽头。

泰比站在车胎旁边，米勒和赞周挤到我和卡利特身边，没人愿意穿靴裤下水。

"我这个老姑娘可不是水上公主。"米勒说。

"我不会游泳。"赞周的脸像莫奈的画一样绿。

莫尔特里兄弟坐在折叠椅上看热闹。

天气很热，潮水还在往上涨。在我们身后，苍蝇围着被太阳烤干的鱼内脏飞舞着。

我一把抓过靴裤，脱掉自己的运动鞋把腿伸了进去，然后把两根带子搭在肩膀上。我深吸了口气，侧身从码头上跳下了岸。米勒把手套扔给我，我接住后把它们夹在手臂下。

泥巴很滑，但还能站稳，我小心翼翼地向木桶走去，小蟹们就在我走过的地方穿梭。

我戴上手套，捡起盖子把它放回原来的地方。我整个胃顿时都要翻过来了。走得越近，那股恶臭越是令人作呕。我盖上盖子，用块石头把它敲紧，然后脱了手套，示意把绳子扔给我。

赞周把第一根绳子扔了过来。我打了个活套，把它套在大桶露出水面的部分，往下拽到离桶口十八英寸的地方，再把绳结系紧。

我抱着大桶，搬动它在水下的部分。随着我的动作，一块块铁锈脱落下来掉进了泥里。

到了水边，我停下来看了看，没见着有尸体露出来。

我深吸一口气，继续往前挪。

水岸比我想象得要陡。走一步，水到了我的胫骨，再一步就到膝盖了。

我艰难地前进着，一步步滚动桶子。现在水已经齐腰深了，我的脚在浑水里已经看不清了。

我又示意了一下，赞周扔下了另一根绳子。我又打了个活套，先把它放在了桶的顶部，然后憋了口气蹲了下去。

脸贴着水面冰冰凉凉的。我眯着眼，试图把活结套到桶在水下的部分，绳子却一次又一次滑了下来，我也只好一次又一次地抬头吸气、蹲下。我在泥巴中拉扯着绳子，用力把它从桶底和河床之间拽出来，这使得我本来就受伤的手更加疼痛。

当我第四次从水里抬起头时，听到卡利特大叫："别动。"

我把脸上的湿头发拨开，抬头看去，卡利特正往我身后的河对岸看。

"怎么啦?"我气喘吁吁地问。

"站着。别动。"卡利特声音还是那么平稳,低沉。

我没听他的,转过身顺着他的视线往后看。

这一看,我差点把胆吓破。

19

大鳄鱼！六七英尺长的一条大鳄鱼！我可以清楚地看见它满是泥巴的鳞块、黄白色的喉咙，还有从坚硬的嘴巴里伸出来的可怕的牙齿。

这大嘴巴正冲我而来。

我还在愣神时，鳄鱼却滑下了岸，消失在水中。

我的心狂跳起来，手忙脚乱地拼命往岸上挣扎过去。

卡利特从码头上跳下来，一路滑到水边。他一手扶住大桶保持平衡，一手向我伸过来。我用尽力气一把抓住，受过伤的手臂一阵剧痛。

一手油腻的泥巴还是使我们的手滑开了，我向后倒了下去，混浊的水毫不留情地吞没了我。靴裤里一下进水了，腿变得沉重无比。

我陷入巨大的恐慌之中，转过身，在昏暗之中胡乱摸索。

桶在哪儿？

上帝啊！鳄鱼在哪儿？

绝望之中，我一阵乱蹬，手终于触到了岸。我站起身来，把头抬出了水面。卡利特嘬哨了一声，指指扔过来的绳子。

米勒在大呼小叫："快点，宝贝，抓住！"

莫尔特里兄弟中的一个站在米勒旁边，手里拿着什么。他和赞周都在往我左边看。

充满水的靴裤让我寸步难行，昨晚的噩梦成真了。我用尽吃奶的力气挣扎着向绳子移去，感觉鳄鱼就在我身后。

真的就在后面？

左边水花一闪，我感觉到鳄鱼的牙齿碰到我的肌肉了。

"拉！"卡利特咆哮了。

我一把抓住绳子，一只膝盖弯曲着抵住河岸，然后一下子被拉了起来，脱离了水面。我终于感觉到了卡利特伸过来的手，感觉到了坚硬陆地的存在。

我呆呆地站在那儿，两腿不停地抖动，混浊的泥水从裤子里哗哗地流出来。抬头看时，米勒向我双手竖起了拇指，灿烂地笑着。

"我没想到鳄鱼也喜欢海水。"我气喘吁吁地说。

"这家伙可不怎么挑剔。"莫尔特里咧嘴一笑，从他的食饵篮子里掏出一根鸡脖子扔向了上游的水中。

鳄鱼径直朝那东西游去，留下一行行 V 字形的水波。

我们在码头上等了二十分钟，一边喝着咖啡，一边看着鳄鱼在十码开外的地方转圈。除了脊背和鼻尖，鳄鱼整个身子都沉在水里。不知道它是在回头看我们呢，还是在保卫它的午餐，或者只是在打瞌睡。

"潮水不会再低了。"卡利特把咖啡渣倒进泥里，"谁敢下去和鳄鱼雷蒙①单挑一下？"

奥斯瓦尔德·莫尔特里告诉了我们这条鳄鱼的名字。它其实是这小河里的常客了。

"还是我去吧，反正我也湿透了。"光说湿都还不确切，实际上我从头到脚全是泥。

"你没必要这样来证明你不怕鳄鱼。"米勒说。

"我是不怕鳄鱼。"我说。真的，我怕的是蛇，不过我不会说出来。

"我们来点真格的吧。"赞周挥舞了一下从巡逻车上取来的雷明顿步枪，"这家伙要是胆敢朝这边迈一步，我就把它脑袋打开花。"

"没必要杀了它。"卡利特观察了一会儿说，"只要朝它来的路上开一枪它就会退回去。"

我把手中的塑料杯子递给米勒。"告诉莫尔特里准备好波扬格勒②炸鸡。"

跟刚才一样，我跳下码头，穿过泥泞，横跨着靠近了还在河中的油桶。

警长是对的，潮水正在进来，水面已经爬升到桶口了。

这次我们换了一种方式，我下水把绳子套到桶底的边缘，抓住桶的上部，卡利特和赞周在岸上用巡逻车的引擎牵拉绑在桶身上的辅助绳。

这个方法实施起来也不是一帆风顺，但最后还是成功了。失败了两次之后我终于把绳子套到了桶身上。我水淋淋的，大口喘着气。绳结拽紧后，我试着拉了一下，很结实。

我向卡利特示意准备好了，卡利特向米勒打信号，米勒向泰比示

---

①美国影片《大鳄鱼》的主角。因食用实验室动物尸体而变得异常巨大，最终被杀死。
②美国南部的一个快餐连锁店。

意，码头那边，巡逻车的引擎发动了。

绳子慢慢绷紧，大桶晃了一下，进入预定状态。

卡利特又挥挥手，米勒大叫。巡逻车的引擎又吼了一下。我屏住呼吸，像棒球接球手一样蹲着，用肩膀拼命顶住桶底，大桶却坚如磐石。

我用吃奶的力气再来一次，终于感到大桶有一点活动了。

我隐约听到了吸水和刮擦的声音，大桶终于移动了。泥巴里汩汩冒出的水一下子填补了空缺。

卡利特和我一同使劲，赞周指挥大家把大桶拉上了岸，肮脏的水从缝隙里一路流下来。

再经过一阵折腾，我们才把桶移到了高潮线以上，又费了一番工夫才把它从泥泞里弄到了岸上。等我们终于爬上岸之后，米勒已经带着相机和手推车等着我们了。

利兰·莫尔特里无声地指了指他走廊上的一个水龙头，我谢过了他，跑进房子里，脱掉脏兮兮的靴裤，弯腰把头伸到水龙头下冲洗我的头发和脸。奥斯瓦尔德·莫尔特里从屋里走出来递给我一条毛巾，我感激得简直要拥抱他了。

如果尸体没什么可验的话，爱玛会不会让我来检查骨头呢？

女王能忍受难看的帽子吗？

我又突然想到，这具尸体是不是属于克鲁克香克记录的失踪人员中的一个呢？

更可怕的是，会不会就是海琳·弗林呢？

一只弗吉尼亚秧鸡不知道躲在哪儿叫了一声，把我唤回到现实中来。

米勒正试图在把油桶往手推车上装，卡利特在旁边帮忙。泰比和赞周在一旁看着，米勒最终把油桶推向了验尸车。

我完事了，做了我该做的。米勒和副警长们会把那讨厌的桶给装上车的。

这两个干干净净、头发丝都没湿的副警长！

我靠着泰比的巡逻车，穿好球鞋，然后绕到卡利特的越野车上，拿出我的包掏出梳子梳头。

我在后视镜里看到了自己的面容，早上涂睫毛膏真是大错特错了。

泰比和赞周留下来继续摄像，还要在周围搜索一下，再问问莫尔特里兄弟相关情况。卡利特和我跟着米勒的车直奔南卡医学院的太平间，我这才发现越野车的坐椅上铺了一层塑料薄膜。

到了目的地后，我又去彻底冲洗了一遍，换上操作服。这时米勒已把桶从车上卸下来了。十五分钟后，我和她在金属大门后的入口处相遇了。

"卡利特呢？"我问。

"接电话呢。"

"他的女裁缝的？"

米勒笑了。"可能吧。警长特别注意自己的外表，这就意味着身上一丁点泥巴都不能沾。我怀疑他现在就在仔细清理他的SUV呢。你告诉他我们检查的结果。"

"你给爱玛打电话了吗？"

米勒摇摇头。"验尸官说由她来立案，我来部署，你或者另一个病理学家来承担检验工作。"

"你一直在吗？"

"在。"

米勒将这个案子登记了一下,准备了一个识别牌,写上 CCC-200 6020299。她先要给铁桶和铁链拍照,我把牌子摆好。

"链子还不错,"米勒从取景框里观察,"桶就锈得很厉害了。"

"可能是不同的金属做的吧?"

"也可能是用新链子绑的旧桶。"

桶上的泥浆慢慢地在水泥地上扩散开来,空气里开始弥散着腐烂的气息。等米勒照完相,我们一起检查了一下桶的外观。正如米勒预料的,桶身上的标记和文字早就湮灭了。

"生产这种五十五加仑油桶的厂家肯定有无数个吧。"我说。

"至少几十家吧。"米勒回答说。

又照了几张宝丽来快照作为备份后,米勒出去拿来一根撬棍和一把钢锯。

"好了,亲爱的,你想怎么处置它?"

"我们应该能把它敲开。"我说。

"那我们就为拉里和缪①干活吧。"米勒戴上一副巨大的皮手套,开始从一边撬桶盖,然后试图掀起盖子,结果这东西纹丝不动。

"你盖得还真紧啊。"米勒说。

"我当时不是有点紧张嘛。"

这次她把撬棍伸得更往里一点,然后猛压手柄,盖子终于开了一半,铁屑也哗哗往下掉。米勒把手伸进去,抓着桶盖往外扳,先是顺着圆周移动然后突然向上一提。这个金属盘子终于端在手上了。

一股陈旧潮湿的气味从桶底升腾起来。有腐烂的海藻、臭了的盐

---

① 美国早年黑白喜剧片《三个活宝》的主角,以动作笨拙搞笑著称。

水的气味,更多的还是尸体的腐臭。

米勒把盖子放在地上,拿出电筒。我们一起探过身去往里看。

那形状像人,可又难以认出是人,像是一种奇怪的白蜡制品,蜷成一团坐在里面,头放在膝盖上。

米勒捏起鼻子。"你可以不用管这案子了,博士。"

我却不以为然。因为潮湿的缘故,尸体脂肪的水解和氢化会生成一种含有脂肪酸和甘油的物质。这种油脂性的、有时呈蜡质性的物质就是俗称的尸蜡。

尸蜡一旦形成就会作为一种油脂状的组织存在很长时间。我曾见过一个案例,尸蜡完整地保持了死者的表皮特征,里面却烂成一团。

"按理说,应该是先把脚放进去,然后再把身子滑进去的。"米勒分析说。

"也可能是受害者被迫自己爬进去的。"我说。

"光着身子?"

"看上去身材很小。"我不假思索,意识到这尸体与我一样都为女性时,我突然间升起一股悲伤和怒火。

"女性?"米勒的声音紧张起来,明显和我一样感到愤怒。

"我不愿这样想。"

可我心里已经确认了。我见过太多受伤的主妇、女孩、继女、女招待、妓女。我们这个性别就意味着弱小,就得受伤挨打。

"还有很多沙子。"我压抑自己的怒气,接着说,"可能是用来增加重量的。"

"要选石头才对。"米勒说,"或者船的螺旋桨。这儿锈出了个洞,沙子就是从这里漏出来的。这就解释了它为什么能浮起来,被冲到岸上。"

"把她搬到桌上去吧。"我说。

我们一起把手推车放低,把油桶倒放在地上。我们动作很慢,生怕磕着里面的人。其实我们这么做毫无意义,她早已经毫无知觉了。

米勒带上护目镜,开动电锯把油桶从两边由上到下锯了个口子,把桶底也锯掉了,只留下尸体所靠着的那部分。

尸体躺在油桶的下半部分,头紧紧地埋在弯曲的双腿之间,膝盖和小腿由于和桶的内侧摩擦有些受损了。

我还在洗澡换操作服时,米勒已经用一张塑料薄膜把担架床包了起来。现在她取下目镜和皮手套,把担架摆好位置,我们一起把担架上可以拆下来的托盘摆到桶边。我戴上一次性塑胶手套,抓住了死者的头部,而米勒托住臀部。

"准备好了?"米勒的声音听起来有些紧张。

我点点头。

我们试探性地抬起来一英寸,先得看看这油脂性的肌肉能不能抓得住。

"行。"我说。

我们又抬起一英寸,再试着往高处抬,对于托住的地方都特别小心。慢慢的,这个被囚禁的人终于离开了油桶。我们停了一会儿,等着那臭烘烘的水沥干净。差不多时,我一点头,两人同时移动,把尸体横放在了担架托盘上,紧接着抬上了担架。

尽管肌肉都变形了,头发和皮肤也脱落了,可从生殖器看来,受害者真的是个女性。被塞在油桶里让她蜷成了一个胚胎的模样。

不可思议的是,在大难临头之际,这女人似乎还在遮挡着自己的羞处。她在阻挡谁呢?阻挡我、阻挡米勒、阻挡任何可能来重见她的死亡时刻、来检查她在水中囚禁所遭受的痛苦的人。

我真想盖住这女人，不让她再遭受什么制服警员、刺眼的日光、闪耀的灯光以及冰凉仪器的检查。可理性告诉我，这样对她没好处。就像迪威岛的死者和吊在树上的死者一样，这个桶里的女人也需要确定自己的名字。

我发誓会帮她找到的，找到一个把她和她的生活联系起来的身份，结束她没人怀念、没人怜悯的历史。

我和米勒一起把她从侧卧翻到正面。等米勒拍完照，我开始轻轻地把她紧缩的四肢拉开来。

"这可怜的人蜷得像水泥团似的。"米勒说，"这可能会拉坏肌肉。"

我们加大力度。逐一把手臂扳直了放在她身边。

接下来是腿。米勒推她的右膝盖，我拉她的脚脖子，僵硬的地方也松动了。

等她的腿放平了之后，一团东西从腹部滑了下来停在了髋部。

啊！

米勒已经喊出了声。

"我的天哪，这是什么？"

20

"我们先把另外一条腿放下来吧。"我说。

米勒抓住膝盖,我抓住脚脖子,两人一起用力把这条腿给扳直了。

尸身的肚子简直就是一个化脓的大坑,发出的恶臭能把一个村的人熏跑。

我换成用嘴呼吸,绕着桌子转了一圈。

那个滑下来的小球和死者的肌肉一样又白又腻,只是表面有一些褐色的纤细的东西。

我看了一下女死者的腿根部,也有一些褐色的纤细的东西像蜘蛛网一样密布着。

线?毛发?

我拨了拨那个小球,看起来还比较结实,有点腐肉的感觉,像是熟过了头的水果。

还是肌肉?

我突然灵光一闪。

我用镊子刮了几根丝作检查。

是动物身上的毛。

米勒在旁边看着。我深入到小球中扯出了一只骨瘦如柴的动物肢体，然后又是一只。

米勒的眼睛睁得溜圆。她也没说话，找到了动物的后腿。然后我们一起将这个小小的生灵摊开。可怜的东西几乎掉光了毛，被流下的腐化液体浸泡，腌制了这么久，实在认不出来是什么。

"小猫，小狗，小兔子？"米勒问。

"不是兔子。脸很平，而且前后腿一样长。"

我又探到下边，看到了一条细长的尾巴。"看看牙齿。"

我抓住头，米勒撬开下巴。

"是只猫。"我说。

我立刻想起了博迪。再看看这女人，连同自己心爱的宠物一起被人家当垃圾一样扔在油桶里，多么悲惨！

我闭上眼睛，强忍着没有一拳砸在不锈钢板面上来发泄怒火。

集中精神，布兰纳，只有集中精神你才能进一步深入调查。

"我们来确定一下她的身份吧。"我说。

米勒把担架从走道推入解剖室，我跟着她一起进了房间。首先，我检查了一下手指，看看能否恢复指纹，哪怕是一部分也好，可是一点都不成。

米勒按铃叫来一个技术人员，要求照 X 光。尸体被带走后，我们俩都闷头填表，一句话也没说。

X 光片来了，米勒把它们都插在墙上的灯箱上。在他们把尸体移到解剖台上的时候，我独自浏览着一排底片，研究这灰白的图像表现出来的死者内部世界。

大脑和内脏都含混一片,眼球内部的玻璃汁液也都流失了。这个案子里剩下的就只有骨架了。这正是我所要研究的。

我只看骨头。上面没有裂缝和其他什么异常,没有手术移植、没有不锈钢钉或是夹板、没有异物、没有子弹,甚至没有金属穿凿的痕迹。

连牙齿和假牙都没有。

"我们不需要找伯尼·格赖姆斯了。"我说,"这人没有牙齿。"

"难道是老年人吗?"米勒问。

"中年。不是老人。"我说,脑子里想的是正在看的最后两张底片。

米勒走到我身边来。

"这是我们的勤奋之星——凯尔,"她用一只手搂住这个给我们照X光片的技术员的肩膀说,"小猫的角度照得多好啊。"

"不知道——"

我打断凯尔。"看看这个。"我指着底片中央一个米粒大小的白点,这个点就在猫的脖子上。

"那是个人造物?"米勒问。

我摇头表示不清楚。"它在这两张片子上都有。"

仔细地检查了这两张 X 光片之后,我拿出一把手术刀,回到担架前给小猫划了个切口。找了半分钟,发现了一个圆柱体。我把它放在手上给米勒和凯尔看。

"你肯定知道这是什么,对吧?"米勒说。

"宠物身份芯片,学名是脉冲转发器。"

米勒惊讶地看着我,仿佛我说的是用于太空探索的蛇形机器人。

"这个装置就是在具有生物适应性的玻璃块中嵌入了一个迷你的

存储线路。然后通过皮下注射放入体内,就放在肩胛骨中间的皮肤下面。"

"骇客帝国的控制者放的?"

"兽医放的。整个过程不到一分钟。我的猫也有一个,它自己都不知道。"

"这管用吗?"米勒充满了怀疑。

"芯片的存储器中包含了一个唯一的号码,可以用扫描器读出来。扫描器发出一个低能量的雷达信号给芯片线路,芯片就会回应一个身份号给它。这个号码可以在中央数据库中查到,里面还记录着相应的主人资料。"

"就是说如果小猫跑丢了,主人还可以把它找回来。"

"那要碰巧它被抓住了而且还被扫描了。"

"这不是好笑嘛!找一只猫都比找人要容易。这是什么世道?"

"理论上这颗芯片可以工作七十五年。"

"谁发明的这玩意儿?"米勒终于开始明白了。

"兽医,动物收容所,防止虐待动物协会等等。这东西很普遍。"

"这么说那狗娘养的疯子留下了一点蛛丝马迹。"

我点点头。"至少有一点能和受害者的身份匹配上了。"

米勒拿来了一个密封袋,我把这个圆柱体胶囊放了进去。她转身对凯尔说:"找一个能扫描这个的兽医。"

凯尔出去找电话去了。米勒和我接着检查尸体。

"你认为她是个白人吗?"米勒看着死者的脸问。

"头盖骨的 X 光片显示它具有白种人的头颅和面部结构。"

"你怎么判断她是中年人的?"

"她有慢性关节炎,肋骨和胸骨结合处有骨刺。你能把耻骨联合处给取出来吗?"

"需要指导才行。"米勒开始找锯子。

我把一个橡皮靠枕放在这女人的脖子下。从她的面部已经看不出她在世时的容貌了。眼睑没了,眼眶里也全是和骨骼上一样的蜡质物质。睫毛、眉毛、头发什么都没了。

米勒回来了。我在照相时,她取下了耻骨联合,然后放到一个浸泡容器里。我仔细检查了头部,发现了一点东西,于是把手中的相机放下,凑近仔细看。

这女人的脖子上有一条深沟,深入到腐败的肌肉内大约四分之一英寸。沟很窄,只有我小指的一半宽。

死后形成的?是因为跟桶内的什么东西碰撞产生的吗?还是海里的什么食腐动物造成的?

我拿起放大镜,用手指触摸那条裂缝,伤口平整清晰,不可能是小嘴的生物咬出来的。

我听见门开了又关上,然后是脚步声。米勒说了句什么,我没抬头,我正沿着伤口的延伸确定其走向,看看上下肌肉的变化。

伤痕是水平的。在脖子左边,伤口有不规则扩大,周围的组织同时有磨损迹象。

"什么东西研究得这么仔细?"

我把放大镜递给米勒。她研究了一下伤口,然后说:"对这个该做什么判断呢?"

"水平沟痕,防卫性抓伤。"

"勒死的。"

我点头。

"什么样的绳子呢?"

"光滑、横切面为圆形、直径很小的绳子。可能是电线之类的。"

这伤痕又让我想起吊死在弗朗西斯·马里恩国家森林公园里的克鲁克香克。

米勒肯定也想到了。"是不是吊死的?"

"要是吊死的话,沟痕应该是往上走,然后在两边消失。而这个却是水平地围着脖子绕了一圈。"

我看着这个躺在不锈钢台面上一摊泥水之中的女人,通常的窒息死亡表现出来的特征都已经腐化或者皂化掉了。看不到静脉增大形成的淤斑,也没有紫绀印记。看不出组织出血,分不清气管和食道,也没有肌肉可以分解。没有一个能让病理学家清楚地判断出死因是勒死的组织。

"等整个骨骼被清理出来后我要检查一下喉骨,尤其是舌骨、甲状软骨,但目前为止我已经很确定了。"

我脑海里又闪过另一些图像。迪威岛的尸骸、骨头上的小缺口,等这个女人的肌肉被清理之后,我也要好好检查一下她的脊椎和肋骨。

米勒换了个话题。"凯尔找到了一个能扫描那胶囊的兽医了。"

"在哪儿?"

"不远,离这儿也就是一个半街区。丁兽医。"米勒把一张便签粘贴在了工作台前面的玻璃面板上,"他说今天五点半之前都在办公室,然后就是一个大周末了。"

我忙得完全忘了日期,星期一是阵亡将士纪念日,一般都不上班。现在是四点半。我得赶快。

我绕过工作台,把米勒泡的耻骨从容器里取出来。耻骨很轻松地就被分开了。我可以看到耻骨连接处的两边都是光滑的,只在边缘处有点下陷。

米勒还在满怀期待地看着我。我扫了一眼便签,确认一下丁兽医的办公室有多远。

"哦,也就下车后向南或是向北走四十米。"我脱下手套,摘下口罩,"我得去找这位丁医生了,怕他下班。骨架什么时候能清理干净?"

"星期一早上。"

"真抱歉叫你节假日的周末还加班。"我说。

米勒笑了。"亲爱的,我除了在家散散步也没打算去哪儿。"

"你真是个好人。"

"我只是个扫地刷墙的人。对了,我怎么跟卡利特说?"

"告诉他死者是个中年白人妇女,被人勒死后和自己的猫一起被扔在了油桶里。"

丁兽医诊所在一条粉红色调的商业街上。街上尽是电子商店、手机店、保险代理处、一美元商店、录像带出租店什么的。丁兽医诊所的玻璃橱窗上用黄色字母标出"动物爱心关怀诊所"。

我的脑子有点糊涂了,开始玩起文字游戏来。动物爱心关怀?关怀爱护动物?爱护关怀?分项计费?按需配套服务?

我真的很需要泡个澡,享受一顿大餐了。

还算走运,我转到第二圈的时候,仅有的十几个停车位中有辆SUV倒出来了。我赶紧插了进去。

我走进诊所时,一位女士抱着一只老鼠大小的吉娃娃和我擦肩而过。这小狗挣扎着,发出阿乌的叫声,就是阿乌也不足以形容这小狗叫声的尖厉。

丁兽医的候诊室是八英尺乘十英尺的豪华空间，正前方是一个假竹子装饰成的前台。上面有台大概是八三年的电脑，没人用它。

台子后面有两扇关着的门，每扇门上有个透明树脂的盒子，里面有很多标签，大概是指示客户排队用的。其中一扇门后传来一些沉闷的说话声，另一扇门上挂着"工作中"的牌子，表明有人等着了。

前台有一排漆得光亮的椅子。一个老头坐在最右边的椅子上，脚下懒散地躺着一只小猎犬。

一个女人坐在最左边的一把椅子上，脚下塑料布上放着一个绿色的宠物箱。透过箱子的栅栏，可以看见一双乌溜溜的眼睛和白色的胡须。雪貂？

我的表显示已经五点一刻了，丁兽医五点半下班，时间有点紧。

老头和猎犬已移到了中间的椅子上，那女人还在黑莓手机上专心地打字。雪貂躲到暗处去了。

我拿起一本关于猫的杂志，坐了下来。

我看了两页关于如何防止猫舔食毯子的文章，这时一位女士从门里出来了，还有一对双胞胎和一只金毛巡回犬。一会儿，一位头发光亮的小个子男人也从这扇门走出来了。他戴着银边眼镜，蓝色工作服上的牌子上写着"丁"。

丁兽医把那带雪貂的女人叫进了刚才妈妈和双胞胎空出来的房间里。

我站起来。

丁兽医走过来，问我是不是拿芯片给他的人。我正要解释，他摆手叫我打住，径直朝我伸出手来。我把密封袋给了他。他就进了第二个诊断室。

我坐在那儿，不知道要等多久。

后来是这样的。

五点五十六分,一个女人和狮子狗从二号房间出来了。

六点〇四分,老头和猎犬进了二号房。

六点二十二分,雪貂女人出了一号房。

六点四十五分,老头出了二号房,没带猎犬。

七点〇五分,丁兽医终于再度出现了。他给了我一张小纸条,上面写着"克里奥帕特拉"和"伊莎贝拉·卡梅伦·哈尔西"。我估计前者是已故的猫咪,后者是已故的主人。名字的下面是一个国王大街的地址。

我谢过了丁兽医。要说我可是够冷静的了,其实我早就等得不耐烦了。我请他帮的忙不会花他五分钟。他本可以立刻做完然后打发我走,可他却非让我等了两小时。

几分钟后,我被堵在了老城市场外。我一直在生丁兽医的气,结果一走神就没走桥上,现在只能穿过半岛。

我左拐右拐,就是拐不出去。这里的街道很窄,还到处都是游客。我只想回家,而不是跟在一辆马车后面爬行。我对自己的愚蠢感到很生气。我真的累了,一身邋遢,我都快要哭了。

经过带尖塔的灰石头建筑圣菲利普教堂,我总算舒了一口气。好了,现在到了教堂街了,我终于感到有希望了。虽然前面堵了匹老马,但毕竟我们还在前进。

老破车又慢下来了。我在空调的吱吱声中,依稀可以听到马车夫在编造当地的神话故事。我的肚子饿得咕咕叫。我现在真是又饿又渴。

我的手指不停地敲打着方向盘,从客座那边的窗户看过去,是汤米·卡登爱尔兰酒吧,顾客们都在走廊上用餐。他们一个个看上去神情怡然,干净优雅。

我的目光慢慢移到了汤米酒吧的停车场上，看到了一辆吉普车。

我的指头不动了。

我又看了看车牌。心跳突然加速了。我得下车。

我的眼睛在人行道那边搜索。教堂边怎么就没块空地呢？汤米酒吧的停车场入口在哪儿？

老马还在前面踩泥巴，我除了跟着它别无选择。

好不容易拐了个弯，我在大街一侧找了个缝隙把车塞了进去。

我砰的关上车门，一路小跑而去。

21

赖安坐在走廊上的一张桌子边抽烟,桌面上是吃剩的干酪汉堡和空空的啤酒杯。一个小小的金属烟灰缸里全是烟头,看样子他在这酒吧里已经待了一阵子了。

情况不妙。赖安只有在焦躁、狂怒的时候才会拼命抽烟。

放松点。

"你是本地人吗,帅哥?"我想显得轻松、随意点,可实际还是紧张得要命。

赖安转过脸来,眼睛里闪过一丝异样,不过转瞬即逝。

我指指椅子。

赖安耸耸肩。

我不客气地坐下。

赖安把香烟在盘子里捻灭。

"还是到南方来寻找阳光和沙滩的雪鸟?"我接着逗他。

赖安还是没有表情。

"星期三晚上都走到安妮的房子跟前了,干吗不进来?"

"我注定了是个游荡的孤魂野鬼。"

我不理他。"你还不接我电话。"

"信号问题。"

"你住哪儿?"

"查尔斯顿宫。"

"那儿还不错。"

"毛巾挺厚的。"

"我希望你住到安妮家来。"

"太挤了吧?"

"不是你想的那样,赖安。"

"我该怎么想?"

我还没来得及回答,一个女招待过来了。

"吃点什么吗?"赖安像是超市的收银员在接待顾客。

我要了杯无糖可乐,赖安点了蒲葵淡啤酒。

还好。他虽然没有跳起来拥抱我,至少也没有一走了之。够好的了。我都不知道如果是我开了一千四百多英里去找他,结果发现他跟前妻在一起会是什么反应。

可我跟皮特不是在拥抱。赖安表现得和一个长满青春痘的八年级学生一样执拗。

我们闷闷地坐了会儿,这里的晚上又潮又闷。尽管我在离开医院时又换了一身干净的操作服,现在又湿答答、黏糊糊的了,我开始按捺不住了。

理智告诉我要冷静。等女招待拿来了饮料,我开始换个角度说话。

"我不知道皮特要来,更不知道我们会一起住在那儿。安妮邀请的他,那是她的房子,而且我原计划是在他来的那天就走的,这也可能就是他没向我提过他要来的原因。那房子有五间卧室。你还要我怎么说呢?"

"你们没睡在一起?"

"我说你是胡思乱想吧。"

赖安举起一只手,意思是他不想听。

这个姿势终于激起了我不可遏制的怒火。

"我这个星期过得很艰难,赖安。你可不可以放我一马?"

"你和你老公是不是有张记分卡?一起晒太阳记一分,一起喝葡萄酒记两分,一起在沙滩上野餐记三分。"

我偶尔会给自己一些很好的建议。比如说:不要生气。但通常到最后我都没有接纳。现在的情况就是如此。

"你不是也在新斯科舍和你的旧情人待了一个星期吗?"我脱口而出。

"我是不是该一拍脑袋,装作很诧异地发现你也很在乎这个的样子?"

又热、又饿、又累。结果赔着小心和他交流却不起任何作用,我真的爆炸了。

"我刚知道一个朋友病得很重,都快死了。"我连珠炮似的爆发了,"一个破记者整天跟着我,一个开发商威胁要揍我,然后手头又一下子来了三个谋杀案。我这一个星期不是在急救室里就是在太平间,要么就是肥料堆里找化脓的尸体。"说得有点夸张,但我索性说个痛快,"星期三晚上我本来就情绪低落,皮特很担心,就安慰了我一下。我也是真的需要安慰。对不起,我伤心的不是时候。对不起,我触动了你大男人的脆弱神经。"

我一口气说完,往后一靠,双手抱在胸前。通过眼角的余光,我发现邻桌的两口子正看着我们笑话。我瞪了他们一眼。两人知趣地回过头去。

赖安又点了支烟,深深地吸了一口,吐出来。我看着那青烟盘旋着爬向头顶的吊扇。

"莉莉叫我滚蛋。"

"什么?你说什么?什么时候?"这话真傻,可是赖安一讲他女儿的事就让我解除了武装。

"星期天我跟你通过电话之后不久我们就吵了一架。好像就因为她的一些脸上钉着大头钉的混账朋友。鬼知道呢,我也记不清了。莉莉冲出餐馆,大叫着说我毁了她的生活,叫我滚开,永远也不要再见到我。"

"卢特蒂娅怎么说?"

"她说我该放松点,先给莉莉一点自由空间。"赖安的脸像石头一样铁青,"我星期一一整天、星期二大部分时间都试图跟她说话。她既不见我也不接我电话。"

我靠过去,把手放在他手上。"我相信会好起来的。"

"是啊。"赖安的下巴肌肉紧了一下,之后放松下来。

"莉莉需要时间来面对你是她父亲的事实。"

"是啊。"

"还不到一年呢。"

赖安不作声。

"你还想接着谈吗?"

"不。"

"你来了我真高兴。"

"哦,是吗?"赖安郁闷地一笑,"我也曾经以为是个好主意。"

"星期三晚上我陷在一个案子里。我为自己感到难过,也为案子里的人难过,我都哭了,事情就是这样。你来的时候,皮特正试图让我平静下来。就这样。没别的。只是时间太不凑巧了。"

赖安没吱声。可他也没有把手抽回去。

"我永远不会对你撒谎,你知道的。"

赖安还是不吭声。

"什么也没发生。赖安。"

赖安只顾玩弄他的烟灰,在烟灰缸边缘画着圈。过了好一会儿,他终于打破了沉默。

"莉莉拒绝我以后,我心中充满了愧疚。我觉得自己是个失败者。我当时只想到你身边来。决定很简单,我发动了吉普车就一直往南开。然后,开了二十个小时,看见的却是你在院子里……"

赖安没把话说完。我刚要说话,他又打断我。

"我星期三晚上可能是有点过了头,完全被怒火控制了。但我也想到了一些事,唐普。我不了解自己的女儿,好吧,这算我活该。可我同样也不了解你。"

"你当然了解我。"

"不是很了解。"赖安又吸了口烟,吐出来,"我知道你这个人。我只能陈述你的简历。很棒的人类学家,出类拔萃。本科在伊利诺斯读的,西北大学的博士。有DMORT[①]经历,美国军方顾问,联合国种

---

① DMORT(Diaster Mortuary Operational Response Team),灾难死亡行动应答组织,由验尸官、病理学家、牙科医生、葬礼主管和其他专家组成的在灾难中处理大规模死亡时建立的临时组织。

族屠杀调查专家。多漂亮的履历啊。可这些没有一点能让我了解你是个有什么样想法、什么样情感的人。我女儿对我来说是块白画布，你也一样。"

赖安把手从我的手下抽出来，端起了杯子。

"我跟你分享的比这简历多多了。"我说。

"是啊。"赖安喝干了半杯啤酒。为了平息怒气，还是为了集中思想？"还有，你十九岁时就跟律师皮特结婚了。他是个骗子。你曾经是酒鬼。你们的婚姻破裂了。你女儿是个沉溺于流行乐的大学生。你最好的朋友是个房产经纪人。你有一只猫。你喜欢奇多膨化食品，讨厌山羊奶酪。从来不穿有褶边的衣服和高跟鞋。你在床上却能歇斯底里，像只老虎一样摄人魂魄。"

"别说了。"我羞成了个大红脸。

"我说得差不多了。"

"这不公平。"我在精神上和体力上都疲乏得无力做出强烈抗议，"你是故意的。"

赖安把双臂都放在桌面上，身子往前靠。在这沉闷的空气中，我完全被对面这个男人的汗味、剃须水的芳香，还有他刚刚抽完的香烟味包围了。

"我们已经做了十年朋友，唐普。我知道你对工作很狂热。可除此之外，我对你的感受一无所知。我不知道什么让你高兴，什么让你伤心、生气或者憧憬。"

"我喜欢芝加哥小熊队。"

"你不明白我的意思吗？"赖安往后一倒，吸掉了手中的烟头，大口大口地喝酒。

我的胸口一阵发闷。我这算什么，生气？憎恨？

还是对亲近的恐惧?

我也吸了口可乐。两人又陷入了沉默。

女招待朝我们这边看了看,判断出最好别打扰我们。旁边两口子付账走人了,又一阵马蹄声从教堂传来,也许还是那匹我一直开车跟着的马?我的思绪开小差了。

那匹马不介意每天都绕这个一成不变的圈子吗?它这么尽忠职守是因为怕鞭子抽到身上吗?它会做白日梦来打发时间吗?还是说它只知道眼罩下的世界。

或许赖安是对的,我就是把自己藏在墙后面?我给自己戴了副情感面具?把自己与不愿意面对的往事和现实隔离开来?

我突然心头一怔。难道皮特就是我要隐藏的情感?我真的对赖安完全诚实吗?或者说我对自己完全诚实吗?

"那你想怎么样?"我口干舌燥。

"卢特蒂娅对你很感兴趣,可她的大多数问题我都答不上来。这让她很诧异。我说她问的问题都不重要。她说也许是吧,可是不管怎么说,我还是该知道的。

"一个人开了这么远的车让我有足够的时间来反思。在这期间,我明白了卢特蒂娅说得对,我们有未曾交流过的领域,唐普,我们的关系是有界限的。"

关系?界限?我不敢相信这些词语出自安德鲁·赖安之口。这个坏蛋、花花公子,蒙特利尔重案组的唐·璜[①]。

"我没有故意隐瞒什么。"我咕哝着。

"问题不在于一个人说了多少,而在于他说了什么。有时候你总是

---

① 十五世纪的西班牙贵族,以勾引少女著称。后来被文学改造成传奇英雄。

有意无意地把我排除在外。"

"我没有。"

"你为什么叫我赖安?"

"什么?"这问题让我莫名其妙,"那不是你的名字吗?"

"那是我的姓。其他同事叫我赖安,我们曲棍球队友也这么叫。难道我们的关系就跟他们一样吗?"

"你不也叫我布兰纳。"

"那是我们一起做事的时候。"

我的眼睛只能盯着自己的手。赖安说得没错。可我自己也不知道我为什么会这样做。故意要保持距离吗?

"那你想怎么样?"我问。

"我们可以开始谈心。唐普,不需要说太多,挑重要的说。从你的家庭、朋友、你的初恋、你的梦想和恐惧……"赖安摊开双手,"……你头脑里的想法和你的异常一元论①。"

我忽略了这个让谈话轻松起来的企图,开始认真地说起来。

"你见过凯蒂、安妮和我的外甥基特了。"

哦,还有他妈妈哈莉。

前几年,当赖安开始对我有所表示而我尚未下定决心的时候,我妹妹哈莉到蒙特利尔来寻求心灵的解脱,结果却被拉进了一个邪教组织。我和赖安把她救了出来。一天晚上两人不见了,我猜是去举行什么宗教仪式了。我从来也没问过他们,而赖安和哈莉也没解释过。

"还有哈莉。"

"哈莉怎么样了?"赖安的声音里有一点点紧张。

---

①美国哲学家唐纳德·戴维森创立的观点。这种观点认为,每个事件以及对象都是物理事件和对象,不存在严格意义上的心理规律。

"和一个键琴制作者住在休斯敦。"

"她现在生活顺利吗?"

"还是那个哈莉。"

"跟我说说你父母吧。"这位费尔博士①开始了谈话治疗。

"我父亲叫迈克尔·特伦斯·布兰纳,是个律师、鉴赏家和醉鬼。我母亲叫凯瑟琳·戴西·李,大家都叫她戴西。"

"这就是你那个中间名的出处。"

"就叫戴西,西边的西。"

"戴西,听起来像——"

"别老想着给我取外号。"

赖安行了一个童子军二指礼②。

我咽了口口水接着讲。

"迈克尔是芝加哥的爱尔兰后裔,戴西是夏洛特的世家,大学里的校花。他们在二十世纪五十年代结的婚。迈克尔和芝加哥一家很大的法律公司签了约,两口子高高兴兴地在芝加哥南部一个叫贝弗利德的爱尔兰社区住下了。戴西加入了当地的女子青年会、妇女会、罗萨利协会、动物保护协会。唐普兰希·戴西,第一个孩子,结束了布兰纳夫人的社交生涯。三年后哈莉·李又降生了。最后是老三,凯文·迈克尔。"

都快四十年了,我讲到家史时还是那么伤心。我注意到自己用的是第三人称而不是第一人称,可我没办法。我怎么会这样做?问弗洛伊德去吧。

"九个月后,凯文死于白血病。父亲在极短的时间内就完成了从酗

---

① 指费尔·迈克格罗博士。美国心理学家,以在电视上主持心理访谈节目闻名。
② 童子军一般行三指礼,即右手拇指和小指收拢,掌心向前触眉。幼童军之间才行二指礼。

酒、失业，到肝硬化、葬礼的过程。母亲也精神委靡、神经衰弱，最终被迫带着唐普兰希和哈莉回到了夏洛特。三人和外婆住在一起。"

赖安伸出手来帮我擦去了脸颊上的泪水。"谢谢。"他说得如此轻柔，我差点没听到。

"下一段，夏洛特的时光。"我用手比画了一个电影取景框。

在我们周围是酒吧特有的人声鼎沸。几秒钟、一分钟过去了。当赖安的目光和我的相遇时，我终于看到他不再紧绷着脸。

赖安靠在椅子上，扬起眉毛看着我，仿佛我们第一次见面似的。他喜欢扬眉毛，这动作也很适合他，总给人一副安静好奇的样子。

我可以想见我的样子：化了妆的睫毛，满是泪痕的脸，乱糟糟胡乱扎起来的头发。

我知道接下来该说什么了。一直没能提起的今天的故事。工作、家庭背景、中立的语气，可以先告一段落了。

"说来话长了。"我说。

"关于沙滩摔跤吗？"

"关于一只叫雷蒙的鳄鱼。"

"我爱死里面亨利·希尔瓦演的那个猎手了。"

我不明白。

"《大鳄鱼》，一九八〇年拍的。鳄鱼雷蒙小时候被冲到下水道里去了，后来它长到三十英尺长，就想逃出芝加哥的下水系统。电影不错，挺经典的小成本电影。"

"你愿意听吗？"

"当然。"

"那我能要个干酪汉堡包吗？"

赖安招手叫来女招待，点好之后把双手往胸前一抱，两腿交叉着伸直,做好听故事的准备。

"你已经知道了迪威岛的骸骨了。"我开始了。

"你学生挖出来的那个。"

我点头。"死者是个白人男性,四十多岁。可能死了两年了。我在他的颈椎处发现了奇怪的裂缝,还有第十二根肋骨和下面几节脊椎上发现了缺口。他修补过牙齿,可我们在 NCIC 资料库中没找到匹配的资料,在当地失踪人口中也没有发现。有一点值得注意的是,我在骨头旁边发现了一根眼睫毛。迪威岛骸骨的头发是金色的,可那根眼睫毛是黑色的。爱玛把它送到州立实验室去做 DNA 测试了。"

"爱玛?"

"爱玛·卢梭是查尔斯顿的验尸官。"我还不想讨论爱玛的事。

"迪威岛的是一号尸体。"

"是的。皮特到查尔斯顿来是做一个金融调查,顺便帮他的一个客户找失踪的女儿。海琳·弗林六个月前在一家街道诊所工作时失踪了。这家诊所是由"我主慈悲教会"开的。其核心人物是当地一个电视传教的牧师,叫奥伯利·赫伦。

"海琳消失后,她的父亲巴克·弗林雇了一个叫诺贝尔·克鲁克香克的私人侦探去调查。克鲁克香克查了两个月后,也失踪了。他是个酒鬼,以前也在办理顾客的案子时失踪过,所以没人在意这事。上星期一,几个小孩在城北的国家森林公园里发现了一具吊在树上的尸体。我们取了指纹,在 AFIS 里一查就发现死者是克鲁克香克。还有件事,克鲁克香克身上有个钱包,是个叫切斯特·平克尼的当地人的。"

"为什么?"

"不知道。平克尼说他的钱包被偷了。很可能他是弄丢了。"

我的干酪汉堡包来了。我加上莴苣、番茄和调味品。

"克鲁克香克，男性，白人，四十七岁。他颈椎上也有一个和迪威岛骸骨一样的裂缝。同一块颈椎、同一个位置，尽管吊住他的绳结是在他的头后面。"

"他的肋骨和后背也有缺口吗？"

"没有。"

我费了点劲咽下了一大口汉堡。

"卡利特，查尔斯顿的警长，从房东那里拿到了克鲁克香克的遗物。其中有一张光盘。里面的照片显示的是人们进出海琳·弗林工作的那家诊所的场景。另一个箱子里是些文档、笔记、兑现了的支票、信件和报告什么的。其中有一份名叫海琳·弗林的档案。还有些关于失踪人口的剪报，还有些只是笔记。"

"笔记里有线索吗？"

"几乎没有。笔记是用密码写的。我们还有克鲁克香克的电脑，但目前为止还没能破解开机密码。"

"好吧。克鲁克香克是二号尸体。你是什么时候才遇到雷蒙的？"

我又把今天油桶里发现的那女人和猫的情况说了一下。

"她是个白人，大约四十岁，可能是被勒死的。猫登记的主人叫伊莎贝拉·卡梅伦·哈尔西。我准备明天去她家调查。"

"三个案子之间有什么联系吗？"

"死者都是中年白人，两个男人有同样的颈椎破裂。女人是被勒死的。除了这些就没什么了。但我还没检查完桶里的女人，她的骨头要等到星期一才能清理出来。"

赖安的目光落到了那装满烟头的金属烟灰缸上，但其实并没看它。他似乎在努力思考着什么，慢慢地回到现实。

"你真的和皮特分手了？"他问。

"我都搬出来多久了,你不知道吗?"我小心措辞。

赖安的目光抬起来,盯住我。蓝色的眼睛、棕黄色的头发、皱纹、鱼尾纹该有的也都有了。我看起来就像是个触犯了六条州级法律、十二条联邦规定、正在等待宣判的人。我做了什么呀?为什么就不能对赖安的问题回答一个"是"呢?现在我会得到一个兄长式的吻,然后就此拜拜吗?我的手指不由自主地抓紧了杯子的把手。

然后赖安笑了。

"合作开始?"他平静地轻声问道。

"河里海里飞啰①。"我欢呼着,浑身上下一阵轻松。

赖安伸出手来,我们握手。手指交缠在一起,久久没有分开。

"我亲爱的爱尔兰血统的老妈在为我选中间名的时候可费了不少心思。"赖安说。

"别着急,年轻人。"我说。

"我也有话要说。"

"这才公平啊。"

"我是个侦探。"赖安说。

"我知道。"

"我探究各种事情。"

"并且技巧不错。"

"如果你理由充分的话,我愿意用我多年的经验来为你服务。"

"调查伊莎贝拉·哈尔西吗?"

"还有那只猫。我喜欢猫。"

"要什么样的理由?"

---

① 一首玩捉迷藏时的儿歌歌词。

"有说服力的理由。"赖安用一根手指从我手上画到手腕上。

我举手叫女招待。

账单来了我们俩都抢着付,最后还是赖安赢了。他掏信用卡的时候,我站起来绕过桌子。

我抱住赖安的肩膀,把脸颊贴在他的头上。

赖安答应搬到安妮的房子里来。

22

赖安和我正吃着船长牌饼干,听到皮特卧室的门开了。

"露西,我回来了。"皮特扮演的德西·阿内兹①动静很大地穿过屋子走了过来。"门口那辆吉普车是——"他探了个头进来,突然看见了赖安,"怎么回事?"

博伊德跳了起来,赖安没动。警察与狗就这么对视着,律师则模仿德西扬了扬眉毛。

"这位小伙子是谁啊?"皮特嘴角挤出一丝微笑。

我赶紧介绍,赖安欠身和皮特握了握手。

皮特穿着运动短裤、没领没袖的汗衫和耐克鞋,他面对我们两手一撑坐上柜台,小腿来回晃荡着。

"今天在 GMC 过得怎么样?"我问他。

---

①美国二十世纪六十年代著名情景电视剧《露西和德西》中的主人公。这部电视剧主要以小两口的情感生活为主题。

"肯定没你们舒坦。"皮特看了一下赖安,然后又转向我,嘴角撇了撇。

我眯着眼做了个"你敢"的警告。

赖安一直盯着手上的船长牌饼干。

"钱进钱出的,"皮特说,"我早就说过巴克老爹该请个会计师而不是律师。"

"跟赫伦说上话了吗?"

"该死。这神棍说他突然要去亚特兰大市公干,没办法,对不起啦。他手下倒是挺合作的样子。"

"除了海琳的事以外吧?"

"他们也说。不过他们说的只是她在这儿工作过,然后又走了。我们不知道。我们没听说。可能去了加利福尼亚吧。"皮特的腿还在晃,鞋跟敲得下面的柜子咚咚响。

"他们对于一个同事悄没声息地消失了就没一点想法吗?"

"他们都坚信海琳在加利福尼亚会有好消息,在那片水果之乡他们也有数十个街头诊所。当然,那些诊所也都是些怪人和疯子①经营的。他们认为海琳放弃了福音,转向了什么异端邪说,所以才脱离了这个体系。"

咚,咚—嗒—咚,耐克鞋还在晃。

"她只有跟一群人共同生活才有可能消失得这么彻底,既不用信用卡,也不付账单、汽车保险、捐税甚至社保。"

"这也可以解释文件的缺失。克鲁克香克对巴克老爹说他找不到任何去年十一月份后的踪迹,至少是一直到他失踪时都没有。克鲁克香

---

①美国加利福尼亚州被称做"Land of Fruits and Nuts"(水果之乡),其中"fruits and nuts"在英语中也可以理解成怪人和疯子。

克有什么新消息吗?"

咚，咚。

我终于忍不住了。"别踢人家安妮的柜子。"

皮特的脚停了有十秒钟，然后看着赖安。

"你开着那辆吉普从加拿大过来的?"

"它名叫木头。"

"够远的。"

"对它是够难的，它的心留在艾迪伦达克山①了。"

皮特不明白。

"大概留在某棵树上了吧。"

"好玩。"皮特转过脸来冲我说，"这人真风趣。"

现在我又该给赖安挤眼睛作警告了。

"你知道克鲁克香克为什么拿着别人的钱包了吗?"皮特问。

咚，咚。

"是切斯特·平克尼的。不，还不知道。"

"昨天进展还行吧?"

我又说了一遍桶里面发现女人的事。

"鳄鱼可不适合你，小背心。"

"不许这样叫我。"

"对不起。"

咚，咚。

我又跟皮特说到关于勒死、猫、芯片和丁兽医的事。赖安静静地听着，看着。我知道他的想法：人是讲两种语言的，言辞只是其中的

---

①在纽约州北面，靠近加拿大。

222

一种。他在观察我的神情吧。

"爱玛怎么样了?"皮特问。

"还是那样吧。"

"还是没好转?"

"我还没给她打电话。"

皮特跳下来,又把一只腿架到台子上开始压腿。赖安开始对我眨眼睛,做得像个初出茅庐的小丫头似的,我又用眼神警告他。

"你下一步打算怎么办?"我问皮特。

"带着博伊德到沙滩走走,然后去打高尔夫。"

"高尔夫?"

皮特换了条腿。"明天是星期天,赫伦会回来出席一个大活动。我就准备明天靠主的帮助钻进那个圈子里。"

"你的比喻可有点乱。"

"结果不乱就行。"

"你还趾高气扬了。"

"放心,我穿着护裆呢。"皮特放下腿,朝我眨了眨眼。

我回他一个白眼。

皮带一解开,博伊德就上蹿下跳。皮特蹲下去,扣上牵绳,然后站起来对我说:"祝你今天开心。"

皮特和狗一块儿出去了。

出门时又喊了一句:"宝贝儿。"

我们开着赖安的吉普车进入查尔斯顿市区。他开车,我带路。路上我说了我跟爱玛多年的友谊。尽管我们经常很久不联系,可却好像有一种奇怪的友善牵挂着我们俩。我跟他说了爱玛得淋巴瘤的事。他建议我们去完伊莎贝拉·哈尔西家后去看看她。

我也把小鬼杜普利和霍默·温伯恩的事告诉他了。他问我如果用十分制来描述的话，对他们的担心程度是多少。我给开发商五分，记者负二分。

我忽然记起来昨晚的讨论。

"什么是异常一元论？"

赖安做出一副对我的教育水平极其失望的样子。"这是哲学上关于心灵和行为的一种二元论。思维进程有真实的引导力量，但它和物理实体在一起时的关系却不能用自然法则来解释。"

"就像我们的关系。"

"对啦。"

"前面左转。为什么叫木头？"

赖安不解地看了我一眼。

"你的吉普车什么时候叫木头了？"

"就在今天早上。"

"你胡诌的啊。"

"受特种兵乔①的启发。"

"皮特是海军陆战队的，不要在他面前说些乱七八糟的事。我可不想他把你当小丑看。"

伊莎贝拉·哈尔西的家在国王大街，在老查尔斯顿市区的最中心。像往常一样，这个区现在满是人，看样子是刚刚坐着唐老鸭观光车过来的。女人们都穿着时髦的背带裙，或是短得遮不住屁股的短裤。大

---

① 乔是美国孩之宝公司生产的经典特种兵玩偶，公司还为其制作了系列连续剧。这里暗指皮特。

肚子的男人们戴着网球帽，茫然四顾，或者一边穿高尔夫球衣一边打电话；还有晒得黑黑的孩子，结了婚或即将结婚的情侣手牵着手。

老城市场是活动中心地带。骑车的冰淇淋小贩们一路敲着铃铛，黑人妇女提着篮子叫卖鲜花和香草，或者给人编麦穗形状的小辫，丈夫给女人和孩子照相留念，退休的老年游客拿着地图在仔细研究，半大小孩拿着柯达一次性相机互相乱照，小贩们兜售着豆子、果仁糖和桃子蜜饯。

哈尔西家就在战斗连塑像的边上。这座雕塑有人物、大炮和一个维多利亚式的底座。我看到这雕塑脑子里就会响起苏沙进行曲。

同时会想起的还有马西娅修女教我们的四年级历史。一八六一年四月，在查尔斯顿，邦联士兵和联邦军队和河对岸的萨姆特要塞开战，内战由此开始。一些历史保护主义者还不想跟这些说再见，他们还在努力争取保存邦联的旗帜和唱"迪克西"①的权利。

停好车，我和赖安沿着东湾向南走。过了彩虹桥，我们往里走了大约三个街区，来到了狭窄的、青砖铺地的教堂区。

与克鲁克香克那个狭小的住处完全不同，哈尔西的家才配得上"木兰庄园"这个名字呢。窗台上满是绽放的鲜花，院子里长满了枝繁叶茂的参天古树。

要是房产商的话，就会用"纯正"、"天然"、"清丽脱俗"之类的词来形容这房子。可我想到的是"独具匠心"。灰棕色的墙泥、黑色的百叶窗、锻铁的栅栏都需要重刷了。走道和院里的甬道长满了青苔。

走近大门，我们就被一种浓烈的传说氛围包围了。

"华盛顿将军是不是在这里呼呼大睡过？"赖安低声问。

---

① 在内战期间，这首歌实际上成为南部邦联的"国歌"。

"将军是到处睡觉的。"

透过木兰树叶,我看见一个妇人坐在院子一侧的桌子边,花白的头发上撒满树荫。她正在织毛衣。从她的下巴、脖子和胳膊上的赘肉可知,她年龄很大,可手上的活做得干净利落。

"桶里的女人大概四十岁左右。"我说,"如果受害者就是哈尔西的话,这可能是她妈妈。"

赖安伸出一只手放在我肩膀上,我回头看他。这个高大的北欧人的表情有点令人难以捉摸。是对我同情心的认可?还是同意我对事情的细心观察?

赖安对我鼓励地点了点头。

"有人吗?"我对着院子喊。

那妇人抬起头来,但不是朝我们这边看。

"打扰了,夫人。"我犹豫了一下,不知该怎么说,"我们是为了克里奥帕特拉来的。"

她总算看到我们了,可眼镜的反光让我们看不清她的表情。

"夫人,我们能跟您说几句话吗?"

夫人向前欠了一下身,嘴巴用力抿成了一个倒 U 字。她把针线活放在了桌上,招手示意我们到院子里去。我们走近她时,她从口袋里掏出了香烟点上。

"要来一根吗?"老妇人递过一包大卫杜夫迷你雪茄。

赖安和我都表示不要。

"上帝和他的天使圣人都待在天堂里。"老妇人拍拍青筋暴突的手,"你们这些年轻人不抽烟、喝咖啡要去掉咖啡因、喝牛奶要去掉脂肪。姐妹们,我叫谁抽烟都被拒绝。姐妹们,要点香茶吗?"

"不,谢了。"

"点心?"

"不,谢了。"

"当然不。点心里可能有真正的黄油,真正的奶牛产的。"她又对我说,"你是个模特吗,奶油瓶?"

"不是,夫人。"我怎么老被别人取外号?

"应该去做。瞧你瘦得挺合适的。"老妇人用空闲的那只手摸着下巴,抿嘴一笑。多经典的拉娜·特纳[①]造型啊,题目就叫《木兰小姐,一九四八》。老妇人咯咯地乐着,吸了一口雪茄。"现在是老得没什么看头了,可是想当年在查尔斯顿我也是回头率百分百的人物。"

老妇人指了指锻铁的椅子。"坐吧。"

赖安和我坐下。

"我来猜猜。你和这位年轻人在搜寻当年南方权贵的生活方式,对吗?"

"不,夫人。我——"

"我开玩笑的,奶油瓶。说吧,你和帅哥为什么对埃及死人[②]感兴趣?"

"我是在说一只猫。"

镜片后满是皱纹的眼睛先是缩小,然后又睁圆了。

"你是说我的克里奥?"

"是的,夫人。"

我靠过身子去,把一只手放在老妇人的膝盖上。"我很遗憾地告诉你,克里奥死了。我们是通过它身上的身份芯片找到你的地址的。"我

[①] 好莱坞二十世纪五六十年代著名影星,主演过《冷暖人间》、《海棠春怨》、《化身博士》等影片。
[②] 克里奥帕特拉也是古埃及著名艳后的名字。

吸了口气,"克里奥的尸体是和一个女人的尸体在一起的。我们怀疑这死去的女人就是克里奥的主人。"

布满皱纹的老眼里依稀有什么东西闪动了一下,我觉得我要看到泪光了。

"伊莎贝拉·哈尔西?"那妇人问。

"对。"

我以为会听到心碎的、愤怒的、难以控制的哭声。可是什么也没有。

老妇人又咯咯地乐了。

赖安和我面面相觑。

"你以为这老家伙蹬腿了?"

我挪了下身子,很不明白。

"你既是对的又是错的,奶油瓶。可怜的克里奥可能是和它的情人一块儿归西了。可是在上帝的天堂里那不幸的灵魂却不是我。"

往日重现啊。这完全是瓦德马洛岛上切斯特·平克尼家门前一幕的重演嘛。

一星期之内碰到两次这样让人捉弄的情形?我感觉脸在发烫。

"您就是伊莎贝拉·哈尔西?"我试探着问。

"活得还欢蹦乱跳的。"哈尔西抓了抓自己身上的赘肉,又拍拍额头,"至少,还在织东西吧。这是今天这样的大热天里还能忍受的活动。"

"克里奥帕特拉是您的猫?"

"当然。"

"是您植入的芯片?"

"当然是我。"接着是一声戏剧性的叹息,"伤心啊,克里奥喜欢的是别人。"

"什么意思?"

"我很努力了,可那小猫就是对我不满意。它就喜欢到处跑。这个长毛的婊子。"哈尔西不好意思地看了看赖安,"请原谅我的法语,先生。"

"*Pas de problème, madame*①."赖安的法语在巴黎也算是一流的。

哈尔西闪闪睫毛,赖安也一笑回应。

"克里奥帕塔拉后来怎么啦?"

"我厌倦了这种没有回报的爱。一天,我打开门给了它自由。"

"你知道它去哪儿了吗?"

"它另有新欢了。"

"你知道是谁吗?"

"当然知道。我还经常在公园里看见她们在一起呢。"

她说的名字给了我们一个很大的突破。

---

① 这处法语的意思是"没问题,夫人。"前面哈尔西说了个粗俗的词,就说是法语。

23

"一个人一生当中不可能遇到一大群尤里克①。这样的名字总让人印象深刻。"

我心中一阵激动。克鲁克香克有两个档案中只有手记没有剪报。其中一个就叫尤里克。

"尤里克姓什么?"我问,声音保持平静。

"我过圣诞节又不给她寄贺卡。"哈尔西微微挺了一下腰杆,"尤里克只是克里奥的朋友。我看她们之间的共同之处就是:两人都喜欢在大街上游荡。"

"那您能告诉我一些关于她的情况吗?"

"坦率地说,我这人说话一向都这样。那可怜的猫只有半个脑子。你明白我的意思吗?"

---

①英文 unique 有"独特的,唯一的"意思。

"我是说尤里克。"

"哦,是说她啊。我只是说我们观念不同,生活经历不同。"

"哦?"

哈尔西放低了声音,用一种教养良好的小姐非议一个并非自己阶层的人的语气说:"那可怜的人把自己所有的财产都放在一辆购物车里推着到处走,上苍保佑。"

又是一句南方话。"上苍保佑"几个字说得一字一顿,每个字说得都很重。

"您是说尤里克无家可归吗?"我问。

"基本上是。我没问过。这可很不礼貌。"哈尔西朝赖安咧嘴一笑,"你们真的不来杯茶吗?或者一瓶果汁饮料?"

赖安也咧嘴笑笑。

"不,谢谢您。"我接着问,"您最后一次见到尤里克是什么时候?"

哈尔西右手指轻弹自己的下巴,她的指关节粗大,手指被烟熏黄了。"现在想想是有些日子了,这些人搬家就像换袜子一样。"

我没做声。

"四个月,也许有六个月了?我的时间观念可不如从前啦。"

"您跟尤里克说过话吗?"

"破天荒有一两次吧,我偶尔给这可怜的人一些吃的。"

"您怎么知道尤里克的名字的?"

"问她的邻居呗,毕竟她带走了我的猫。我不是说过去教堂时还常常能碰见她嘛。"

"尤里克有多大年纪了?"

"反正大到该知道留长头发不适合她了。女人到一定年纪后就不该留长头发了。哦,你看看,我又在对别人说三道四了。"哈尔西转头对赖安说，"可你知道吗？我都八十岁了，看人哪还有不准的。"

赖安同意地点点头。

"能问一下她准确的年纪吗？"我追问。

"这有点难，这女人有点邋遢。但她肯定不是青年慈善机构的资助对象。"

"您还能记起些什么关于她的事吗？"我问。

"她没牙齿了，上苍保佑。"

我的心又狂跳了两下，哈尔西接着往下说。

"老实说，我可能有点讨厌尤里克，可克里奥还是那么喜欢她。"哈尔西耷拉下两只胳臂，"小猫的心思没法猜，克里奥跟着我优哉游哉的。可那又怎么样，它还是跑了。"

"我也有宠物。我能理解你的心情。"

"不过尤里克确实很宠克里奥。她整天用妈妈们带小孩的那种袋子把它挂在自己的胸前。"

我和赖安交换了一下眼色，朝大门方向看了看。赖安点点头。

"很抱歉耽误了您这么多时间，哈尔西夫人。"

"是小姐。我没结过婚。"

"对不起。"我说。

哈尔西误会了我的回答。"没什么对不起的。我一个人过得自在着呢。"

赖安和我站起来，哈尔西也起身送我们到院门口。

"如果这死了的女人就是我的克里奥的尤里克，我对此真的很伤心。伊莎贝拉·哈尔西不是个爱妒忌的人。"哈尔西满是皱纹的脸舒展出一丝笑容，"除了对那只忘恩负义的猫。"

我再一次表示感谢，走出了门。赖安跟在后面，我回头把插销插好时,哈尔西又说了一句。

"宽容就是紫罗兰被踩碎时散发在鞋跟上的芳香。这话说得多好啊!"

"是啊。"我说。

"你知道是谁写的吗?"

我摇摇头。

"马克·吐温。"赖安回答。

哈尔西笑逐颜开地对赖安说:"你肯定是个南方小伙。"

"加拿大人。"我说。

哈尔西的笑容变成了困惑。我们把她一个人留在那儿思考跨国文化问题。

"你觉得怎么样?"回到吉普车上,赖安问我。

"尊贵只会造成极端自私。"

"可也有优雅的举止,尤其是在这儿。"

"我们南方人可是为自己的礼仪而骄傲的。"

"你觉得那个桶里的女士就是这个叫尤里克的女人吗?"

"克里奥和她在一起;死者没牙齿,尤里克也没牙齿;还有……"我告诉了赖安克鲁克香克的那两份除了手记之外什么都没有的档案。

"尤里克姓什么?"

"我不记得了。"

"另外一份档案上的名字是什么?"

我摇摇头,拿出手机打电话。

"是订早餐吗?"

我白了他一眼。

皮特等到第三声铃时才接。

"宝——"

"你还在安妮家里吗?"

"我很好,谢谢你的问候。我锻炼得不错,博伊德向你问好。"

"我要你帮我在克鲁克香克的文件里找点东西。"

"我可以问下为什么吗?"

我把从伊莎贝拉·哈尔西那里得到的信息简述了一遍,又描述了一下要在克鲁克香克的文件里找什么。皮特说他去找一下,待会儿回电话。几分钟后,我的手机就响了。

"这两人叫尤里克·蒙塔格和威利·赫尔姆斯。"

"多谢了,皮特。"

挂机后,我把名字对赖安又说了一遍。

"要去教堂看看吗?"他问。

"就在布洛德过去一点。"

我们把车停在勒加尔,走到街对面的教堂去。走上台阶时,赖安指了指前门两扇彩色玻璃窗户中的一扇。

"教皇的徽记。"

我指指另一扇窗户。"南卡罗来纳州徽记。"

"优哉游哉的。"赖安一个音起码拖了四拍。

"刚从哈尔西那里学来的吧?"

"这词挺好的。"

"不要乱用。"

约翰浸信会教堂是一个精致的教堂。雕花的橡木长凳、白色大理石的神龛、彩色玻璃窗上描绘的是耶稣生平。一台管风琴占据了很大空间。

空气中弥漫着花香和熏香。

我仿佛看见在礼拜日的弥撒上,外婆和妈妈戴着教堂面纱,哈莉和我翻着珍珠白封面的初领圣体弥撒经。

"——问问那边那位神父吧?"

赖安的声音把我从回忆中惊醒,我跟着他走到神龛前。

这位神父个子很小、高颧骨、黄褐色的眼睛,说话语气温柔,不用任何缩略词。尽管他自称是里克尔神父,我还是觉得他家族里应该有亚洲血统。

相互介绍之后,我问他关于尤里克·蒙塔格的事。

里克尔问我为什么要问。

我告诉他我们发现了具一女人的尸体,很可能就是尤里克·蒙塔格。

"哦,天哪,天哪。真让人难过。"里克尔画了个十字,"我是圣约翰浸信会的教区神父。不幸的是,我对教区内教徒的信息不是很了解。可我倒确实跟蒙塔格小姐说过几次话。"

"能说一下情况吗?"

神父尴尬地咧了咧嘴:"蒙塔格小姐有只猫,我也是个爱猫的人。于是我们就在上帝的安排下见过几次面。"

赖安和我都有点蒙。

"可能是仁慈的主把我带到了蒙塔格小姐的面前,以便了结她在尘世的俗务。"

"您能描述一下蒙塔格小姐吗?"

里克尔的描述完全符合我们知道的情况。

"您最后一次见到她是什么时候?"我问。

"有一阵子了,还是去年冬天的时候。"

"您知道蒙塔格小姐在查尔斯顿还有什么家人吗?"

"她好像有个兄弟。"里克尔看看我,又看看赖安,最后又回到我身上,"对不起,我们之间谈话也很少,只是有时在公园里,给她的猫喂点水什么的。"

里克尔很友好,但是也很谨慎。每次回答问题前总要想几秒钟。

"教堂里有记录吗?"我问,"地址、亲人什么的?"

里克尔摇摇头。"对不起,蒙塔格小姐不是我们圣会的正式成员。"

"谢谢您,神父。"我从钱包里抽出一张名片,写上自己的电话交给他,"如果想起什么来了请告诉我。"

"是的,当然。太让人难过了。真遗憾。我们会为她的亡灵祈祷的。"

"里克尔真的难过吗?"回布洛德的路上赖安问我。

"五倍都不止。我还可能少算了。"

"教区神父是干什么的?"

"就相当于你们那儿的乡下牧师。"

"里克尔牧师。"

赖安打开车门,我钻进去扣上安全带。里面的温度起码有几千度。

"接下来怎么办?"赖安坐到方向盘后面。

"开空调。"

"是,长官。"赖安转动了旋钮,"我真喜欢给唐普女士开车。"

"这样吧。我们买点外卖,到爱玛那里早点吃个午饭。我把尤里克·蒙塔格和威利·赫尔姆斯这两个名字告诉卡利特。等警长调查的时候,我们再回去看看克鲁克香克的档案。"

"听来不错。"

只是事情总没有想的那么顺利。

卡利特不在。我留了个口信给交换台。

爱玛家里的电话没人接，我打到验尸官办公室去。她一接电话我又是一通不要劳累、要多休息的说辞。

"放心。我做的全是没有生命危险的文件工作。安·李可是把你跟鳄鱼雷蒙的惊险遭遇给我讲过了。"

"她说了那只叫克里奥帕特拉的小猫吗？"

"说了。有什么进展吗？"

我把丁兽医、伊莎贝拉·哈尔西和无家可归的尤里克讲了一遍，还提了克鲁克香克毫不被人知晓的失踪人员档案。

"这么说，赫尔姆斯和蒙塔格的档案连新闻剪报都没有？"

"除了手记，什么都没有。"

"如果连媒体都没报道，也没有人雇用他调查的话，那克鲁克香克为什么要调查赫尔姆斯和蒙塔格的案子呢？"

"问得好。"

"我想搞清楚一点。你认为油桶里面的女人是哈尔西说的尤里克，而这个尤里克就是克鲁克香克档案中的尤里克·蒙塔格？"

"这个问题可以分成两点来说，验尸官大人。第一，猫的事哪有那么凑巧？第二，尤里克可不是个常见的名字。"

"值得考虑。"爱玛说。

"我已经开始查了。圣约翰浸信会的牧师说尤里克有个兄弟在查尔斯顿。我会把这个交给卡利特的。现在，你们能派个人查一下威利·赫尔姆斯在当地有没有牙科记录吗？"

"为什么？"

"克鲁克香克在甚至连新闻报道都没有的情况下独自调查两件失踪案，蒙塔格是一个，赫尔姆斯是另一个。我怀疑赫尔姆斯就是我们迪威岛的死者。"

"这一枪可就打得远了。不过我会叫安·李去查的。她最擅长跟牙医打交道。"

"你本来可以吃到仰光螃蟹和虾仁捞面的。"

"我吃了月饼和百事可乐。"

"这就是你生病的原因。"

"你们好好吃吧。"

我们确实是大快朵颐,在蒲根饭馆的院子里,我要了大虾和玉米糊,赖安要了查尔斯顿特色鸡。吃完要走时我的电话响了。

"布兰纳博士吗?"

"是的。"

"我是里克尔神父,圣约翰浸信会的。"

"你好,神父。"

"苏利文岛。"

"什么?"天哪,太好了。

"蒙塔格小姐的兄弟住在苏利文岛。我一直在回忆她那天跟我说的话。我记起来她说的话让我想起了我的童年。我就开始祷告,上帝给了回答。苏利文是我第一只猫的名字。苏利文岛。"

"谢谢你,神父。这太有帮助了。"

"上帝就是用这种神奇的方式在帮助我们。"

"是的。"

赖安给莉莉打电话,我给卡利特打。他显然不如我走运。这次警长在。

我告诉了他里克尔的新信息,可他听起来并不激动,只是说会派人去苏利文岛查询蒙塔格家的情况。

等我挂了电话,赖安问:"你是说克鲁克香克在调查一家治疗中心吗?"

"一家 GMC 开的诊所。海琳·弗林失踪前就在那儿工作。"

"克鲁克香克的档案里有尤里克·蒙塔格?"

"是啊。"

"克鲁克香克在调查一家免费诊所。"

"他没做记录。但是,对,他在调查。"

我突然明白赖安什么意思了。

"诊所是给那些穷人、无家可归的人提供医疗的。尤里克就是个穷得无家可归的人。"我激动地朝赖安转过身去,"很可能这就是克鲁克香克调查她的原因。"

"可能。"

我有一种直觉,这中间肯定还有更多的奥妙。

"听起来可能有点荒唐,可是我总觉得我的两具无名尸体之间,还有他们和克鲁克香克之间总有些联系。甚至包括海琳·弗林。"

"我明白克鲁克香克—弗林—诊所之间的联系,可能蒙塔格也有些关系,可是迪威岛的人是怎么回事?"

"我也不确定。"

"你的这种联系理论是基于什么?"

"直觉?"

赖安看了我一眼,意思是"饶了我吧。"

我摊开双手:"这不正好解释内心的感觉嘛?"

我把手抱在胸前,往后靠在坐椅上,赖安说得对。没什么能真的把四个案子连在一起。克鲁克香克和迪威岛的人都有奇特的颈椎裂缝。这可能是种联系,也可能只是巧合。

迪威岛的尸骨有缺口,克鲁克香克没有。我星期一一定要好好检查一下桶中女人的肋骨和颈椎。

桶里面的女人可能就是尤里克·蒙塔格。克鲁克香克档案里有蒙塔格的名字，也有海琳·弗林的名字。这就把弗林、蒙塔格和克鲁克香克联系起来了。

克鲁克香克档案里有威利·赫尔姆斯的名字。迪威岛上的人是不是就是威利·赫尔姆斯呢？那相同的裂缝模式是不是只是巧合呢？太多的"如果"让"然后"变得没有意义了。

我不相信巧合。那我能相信什么呢？

确凿的证据、确定的事实。

问题是，我们什么也没有。或者说没有一个能建立联系的确凿证据。我们现在只有骨头上的缺口、脖子上的裂缝、贝壳里的眼睫毛和手写的笔记。

还有一张计算机光盘。

"我们有人们进出那诊所的照片。"我说，"克鲁克香克把他们保存在一张光盘上了。"

"照片里有海琳·弗林吗？"

"没有。"我说，"但可能有尤里克。"

"光盘在哪儿？"

"卡利特的办公室里。"

我突然很想再看一下那张光盘。

24

第三十三张图片显示的是一个女人走出那幢砖楼。她有点古怪地咬着嘴唇,头发乱蓬蓬地披散着。

她胸前绑着一个育婴袋。

真该死,我竟然把这幅照片给忘了。

我们随即去了警长办公室。再次看到这些图片,我向卡利特介绍了赖安,说他也是个警察,有着很强的判断力。卡利特表现得还比较诚恳,但还是那么淡然。或许他根本就没听进去。这个人真是让人难以理解。

这次是用我的笔记本电脑看那张光盘,卡利特坐在我身后,赖安远远地坐在房间的另一侧。

"那是什么?"卡利特指着育婴袋下半部一条弯曲的黑影问。

我把图片调整到全屏显示,然后再进一步放大,那条黑影变成了一些黑白小方块的组合,但还是可以清楚地看出来是某种蛇形物体围绕着育婴背袋。

"那是克里奥帕特拉的尾巴。"我说。

"确定吗?"卡利特在我身后声音单调地问。

"你看这明暗交替的部分。我了解猫,这是它们尾巴上一圈圈的花纹。"

"我真是极格威格①的。"

我从显示器上方偷偷看了赖安一眼,他的眉毛微微扬了一下。我心里暗叫:千万别跟着学。

"这个叫蒙塔格的女人到底有些什么故事?"卡利特问,眼睛还在盯着克里奥帕特拉尾巴上的图案研究。

"我们知道的都告诉你了。"我开始点击其他的图片,"找到她的那个兄弟了吗?"

"我们发现有十七个姓蒙塔格的,都在市区,没有一个在苏利文岛。我们正在核对那份名单。如果我们找到了这个人,卢梭小姐能从油桶的死者那里提取到 DNA 吗?"

"可以。"

卡利特没说什么了。极格威格的说不出话来。

"图片里的诊所是谁经营的?"赖安问。

"我主慈悲教会。"

"我是说日常经营,是谁在打理?"

我感觉卡利特在身后转向赖安。"对不起,能再说一下您的身份吗?"

"加拿大魁北克省警察重案组调查警督。"赖安答道。

---

①此为方言,下文有解释。

卡利特沉默了一会儿，似乎在思考什么问题，然后才说："哦，加拿大。"

"我们一直很关注你们。"

我赶紧插话。

"我和赖安警督在蒙特利尔合作过很多次了，他这个星期都在查尔斯顿。既然他在这儿，我觉得我可以参考一下他的意见，以免我万一遗漏了什么。"

"谋杀案？"卡利特问赖安。

"对。我们的说法不一样。"

"我能问一句您为什么来查尔斯顿吗？"

"有点空闲，觉得可以过来看一下。帮你减轻一下负担。"

卡利特的眼睛眯成了头发丝那么一点点，我的眼睛则快闭上了。

"你在谋杀组工作很久了？"

"是的。"

"你自己选的？"

"是的。"

"你清楚自己的选择吗？"

"是的。"

"赖安警督是魁北克谋杀组里最好的侦探之一。"我说，"他的加入会有帮助的，可以提供不同的想法。"

卡利特的身体语言告诉我他不买账，我得再加把劲。

"我见过赖安一举破获悬了几个月的疑案，他有着非同寻常的罪案现场观察力，对罪犯心理也非常了解。"

"卢梭小姐不介意他的介入吗？"

"不介意。"

"见鬼,在我不知道的情况下我们还得来多少客人?"

大家一下子沉默了。我刚要说话,卡利特又开口了,是对我说的。

"他可以进来,由你负责,还有验尸官。"

"我信任他。"

"我可不会给你报酬,先生。你的介入完全是非正式的。"

"而且是极其谨慎的。"赖安说,"我对各类谋杀案都感兴趣,警长。如果在不打扰你们的情况下能起到一点作用的话我就非常高兴了。"

"理解万岁。"卡利特脸上可没表现出任何感情,"可能要到处跑,大侦探。你自己随便看吧。"

赖安起身加入我们一起观看图片,我把电脑调到幻灯片模式。卡利特趁赖安看图片的时候接着说。

"诊所在那边,那座建筑和里面的设备归GMC所有,它还提供日常营运的预算,实施人事管理,除此之外的事情他们就不大管了。诊所周二到周六开放,主要处理感冒之类的小毛病,大病都转到医院的急诊室去,工作人员很少,只有一个全职的护士、一个值班医生,一些清洁员和文秘人员。"

"都是谁?"

卡利特走到自己的桌子前,端起一份已经打开了的文件夹。

"医生叫马歇尔。护士叫丹尼尔斯。一个叫贝莉的女人负责文书和后勤。一个叫托尔里的男人管清洁。"

我正想问个问题,一个女人出现在门口。

"警长,你说如果黑伯利那儿有人报警的话就通知你一声。玛琳正在九一一线上哭诉,说约翰·阿瑟又揍他了。"

"她没事吧?"卡利特问。

"同时约翰·阿瑟又在另一条线上,说玛琳用木勺子打瞎了他的一只眼睛。"

"他们喝醉了？"

"我的狗泰森清理好了自己的虱子了吗？"

"真是捣乱。"卡利特看看自己的表，"告诉玛琳和约翰·阿瑟我马上就到。最好别让我看到他们桌子上有瓶龙舌兰酒。"

那女的走了。

"我们不仅要保护老百姓，还要服务老百姓。"卡利特对我和赖安不带感情地说，"也包括我们自己那些混账的笨蛋亲戚。"

"我能把这些图片保存下来吗？"我指着自己的笔记本电脑问。

卡利特点点头。

我新建了个文件夹，把克鲁克香克的照片全传到我的硬盘上。然后我把电脑关了，换了个话题。

"威利·赫尔姆斯查得怎么样了？"

"我派了一个人到各收容处去问，叫他随时通知我。这家伙跟我们有什么关系？"

"克鲁克香克在调查海琳·弗林时，也收集了威利·赫尔姆斯、尤里克·蒙塔格还有其他一些失踪人员的信息。我认为他在追踪自己的什么目标。"

"嗯哼。"看来卡利特对我的说法还有怀疑。

"爱玛在找赫尔姆斯的牙医。"我接着说，"迪威岛上的男人补过很多次牙齿。"

"这目标可瞄得够远的。"

大家都这么说。

* * *

"魁北克最好的警探之一？"

"我在那儿说的都不算数，全是瞎扯。"

"极格威格的？"

"你知道他这话什么意思吗？"

赖安加入车流当中。星期六下午，车还不少。"不是什么好话吧？喝了个鱼钩？"

"某些场合是不大好。"

"还是很多黑人装成白鬼？也许他其实是想说喝掉了一大堆跳捷格舞的人？①"

我在赖安手臂上打了两拳。

"袭警啊！"

"有本事抓我啊。"

"现在我们干什么？"赖安问。

"克鲁克香克、弗林和蒙塔格都和那诊所有关联，可卡利特不想冒冒失失地把那里的人吓跑了。"

"我可是个游手好闲的人。"

"他是说皮特。"

"那个可爱的男孩。"

二十分钟后我们就绕到了半岛后面。这是在历史保护区和库珀河之间的一个破败地带。这个拉丁区净是低矮的砖结构平房，塌陷的走廊上堆满了锈迹斑斑的设备，不时看到窗户或门上的玻璃没了，用胶合板挡着。

---

①警长说的是句南方方言。jigswiggered 可以拆解成三个字：jig，鱼钩，或者是指一种黑人舞蹈或跳着舞的黑人；swig，狂饮，痛饮；wigger，指爱唱黑人的 Hiphop 歌曲的白人，可称为白鬼。

赖安首先看到了那幢红砖房子。他把车停到路边,关上引擎。

诊所是一个四方形建筑,窗台外面挂了一些生锈的空调,两边是一堆堆的废弃物。和周围的建筑一样,没有百叶窗,没有任何标记,也没有任何建筑上的装饰物。里面的窗帘是拉上的,就像当初克鲁克香克偷拍的时候一样。

我们正巡视着,大门突然开了。由于下午阳光的反射,涂了颜色的门玻璃闪出一道光。一个老妇人走了出来,沿着大路慢慢走远了。

我用手挡住强烈的阳光,顺着阳光的照射方向,打量了周围的情况。向北半个街区外有一个公交车站,向南半个街区有个电话亭。透过暗黑的玻璃,我可以看见听筒吊在那儿晃荡着。

"照片可能就是在电话亭和车站拍的。"我说。

赖安表示同意。我下车过了街。

这房子看起来比照片上还要破旧,我注意到窗户碎裂的地方用胶带粘起来了,胶带的一头都卷起来了。这说明补丁已经很长时间了。

赖安推开门,我们走了进去。屋里还是很热,充满了消毒酒精和汗味。

接待区摆了一排凯马特超市买来的塑料椅子,有两把上坐了人。一个是戴着一只黑眼罩的女人,另一个是下巴上长着山羊胡子似的东西的可怜小孩。两人都在咳嗽,呼哧呼哧地喘气,都没心思抬头看我们一眼。

前台接待倒是很注意我们,她和我年纪差不多,身材高大结实,红褐色皮肤,光滑卷曲的头发,发梢是古铜色的,根部却是黑色的。我猜这就是主管文档和后勤的贝莉。我回想着克鲁克香克的照片,记起贝莉出现在第七张:一个高大的黑人妇女,头发染成了黄色。

贝莉挺身抬头看着我们。她可能刚打完一个电话,也可能是看我们不像是来开药的。

赖安和我走到接待台前,我朝贝莉笑了笑,可她的脸还是像地狱天使①的图标一样板着。当然她没有把指关节压得吧吧响,不过也快了。

我介绍自己:"我是布兰纳博士,这位是赖安警探。我们为查尔斯顿验尸官工作,在调查一件可能名叫尤里克·蒙塔格的妇女的死亡案。"

"叫什么?"

我把名字重复了一遍。

贝莉的眼睛是黑褐色的,眼白部分黄得像跑了气的啤酒,这双眼睛转了转,又回到我身上。这样的动作扯动着我大脑里控制脾气的扳机。

"我们有理由认为尤里克·蒙塔格是这家诊所的病人。"我说。

"是吗?"

"不是吗?"我先控制住自己,但语气里还是带出了恼火。

"是什么?"

我转向赖安。"我的问题说得不清楚吗,侦探?也许有点含糊?"

"我不这样认为。"赖安答道。

我再转向贝莉。"尤里克·蒙塔格是不是这个诊所的病人?"

"我没说她是,也没说她不是。"

我再一次转向赖安。"也许是我的方式有问题。这位贝莉小姐不喜欢我提问的方式。"

"你可以再礼貌点。"赖安说。

---

①美国的一个摩托车俱乐部。

"友好点?"

赖安耸耸肩。

我再次转回头对着贝莉,做出了最友好的笑容。"如果不是很麻烦的话,您能不能跟我们说说蒙塔格小姐的事?"

贝莉的眼睛直盯着我的眼睛,我真是不喜欢这种眼神。我也很恼火,其实她是对的。赖安和我都没有执法权,贝莉确实没有义务和我们合作。不管怎么说,我还是保持着自己的声势。

"你知道有个好消息吗?"我又冲着贝莉笑了一下,"如果被请到警察局去,警官们会给你免费的饮料,运气好的话还有面包圈,坐在一个舒适的房间里,就一个人。"

贝莉把笔摔在预约本上,夸张地叹了口气。"你们为什么想知道这个尤里克·蒙塔格的事?"

"她的名字和警方正在调查的一具尸体有关联。"

"为什么是她的名字?"

"这个问题与你无关。"我回头问赖安,"你认为有关系吗,侦探?"

"没有。"

贝莉往后一靠,把手交叉放在她那 D 罩杯的胸脯上。"你们是为验尸官做事的?"

"我是。"

"你们最好带一个装尸袋来。"

"为什么?"

贝莉看看赖安。"你们俩在这儿大呼小叫,都快把我笑死了。"

"这笑话很老了。"我说。

"我会找人写点新鲜的。"

"我再提示一下。尤里克·蒙塔格总在胸前的育婴袋里带着一只猫。"

"我们这里很多病人都有寄生虫问题。"

显然我是在对牛弹琴,再问海琳·弗林?诺贝尔·克鲁克香克?那可不行。如果那些联系真的存在的话,就会让他们提高警惕了。卡利特会杀了我的。

"我要见马歇尔医生。"我说。

"他不会谈论病人的。"贝莉又觉得不妥,赶紧修正,"就算这个蒙塔格是个病人,我可没说她是。"

"她就是。"

我们三人都回过头去看说话的人,那个戴着眼罩一直坐在椅子上的女人。

25

那女人从半遮着的眼罩下看着我们,那只眼睛已经肿胀得发黑了。她整个人也是无精打采,头发剪得乱七八糟,一簇簇地立在头顶上。

"你和尤里克·蒙塔格认识吗?"我问。

那女人摊开双手,她的指甲像是被牙咬过,胳膊内侧爬着一条突起的疤痕。"我只是说她来过这儿,没别的。"

"你怎么知道的?"

"我他妈在这鬼地方等了半辈子了。"这女人瞪着贝莉,"反正我也快死了,我怕什么。"

"你不会死的,罗妮。"贝莉冷冷地、不带任何感情地说。

"我一直感冒。"

"你是吸毒。"

我插了进去:"你在诊所里跟尤里克·蒙塔格说过话吗?"

"我才不跟疯子废话呢,我听见那疯子跟她的大灰猫说话,她管自己叫尤里克。"

"你确定吗?"

"我听到你问,就跟你说一句。"

"她什么时候在这儿的?"

罗妮的一个肩膀抽搐了一下。

"你知道她住在哪儿吗?"

"那疯子跟猫说要回什么中心之类的。"

"哪个中心?"

"我猜是那些狗屁社会工作中心吧。"

"怎么说话呢?"贝莉提出了警告。

罗妮突然把嘴巴一闭,抿成了一条线。然后两腿一伸,手放在肚子上,垂下眼睛不说话了。

这时山羊下巴把头靠在墙上不动,闷声闷气地说:"有没有人看病啊?要不我就回家把鼻涕装在袋子里给你们寄过来。"

贝莉正要说话,门开了。随着脚步声从接待桌右边走廊走进来一个男人,手里拿着两张表。

"罗萨·里奥凯斯。"

听到叫自己的名字,山羊下巴问:"你是医生?"

"不是。"

男孩发出一声干笑:"你是南希护士?"

"丹尼尔斯,柯尼·丹尼尔斯。你对男护士有意见吗?"

等山羊下巴把眼睛睁开,他的下一声干笑被吓回去了。

比起贝莉的粗壮,丹尼尔斯堪称巨大。还不是NBA球员那样的高且瘦,这家伙看上去简直就是个丛林野人,头发像相扑手那样在脑后绾了一个髻,一道刺青从肩头一直延伸到手腕。

"对不起,大哥。"山羊下巴再也不敢看他了,"我头昏。"

"嗯哼。"丹尼尔斯转向罗妮,"你又想开药啦,葵花小姐?"

"我发烧了。"

"嗯哼。都跟我来吧。"

"丹尼尔斯先生。"我趁罗妮和山羊下巴起身还没走时叫了一句。

"喔。"他似乎被吓了一跳,好像从来就没注意到我们。

"他们在问一个叫什么尤里克·蒙塔格的女人。"贝莉的声音出奇的大。

"那他们是?"

"验尸官和警察。"

"有证件吗?"丹尼尔斯问赖安。

好啊,这护士比秘书还精明,但又好像不是。因为等我拿出北卡大学的工作证,赖安亮了一下警徽,他却看都不看。

"等我处理好病人再说。"

不管他是怎么"处理"病人的,反正我们等了二十分钟。

等丹尼尔斯回来,他还是只对赖安说话,好像我根本不存在。"马歇尔医生要你们一个小时之后再来。这样他才能单独跟你们谈。"

"我们就在这儿等。"赖安说。

"可能会更久的。"丹尼尔斯直盯着赖安说。

"我们有耐心。"

丹尼尔斯给了赖安一个"随便你"的姿势走掉了。我和贝莉闲谈起来,表示想重修于好。

"能问一下你在这儿做了多久了吗,贝莉小姐?"

但回应我的还是恼怒的眼神。

"你们一星期有多少病人?"

"如果这是工作面试的话,我可没申请。"

"我只是对 GMC 致力于穷人的医疗事业表示敬仰。"

贝莉把手指放在嘴边嘘了一声。这个动作又把我拽到了情绪爆发的边缘,但我控制住了。

"你做这工作肯定是对组织的目标非常赞同吧?"

"我是圣人。"

我真想知道,我要是一脚踹在她屁股上的话她还有这么神圣吗?

"你在 GMC 的其他诊所做过吗?"

贝莉冷冷地瞥了我一眼,指了指凯马特的椅子。

"怎么了?我说话又有什么粗鲁的地方吗?"我控制不住自己的脾气了。

贝莉还是朝椅子指了指。

我终于崩溃了,爆发了。

"怎么回事啊?你是在可怜的海琳消失之后才来的吧?"

贝莉扭过头去不理我了。

要不是赖安伸手放在我肩膀上要我镇定,我还会问出更愚蠢的问题来。我已经违反卡利特的警告,问出了他明确反对的问题,无可挽回地暴露了掌握的情报。我气恼地在赖安旁边坐下了。

贝莉起身把前门锁了,然后回去接着忙她的文件。

又过了十分钟。

山羊下巴手里捏着个白色的纸袋出来,贝莉放他出去了。又过了一会儿,罗妮也走了。

我不时瞥一眼贝莉,发现她一直在盯着我们。她一碰到我的目光就马上低下头哗哗地翻文件,好像有数不完的文件。

七点时,我站起来活动了几步,又坐下。

"你说马歇尔是不是从后门溜了？"我低声问赖安。

赖安摇摇头。"看门狗还看着前门呢。"

"你是说我吗？"

赖安古怪地看了我一眼。

"我真想溜出去一走了之，反正丹尼尔斯也当我不存在。"

"这条看家狗可注意你了。"

我狠狠地瞪了赖安一眼。

"好了。这里的工作人员是少了点儿人情味。"

"GMC 真该找个买一送一的人，把他们前台的摔跤队训练出点人情味来。"

"我没想到你会问弗林的事。"赖安有点责备地说。

"我也不知道怎么搞的。丹尼尔斯把我惹毛了，贝莉也把我惹毛了。我就一下子觉得如果弗林曾经在这工作的话，她和贝莉应该相互关心的。"

赖安看上去很怀疑这点。

"她们就该是朋友。"我真有点生自己气了。

我坐下来，开始咬指甲。赖安是对的。弗林和贝莉可能并不友好。而且，老实说，我也没想那么远，根本就是冲动产生的后果，恼羞成怒而已。我毫无必要地露了底牌。

"你想询问马歇尔吗？"我问。

"我的介入完全是非正式的。"赖安模仿卡利特懒洋洋、毫无声调的口气。

"你认为是在浪费时间，对吗？"

"也许吧，可看见你气得抓耳挠腮挺有意思的。"

"我很确定那桶里就是蒙塔格，我就想看看这些工作人员的反应。"

"很抱歉让你们久等了。"

我和赖安抬起头,看见一个黑头发男人站在走廊入口处。他中等身材、肌肉结实,穿着白色医生袍、灰色便裤,那双意大利进口皮鞋可能比我的车还贵。

"我是莱斯特·马歇尔医生。很抱歉,我的护士忘了把你们的名字告诉我了。"

赖安和我站起来,我做了介绍,含糊地说了一下我们的身份。马歇尔也没细问,显然丹尼尔斯什么都说了。

"护士说你们在调查尤里克·蒙塔格。能问一下原因吗?"

我们身后翻文件的刷刷声戛然而止。

"我们认为她已经死了。"

"我们还是坐下谈吧。"然后他转身对贝莉说,"丹尼尔斯走了,贝莉,你也可以走了。今天就到此为止。"

从第一层布局看来,这座房子原先是私人住宅。我们跟着马歇尔顺着走廊走过去,看到有两间检查室、一个厨房、一个很大的储藏间和一个卫生间。

马歇尔的办公室在二楼后面,过去可能是个卧室。楼上的走廊还有四间房,都关得紧紧的。

医生的房间也很小、很简陋。木头的桌子、椅子、柜子都老得不像样了。一个窗式空调几乎没起什么作用。

马歇尔在桌子前坐下,桌子上放着一个文件夹。房间里没有妻子孩子的照片,没有任何的装饰和雕花,桌上也没有标着某某医学会议的镇纸和杯子。

我又看了一下四面墙壁。光秃秃的没有一张带框的图片,也没挂医疗证书和文凭,甚至连州颁发的行医许可证都没有。我记得医生是必须展示这些东西的,也许马歇尔把它们挂在检查室里了。

马歇尔用一只肥大的手示意我们坐下。走近一看,我发现他的头发是精心做过的,不是随便剪的。当然,也开始谢顶。他看上去在四十岁到六十岁之间,很难确定。

"你们当然知道,保密原则不允许我们透露病人信息。"马歇尔的牙齿看上去白得非同一般。

"蒙塔格小姐是这里的病人吗?"我问。

马歇尔一笑,露了一下完美的牙齿。假的?

我指着桌上的文件。"如果猜得没错的话,这就是蒙塔格小姐的病历?"

马歇尔把文件夹的底边在桌子上磕平。尽管他的手指粗大,指甲却修剪得很齐。从前臂可以看出他经常锻炼身体。

"我们没有问这位女士的医疗历史。"我说,"我只是想确认一下她是不是在这里接受过治疗?"

"难道那不是医疗历史的一部分吗?"

"蒙塔格小姐很可能已经死了。"

"那你先说说吧。"

我说了一些基本事实。在水里发现的,高度腐化和皂化,这些都不是秘密。如果他认为是淹死的,那也不是我说的。

马歇尔还是没打开文件夹。在这又小又闷的房间里,我闻到了他身上的古龙香水,那可不是一般的香水。就像他的护士和接待员一样,这家伙也令人讨厌到了极点。

"你可能想要一份调查许可证,马歇尔医生。我们也可以通知媒体,这样你们 GMC 就又可以有很多的宣传机会了。说不定还能给你在全国制造点名气呢。"

马歇尔做了决定。也许他早就决定了，这位好医生只是在磨蹭时间来估计一下形势。

"尤里克·蒙塔格的确来这里寻求过治疗。"

"请你描述一下。"

马歇尔的描述和桶里的死者一致。

"蒙塔格小姐最后一次看病是什么时候？"

"她不经常来。"

"最后一次呢？"

马歇尔翻开文件夹，用一只手掌小心抚平了文件夹的封口部分。

"夏天，八月。病人接受治疗后被要求两星期之内再来。蒙塔格小姐没有遵从我们的建议。当然，我不能——"

"你知道她住在哪儿吗？"

马歇尔慢悠悠地找着，把文件一页页小心对齐了。"她提供的地址是米挺大街，真遗憾，是个很熟悉的地址：危难救助所。"

"救助中心？"

马歇尔点点头。

"她填了最近的亲戚吗？"

"那行是空白的。"马歇尔合上文件夹，又用手掌摸索了一遍折痕，"我们这里的病人基本上都是这样。很遗憾，我没有时间去对病人做更多的了解。这是我职业中的一大遗憾。"

"你在这家诊所做了多久了？"

马歇尔笑了，这次没露牙齿。"这么说关于蒙塔格小姐的问话结束了？"

"你还能告诉我们什么？"

"那个女人很爱她的猫。"

马歇尔整了整领带。那是真丝的,估计是我听都没听过的设计师设计的。

"我通常每星期二、四、六在这里坐诊半天,其他时候我在别处看病。"马歇尔站起来,我们得走了,"如果能有进一步帮助,请随时联系我们。"

"我觉得他不喜欢我们。"赖安发动了吉普车。

"你看出来什么了?"我问。

"这人有洁癖。"

"他可是个医生。"

"霍华德·休斯①式的医生。我打赌他上锁要检查两遍,大头针要数个数,袜子要按颜色分类。"

"我的袜子也按颜色分类。"

"你是女孩。"

"我同意马歇尔有点过分。你认为这个装腔作势的家伙知道得更多吗?"

"他承认他知道得更多,他是医生。"

"那其他人呢?"

"真壮。"

"就这个?"

"又高又壮。"

我伸手扭开了空调。

---

①霍华德·休斯(Howard Hughes, 1905—1976),美国传奇富翁。兼有飞行员、工程师、工业家、电影制片人、导演、演员、花花公子等等头衔。一生行为乖张。

"丹尼尔斯蹲过大牢。"

"你怎么知道的?"

"监狱里的文身。"

"你确定?"

"相信我,我有把握。"

也许是因为热,也许是因为我没能问出个所以然来,所以连赖安都让我非常恼火。

或者说我其实是恼火自己没能保持冷静?我为什么要问海琳·弗林的事呢?提到她是着好棋还是失手?这事会传到 GMC 或者卡利特那儿去吗?

我的这次行动可能会把事情搅乱,或许会迫使赫伦回应,促使 GMC 在调查弗林的失踪案中合作一些。

另一方面,我的这次拜访可能会给爱玛带来不便。警长一恼火,说不定就把我给踢出来了。

不过至少我没有暴露尤里克·蒙塔格的死亡细节。

不冷静,什么也别想问到。

我把头往后一靠开始思索,这时手机响了。

没结果?哦,唉,我们还是有点结果的。

26

爱玛听起来很有精神,这是这些日子里不多见的。我问她感觉怎么样时,她总是说她是只"巫猫"。

"打了三十四个电话,宾果!安·李找到了一个有赫尔姆斯记录的牙医,查尔斯·库哈尔斯基医生。我已经去过这个怪老头那儿了。"

"这就是你所谓的只做些案头工作?"

爱玛没接这个话茬儿。"库哈尔斯基看到有个客人来别提多高兴了,我简直觉得他要把我铐在他们家墙上不让我走了。"

"什么意思?"

"我怀疑他到底还有多少病人。"

"嗯哼。"我也学会了丹尼尔斯的哼哼了。

"库哈尔斯基记得赫尔姆斯个子较高,脸色苍白,三十多岁,身体不停地抽搐。赫尔姆斯最后一次去就诊是在一九九六年四月。"

"什么样的抽搐?"

"就是脖子和手上的怪动作。结果在钻牙补牙的时候,库哈尔斯基只好把他的头和手绑在椅子上。库哈尔斯基认为那可能是并发多动症。"

"赫尔姆斯留了联系方式、地址或是雇主单位吗?"

"赫尔姆斯的父亲,拉尔夫·赫尔姆斯付的账。威利在记录中填了电话号码。安·李打过去已经停机了。后来查到老赫尔姆斯在一九九六年秋天就去世了。"

"这么说这条线又断了。"

"赫尔姆斯填的雇主是约翰尼汽车配件部,在五十二号公路上。店主叫约翰·哈迪斯通。他就是买些破车,拆开,然后有用的当零件卖,没用的就卖废铁。哈迪斯通说他雇赫尔姆斯是看拉尔夫面子,就让赫尔姆斯住在院子后面的一辆旧拖车里,平常照料一下几条狗,当个护院工。他给哈迪斯通干了差不多有十年,然后有一天忽然走掉了。"

"什么时候?"

"二〇〇一年秋天。哈迪斯通说赫尔姆斯总说要去亚特兰大,所以他也就没太在意他的失踪,还以为他是终于下定决心打包走人了。哈迪斯通说赫尔姆斯是个好员工,失去他很难过。"

"可他也没找过赫尔姆斯。"

"没有。"

"如果赫尔姆斯是二〇〇一年死的,倒是符合我估计的死亡时间。"

"我们的昆虫学家说死亡时间不会超过五年,这是我的另一条消息。要我读一下初级报告吗?"

"说一下要点吧。"

电话停了一下，大概是爱玛在找关键词吧。"空的蛹壳、多种土壤。昆虫大多是已经蜕皮或者死亡的成年昆虫。"

电话里传来哗哗的翻页声音。

"赫尔姆斯死前的最后一次牙齿 X 光片显示他装了很多金属牙，所以我又把两套死者的牙齿给伯尼·格赖姆斯了，叫他抽空比较一下。"

爱玛停下来等我的反应。

"还有，在我桌上的一堆文件里，有一份来自州法医实验室的传真。"

"他们验出睫毛的 DNA 了？"

"别着急。他们星期四才收到呢。但是一个贝类学家看了那块碎片。"

"贝类学家？"这对我也是新鲜的。

"就是专门研究蛤蜊、蚌壳和蜗牛的人。他说那东西是——"停顿，"Viviparus inertextus。"从发音节奏来看，爱玛只是在念传真，"Viviparus inertextus 是一种在南卡罗来纳州南部比较常见的螺蛳，但从未在沙滩、河口或是任何接近盐水的地方发现过。"

"所以那贝壳不应该在那坟墓里的。"我说。

"这个种类绝对是淡水里的。"

"那好。"我的脑海里开始编织各种可能性，"受害者是在别的地方被杀，然后被转移到迪威岛上的。"

"或者尸体被埋在别处，又被挖出来移到了迪威岛。"

"也许那贝壳是从挖坟的人衣服上或者铁锹上掉下来的。"

"都是合理的解释。"

我们讨论了一下这些可能性，不能决定哪一个最有把握。

爱玛换了个话题。"那桶里的女士调查得怎么样了？"

我把我们的GMC诊所之行汇报了一遍。

"卡利特会不高兴的。"

"是啊。"我知道。

"我来处理吧。"她说，"我会催一下他关于赫尔姆斯的调查，可是这个大周末可能也难有什么进展了。"

"你真的感觉好多了？"

"真的。"

"好好睡一觉。"我说。

挂了电话，我把我们所说的跟赖安交代了一下。

"那么你和爱玛就算是把三个人的身份都确定了，克鲁克香克、赫尔姆斯、蒙塔格。我们吃什么？"

我摇头。

"仰光蟹。"

"沙茶虾怎么样？"

"没问题。我们要给那个穿袜子的老土买点吃的吗？"

我白了他一眼。"皮特的本名叫詹尼斯。"

赖安不解地看着我。

"他是拉脱维亚人。你确定你不介意吗？"

"运动员体型的詹尼斯老吃不健康的油炸食品可不好。"

我给皮特打电话。他在家，而且饿着肚子呢。

到快乐山的陈家亚洲花园去确实是个好主意。尽管我一再抗议，赖安还是抢着付了账单，这就又一次验证了那条谚语，说女人总是被同一种类型的男人所吸引。我现在的情人和我分居的丈夫在很多方面简直就是如出一辙，尤其是在饭桌上。他们都是不仅不让我付钱，而且绝对要点菜点得多到撑死人。

等我们回到"望海居",皮特已经把桌椅餐具都摆好了。博伊德钻在桌子底下,博迪还是在冰箱顶上看着。

皮特看上去很轻松,皮肤在高尔夫球场上晒得红红的。赖安和我就惨了,一看就是在汽车里闷了一整天。

"不知道什么时候能凉快一点。"皮特说着,对赖安的华达呢裤子表示虚伪的赞赏。我虽然使眼色警告他,可还是得承认现在穿羊毛裤子有点冬革夏裘了。

"我到南方来是一时兴起,得要一阵子来适应。"赖安看着皮特的贴袋短裤,"这个就挺潇洒的。"

"谢谢。"

"我也有过这样的裤子。"赖安说。

皮特有点得意地笑。

"不过十几岁以后就再也不穿了。"

笑容消失了。

两人就这么斗下去吧。

等我们吃完虾、仰光蟹,还有十几样好吃的,我也跟皮特把蒙塔格、赫尔姆斯和诊所的事说得差不多了。他告诉我们他找了个会计来帮他看 GMC 的账本。

后来整个晚餐就变成两个蒙面大侠的双人角斗了。等到吃完的时候,我感觉自己就像是站在阿里和弗雷泽[①]中间的裁判,累死了。还好,当我说赖安和我吃完了要再看看克鲁克香克的档案时,皮特主动说可以帮忙。

[①] 两者均为美国著名职业拳击家。

我们在整理桌子时我的电话又响了,是爱玛。

"确定了,迪威岛上的人就是威利·赫尔姆斯。"

"呦哈。"

双手正搬着白色纸箱的皮特和赖安都掉过头来。

"现在的问题就变成了威利·赫尔姆斯身上发生了什么事,他又是什么时候、为什么被埋在了那个岛上。"

"那就是卡利特的事了。"爱玛说。

我关上手机,告诉了赖安和皮特关于赫尔姆斯的消息。他们两人也一起"呦哈"了一声。

十分钟后,警长本人打电话来了。

"我告诉过你不要去那诊所捣乱的。"警长还是直来直去的。

"你是说不让冒冒失失的牛仔去。"

"你还提到了那个逃跑的女孩。"

"海琳·弗林是不见了,不一定是逃跑了。"

警长停顿了一下,然后接着说:"海琳·弗林这人不大靠谱。"

"什么?"

"我以后再跟你讨论。那时候我们把这案子停了下来,是因为她的失踪不在我的辖区之内。"卡利特又顿了一下,"那位年轻小姐失踪之后,她老爸一天到晚往我办公室打电话,要我们调查。我亲自跟奥伯利·赫伦谈过,海琳·弗林在离开前,已经开始不断骚扰马歇尔和赫伦了,最后 GMC 只好请她离开。"

"这我可是第一次听说。"

"赫伦不喜欢批评他的前任员工。"

"海琳骚扰他们做什么呢?"

"她认为马歇尔在财政上一塌糊涂,赫伦说他会去调查,结果没发现什么。这位年轻的女士只是对于这类组织期望太高了。现在你别管诊所的事了。我没时间来安抚恼火的医生。"

"马歇尔给你打电话了？"

"他当然给我打电话了。那家伙火冒三丈，说你恐吓他的员工。"

"我们根本没有恐——"

"我也没时间来盯着你和你的男朋友们。"

放松，布兰纳。别理他。你不用和这个人吵。

"我认为我已经确认了两名失踪人员，桶里的那名死者也很可能就是我在电话里告诉你的那名妇女，尤里克·蒙塔格。我从死者胸前死猫的前主人那里，还有圣约翰浸信会的神父那里得到的描述和我从尸骨上找到的特征完全符合。"

"卢梭小姐刚才也打电话通报了这一点。"

接下来是一阵沉默，我迟疑了一下。"尤里克·蒙塔格是ＧＭＣ的病人。"

"还有数不清的人也是。"

"弗林和蒙塔格都跟诊所有联系。克鲁克香克也在追踪它。"

"他当然要追踪，他在找弗林。一个流浪女人也说明不了什么，那正是她们经常去的地方。说说卢梭小姐提到的另外两个人吧。"

"埋在迪威岛的那个人是我们想得比较远的，这人叫威利·赫尔姆斯。安·李找到了他的牙医，伯尼·格赖姆斯还做了对比。"我把赫尔姆斯的父亲及雇主的情况说了一下，"哈迪斯通最后见到赫尔姆斯是在二〇〇一年的秋天。"

我等着卡利特的又一番教训，结果却出乎我的意料。

"我的一个副手找到了一个流浪汉，说是跟威利·赫尔姆斯喝过两杯。"

"他记得他的样子吗?"

"我们的这位市民可没有分享精神。不过我的副手设法让他说出了赫尔姆斯是个金发的高个子,身体总是抽搐,是个酒鬼。"

"这也符合牙医的回忆。这人最后见到赫尔姆斯是什么时候?"

"老先生这点倒是记得很清楚,说就是大楼倒塌的那天。"

我想了一下,"双子塔?"

"九一一。说是他和赫尔姆斯在港口的一个酒吧里看到大楼倒塌,后来他们就再也没见过了。"卡利特清了清嗓子,"听着,你对蒙塔格和赫尔姆斯两个人的分析判断做得不错。现在别管那个诊所了。要是没有理由,别去招惹那几条疯狗。"

"什么样的理由?"

沉默。

"两个病人。"

"你不认为——"

"这超出了我的权限。打住,博士。那诊所不在我的职权范围内。我还得把证据提交到市警察局去。"

"克鲁克香克、赫尔姆斯,还有蒙塔格都死在你的辖区。"

卡利特不说话了,他当然知道这些。我还是进一步说出我的观点。"你是说如果我再找到一个与诊所有关联的失踪人员,你的人就可以把马歇尔和他的手下找来讯问一番吗?还是说要到市警察局去?"

"现在你已经确认了一个很可能是被开除跑掉了的雇员,还有一个她老爸雇来找她的密探,这还不够。你如果还能找到失踪的病人,我就要考虑了。还有,你拿着那私家侦探的笔记本电脑很长时间了,我星期二之前要把它拿回来。"

电话挂断了。

皮特和赖安都听到了我这边的话,我把卡利特的话又说了一下。

"那警长怎么这么怕这家诊所?"皮特问。

"卡利特给我的印象是循规蹈矩型的,"赖安说,"没有许可证,就不许进去。没有证据,就不给许可证。"

"也许他和赫伦是一伙的。"我说。

"可能 GMC 是卡利特竞选的主要赞助商。"皮特说。

或许吧,我想。或许仅仅是因为重要的市民说话更有分量。

等到洗完了盘子,我把克鲁克香克的箱子拿到桌子上来,皮特把海琳的文件摊在沙发上,我给赖安看我做的电子表格。博伊德在厨房和书房之间来回奔忙,博迪就在它的冰箱区域待着没动。

把尤里克·蒙塔格和威利·赫尔姆斯加上去之后,我单独列出了克鲁克香克没有顾客的案子。

"赫尔姆斯和蒙塔格的档案里只有笔记。"我说。

赖安逐一看了一遍。

"其他的只有剪报和笔记。"

我打开劳尼·艾克曼的文件夹,赖安和我一起浏览了一下温伯恩的报道。

赖安想了一会儿。"库哈尔斯基认为赫尔姆斯可能患有并发多动症。"

"症状比较吻合。"

"那他就应该在某位医生手上治疗过。"

"也许。"

"艾克曼得了精神分裂,也在治疗。"赖安循循善诱。

"报道是这么说的。"

"在医生的处置下。"

我终于明白赖安的意思了。"你认为赫尔姆斯和艾克曼也很有可能是在 GMC 接受治疗的。"

"这是很值得关注的。威利·赫尔姆斯本来和此案距离那么远，都被我们说中了。"

我其实没认真听，而是在回忆。另一个失踪人员，另一篇文章，就是那篇在暴风雨里的垃圾箱里捡回来的，叫什么来着？

我拿着画了那张表的写字板翻开了。一个小方块出现在桌面上。《查尔斯顿报章》五月十九号，星期五。

我大声念起来，为赖安找出一些特征明显的地方。

"吉米·雷·蒂尔，四十七岁，五月八号失踪。"我念道，"他离开他兄弟在杰克逊大街的家去做一个治疗后，就再也没回来。"

我转过桌子，捧出电话簿，翻到了字母 T。有个叫尼尔逊·蒂尔的住在杰克逊大街，我拨了过去。铃响了十遍也没有人接。我拨了第二遍，还是一样。

我和赖安相互看了一下。

"艾克曼的母亲住在快乐山。"赖安说。

我又去查目录。

"没有住在快乐山的艾克曼，但在棕榈岛有一个，还有一个在蒙克斯角。查尔斯顿市区也有几个。"

赖安拨了郊区的那几个，我试了试市区的。幸运的是，每个电话都有人接；不幸的是，没人认识或是听说过劳尼和他的妈妈。

"我见过这个记者。"我说。

"有他的电话吗？"

我拿出手机翻了一下已接电话，温伯恩的电话还在。给他打电话对我来说意味着举白旗了，可至少这个笨蛋还没有乱写克鲁克香克的什么东西。

我看了看表，十点〇七分。我深吸一口气，拨通了他的电话。

"我是温伯恩。"声音瓮声瓮气的，像是嘴巴里还嚼着什么糖果。

"我是布兰纳博士。"

"等一下。"

听到噗的一声开易拉罐的声音，然后是大口大口的吞咽。

"好了，说吧。"

我重复了一遍我的名字。

那边传来一阵沙沙声，然后又是一阵咀嚼声。"迪威岛挖掘的那个？"

"是的。"

"你在那儿赚的远比你想得要多，是吧，博士？"这"水藻"在电话里比他本人还要讨厌。

"温伯恩先生，今年三月，你在《莫尔特里新闻》上发了一篇文章，是关于二〇〇四年一个叫劳尼·艾克曼失踪的事。"

"怎么啦？你这个小姑娘读到我的东西啦？"

小姑娘正在忍住不挂电话。

"我能问一下你为什么在艾克曼失踪了这么久之后才写这篇文章吗？"

"你这个电话是要告诉我那具骨架是老劳尼？"

"不，我不是这个意思。"

"可实际上就是，对吗？"

"不。"

"撒谎。"

我不跟他争。

"还在吗?"

"我在。"

"迪威岛的僵尸真的不是艾克曼?"

"那具遗体不是劳尼·艾克曼的。"

"可你知道是谁,对吧?"

"我不能向你透露这个信息,温伯恩先生,我想知道你为什么对劳尼·艾克曼感兴趣。"

"你知道规则的,博士。"咀嚼让他的话含混不清,"你给我抓背,我就给你挠痒痒。我现在就突然有点痒了。"

我犹豫片刻。要给这条大爬虫什么东西呢?

"迪威岛的人通过牙医记录已经基本上确定了身份,可是我没有权利告诉你他的名字。我答应你尽量争取让验尸官在通知到他最近的亲属之后就告诉你这一信息。"

"就这些?"

"我还可以答应你如果迪威岛的骸骨成了爆炸性新闻——"

"你是说爆炸性新闻吗?能上ＣＮＮ吗?能上安德生·库柏德专访吗?或许伍尔夫①也会邀请我去他的访谈室。"

"温伯恩先生,我——"

"爆炸性新闻,我觉得我该喝一杯了。"

温伯恩的喋喋不休让我气不打一处来。

"我只是想知道你什么时候知道艾克曼的?"

"为什么?"

"这信息可能与一起死亡案件的调查相关。"我咬着牙忍住脾气。

---

① 二者均为美国CNN著名播音员,主持人。

"谁的?"

"我不能告诉你。"

"克鲁克香克的案子怎么样了?"

"什么?"

"那个吊在弗朗西斯·马里恩树林里的私家侦探,他怎么样了?"

"你报道里说艾克曼的母亲住在快乐山,可我在电话本上找不到。"

"说说克鲁克香克。"

这好像行不通,我只能给他一点什么。

"诺贝尔·克鲁克香克的死被判定为可能是自杀。"

"可能?"

"验尸官的调查还在进行中。"

"他在查什么呢?"

"克鲁克香克擅长追查失踪人口。"

"像劳尼·艾克曼这样的?"

"我没有证据怀疑克鲁克香克的死和劳尼·艾克曼的失踪有关系。现在我在痒了,温伯恩先生。"

"够公平。苏西·露丝·艾克曼又嫁人了。登记的电话是她新任丈夫的名字。"

"能把号码给我吗?"

"博士,你比我清楚。给你的话我就严重违反了保密原则,对不知情的人暴露了新闻提供者。"

我气得牙关紧咬。"那你能让艾克曼夫人给我打个电话吗?"

"当然,博士。我们之间进展得很好,不是吗?"

二十分钟后,他回电话了。

"四天前,在古兹河的西北处,一七六号公路边上的河床里,人们拖上来一辆小车。一个女人就坐在方向盘后面。"

温伯恩听起来在发抖。

"苏西·露丝·艾克曼死了。"

27

"警察在现场没找到暴力的痕迹。认为苏西·露丝是在开车的时候睡着了或是昏过去了,结果车子翻到了路边。"

"她多大年纪?"

"七十二了。"温伯恩的语气里没有一丝高兴了。

"她当时犯病了吗?心脏病?痴呆症?"

"据说没有。"

我转动脑子开始想。一场情况不明的车祸通常都会叫验尸官到场的。苏西·露丝·艾克曼的尸体是星期二被发现的,爱玛和我两人那天整天都在一起。她怎么就没提到这位老妇人的死呢?是因为病了?忘了?还是觉得不相干呢?

"我说,其实我不是故意要打扰你挖掘的,那是我们主编的主意。可是在你找到那具尸骨之前……"温伯恩犹豫了一下,似乎在考虑该说出多少,保留多少,"我已经花了几个月调查一件事了。"

我等他往下说，等了很久。

"我不想在电话里说这事，咱们明天见个面吧。"

"你说个时间地点。"

"就在一神教堂吧，在克利福德街和阿奇代尔街的交界处，你沿着砖道走到通往国王大街的小路就到了。我九点准时到，最多等十分钟。"

"我得一个人来吧，还要穿黑衣服吗？"

"对，一个人，衣服随你便。"

紧接着就是电话挂断的声音，今天一整天我听到的都是这种声音。在铺床的时候，我把我要去见温伯恩的事告诉了赖安。

"要在阳台上挂面旗子吗？"

"行啊。"我领会了他的意思，"来一段《深喉》①。"

赖安脱掉我的裤子，扔在了地板上。

第二天早上九点钟时，我走进了一神教堂的大门，赖安待在隔壁的圣约翰路德教堂。各大教堂的钟声此起彼伏，第一浸信会、以马利A.M.E.教会、伯利特联合卫理公会、圣米歇尔新教公会，还有苏格兰第一长老会等等。怪不得查尔斯顿被称做是圣城。

一神教堂的院子像个没人打理的温室，郁郁葱葱的植物完全把道路掩盖了。紫薇、马缨丹、萱草覆盖了整个公墓区。

温伯恩就在他所说的位置。下午五点的太阳斜照在他脸上，使他看上去像个没洗过的烟灰缸似的黑糊糊的。要我猜，大概是很久没刮

---

① 美国一九七二年一部备受争议的色情片。仅以两万五千美元的制作获得六亿美元的票房。

胡子的缘故。

温伯恩看着我走过去,脸上保持着谨慎的笑意。

"早上好。"

"早上好。"我答应着。你最好准备点好东西。后面这句话我忍住没说。

"你瞧,我知道我昨天不太——"

"我很感谢你没把克鲁克香克的事抖搂出去。"

"我们编辑毙了那篇稿子。"

我就知道这家伙没那么善良。"那你有什么要告诉我的?"

"我一直都在查一件事。"

"你昨天说了。"

温伯恩左右瞧了瞧。"这镇上有些可怕的事情。"

这头猪是在说"镇上有些可怕的事"吗?

"你在调查什么呢,温伯恩先生?"

"我在关注克鲁克香克,我跟你说过。不过我没告诉过你,今年三月份劳尼·艾克曼的故事不是第一次见报,这人在二〇〇四年失踪的时候我就报道过了。克鲁克香克翻出报道并且找到了我。"

"你见过克鲁克香克?什么时候?"我本来想问他怎么知道克鲁克香克的身份的,但想想还是以后再说吧。

"今年三月,克鲁克香克来问我劳尼·艾克曼的事。你知道我这人首先要问的就是为什么。克鲁克香克不想说,所以我就使用了说服策略了。"

"你的抓痒痒理论?"

"随便怎么说吧,结果闻出点味了。"温伯恩伸了个手指到鼻孔里,"我觉得这个私家侦探是在找线索,而且里面有故事。于是我也开始围着这个洞找。"

一个老头一拐一拐地走过了这条小路，对我们打了声招呼。我们都点了下头。温伯恩一直看着他走过去，看起来就像一个站在牲畜栏前的素食主义者一样毫无兴趣。

"克鲁克香克告诉我说，他正在找一个去年秋天失踪的人，不确定她是教堂的修女还是诊所职员还是别的什么，只知道她可能认识艾克曼。我就把艾克曼的事跟他说了一下。可是我很怀疑，你看，劳尼是二〇〇四年失踪的，这个女人怎么会认识他呢？于是我就开始跟踪他。他去的地方绝对不是一个修女会去的场所。"

"什么意思？"

"第一天晚上，他把车停在了国王大街的一家酒馆前，那地方可是名声在外的。第二天，他又去了一家无上装酒吧，跟那里的女招待们聊得起劲。你懂我意思了吧？"

我这就不明白了。克鲁克香克的任务是要找海琳·弗林。他是在工作呢？还是在寻欢作乐？

"你怎么知道克鲁克香克是在工作？"我问。

温伯恩耸了耸肩。

"你问过他吗？"

温伯恩低下头，看着自己的鞋，然后又抬起来看着我身后的某个地方。"第三天，他发现了我。"

我想象得出来，温伯恩拎着他的尼康，克鲁克香克威胁要打出他的肠子来。

"我很冷静，告诉他我以为他有什么线索，想跟进。还说我会等他查清楚了再报道的。"

"克鲁克香克叫你滚开，否则揍扁你。"我替他说。

"是啊,我是退缩了。那又怎么样?你见过这家伙吗?"

我见过克鲁克香克的照片,得承认尽管这家伙长得并不高大,可是瘦长的样子一看就不是好惹的。我见了他也会害怕。

"那是什么时候?"

"三月十九号。"

"你是怎么跟克鲁克香克说劳尼·艾克曼的?"

"也就是她妈妈说的一些事儿。这小伙子有点怪,一直认为政府特工在他大脑里植入了某种装置,用来给从猎狗人到乔治·布什总统的任何人发电子邮件。他三十四岁,没有工作,和妈妈住在一起,要说老太太还真不错。"

"你在报道中说艾克曼是个精神分裂者。他看过医生吗?"

"时断时续的。你知道他们的情况也就那样。"

"你知道他在哪儿看病吗?"

"没说过这个。"

"你也没问?"

"我没觉得这很重要。"温伯恩把两个毛茸茸的手臂抱在厚实的胸前。"苏西·露丝做了一辈子缝缝补补的工作,也许他们有保险,所以他虽然生病了,但他们还能凑合着过。"

"劳尼失踪的时候她有工作吗?"

"她退休好多年了。"温伯恩从裤子的后屁股兜里掏出一份他二〇〇四年稿子的复印件给我。《艾克曼妈妈的小男孩》。

文章并没有提供更多的信息,倒是那幅照片引起了我的兴趣。

劳尼·艾克曼的眼睛又黑又亮,嘴巴张着,嘴唇咧开,露出稀疏的牙齿。长发齐肩,耳朵上满是耳钉。这个艾克曼看上去只有十七岁。

"照片上他多大?"我问。

"这家伙满脑子想的都是CIA在控制他的大脑,从不让人照相,只好找了张很老的。这张是苏西·露丝藏起来的一张高中时的照片。"温伯恩双手手指钩起。"现在该你了,信息分享。你知道克鲁克香克写了什么?"

我仔细权衡了一下自己的话。"从他的文件中看起来,克鲁克香克在查尔斯顿一带寻找失踪人口。有些是卖淫的、吸毒的,也有些不是。"

"妓女和吸毒鬼经常失踪。"温伯恩说这话时让我想起克里奥帕特拉的前主人,伊莎贝拉·哈尔西,"跟我说说都有谁?"

我拿出张纸,开始念那些我从电子表里抄下来的人名。只是把尤里克·蒙塔格和威利·赫尔姆斯删去了。"罗斯玛丽·蒙姆、卢比·安妮·瓦特里、哈蒙·坡、帕克·埃斯里吉、丹尼尔·斯尼普、吉米·雷·蒂尔、马修·萨默菲尔德。"

"还有那位教会小姐。她叫什么来着?"

"海琳·弗林。"

"就是那种从天而降来拯救每一个受苦受难的屁股的,对吗?"

"GMC。"

"听我说,那些胆小的基督徒是一群废物。吉米·雷·蒂尔还有那个议员的孩子,马修·萨默菲尔德都是最近报道过的,所以这名字我熟悉。其他的……"温伯恩耸耸肩,鼓起了嘴唇。

我把抄了名字的那张纸给他。"你还记得艾克曼的其他什么细节吗?"

"他又不是年度风云人物。"

我突然一冲动。"你听说过一个叫切斯特·平克尼的人吗?"

温伯恩摇摇头。"怎么啦？"

"克鲁克香克可能认识他。"我不打算跟他讲在克鲁克香克的外套里找到平克尼钱包的事。"如果你还记起来什么事给我打电话。"我说，奇怪这次谈话怎么就成了一次秘密接头。

我走到离小路还有两个台阶时，温伯恩又叫住了我。

"克鲁克香克确实透露了点东西。"

我转过身去。

"说他碰上了一起比教会人员失踪重大得多的案子。"

"什么意思？"

"我不知道。可几个月之后克鲁克香克就被吊死在一棵树上了。"温伯恩又左右看了看，"现在，苏西·露丝也死在了她自己的汽车里。"

我和赖安一回到家，就迫不及待地启动了我的笔记本电脑，打开我从克鲁克香克光盘上保存下来的图片。皮特也赶过来看我们浏览这些JPEG的文件，我感觉他们两个站在我身后，像两只处在发情期的好斗的麋鹿。

虽然有几张照片隐约有几分像是劳尼·艾克曼，可是没有一张能够很清楚地确认。这不奇怪，苏西·露丝给的照片差了十五岁，而温伯恩的复印件又十分不清楚。而且，克鲁克香克的照片里的人都没有看镜头。能看见的那部分脸在放大后也变得难以辨认了。

我们一边看，皮特和赖安两人就在那儿互相嘲讽，只是都还保持着礼貌。过了一个钟头，我实在厌烦了他们的争斗，就回房间给尼尔逊·蒂尔打电话。这次还是落空了。

我不在的时候，皮特做三明治去了。赖安给莉莉打电话，他女儿的手机还是不理他，再打给卢特蒂娅说莉莉没事，只是还是不愿意答理他这个父亲。

到了中午我们又都回到厨房，这两人又唇枪舌剑地干上了。午饭吃了一半，我终于受不了了。

"你们两个人简直就像学校里跑出来的不良少年。"

两个傻小子都一脸无辜地看着我。

"要不我们休个假吧。这本来就是个大周末，也该好好恢复一下体力了。"我都不敢相信这是自己说出来的话，看来他们的争风吃醋真的快把我弄崩溃了。

"皮特，你再去打个十八洞。赖安，我们一起开车去找爱玛拉她一起去海滩。"

这次没人吵了。

我花了二十分钟终于把爱玛说服了。

阳光还是很厉害，天空蓝得晶莹透亮，一丝云彩都没有。当我们到达的时候，周末来膜拜太阳的人们已经出动了。他们要么躺在大浴巾上，要么躺在沙滩椅上，决心晒脱一层皮才罢休。

爱玛和我一会儿在充气垫上躺着，一会儿在沙滩上散散步。海浪爬上来，浸润着我们的赤脚。天空中，鹈鹕们成群结队地飞过，不时有一两只离开大部队，扇动着翅膀冲向海面，运气好的就叼着鱼儿出来了，运气不好的就只能流着口水回去了。

我们边走边谈论着我和卡利特以及温伯恩的谈话，我还问明天早上我能否到太平间去工作。爱玛保证明天会再次督促一下清理工作。虽然很想，可是我忍住没问关于苏西·露丝·艾克曼的事，也没问我在温伯恩关于艾克曼的报道里读到的那个棘手的游船事故。

赖安一天都躲在伞阴下读帕特·康罗伊①的小说，那遮阳伞是我们从安妮的地下室里搬出来的。偶尔，他也会勇敢地下到水里，用狗刨式，或是他独特的法裔加拿大风格的仰泳游上一圈。然后上岸，擦干，坐回到他的椅子里去。

等我们该回"望海居"时，爱玛的肤色终于接近正常了。赖安则由鸡皮一样的白皙变成了柠檬汽水一样的粉红。

冲了凉之后，我们三人一起去吃摩尔文烤肉，然后赖安和我开车送爱玛回家。这真是个放纵、宁静而又轻松的下午。

时间也正好。不管这是不是周末，反正我即将完成卡利特要求的三宗案子的目标。

---

①美国著名畅销书作家，作品有很强的南方特性。

28

第二天早上八点半,赖安和我一起到南卡医学院去。他看上去很轻松,这是他到查尔斯顿来后第一次这么愉快。昨天晚上他和莉莉的妈妈又通了个电话,他女儿虽然还是很生气,不大友好,但至少已经答应去见心理咨询师了。卢特蒂娅已经安排了连续几次的诊疗。

也许只是因为昨天晒了晒太阳,或者是野餐之后做了个爱。不管怎么说,赖安现在不那么郁闷了。

李·安·米勒在太平间门口等我们。如赖安一般对我胳膊上的擦伤表示一番欷歔之后,她到冷冻室去取桶里的女士的骸骨。等她的时候,我又给尼尔逊·蒂尔打了个电话,这回是占线。

这也是个进展吧,忙音意味着有人在家,主人在接别的电话呢。

米勒把骸骨送到解剖室之后就去忙别的事去了,赖安坐下来看康罗伊的小说。

我戴上手套,把骸骨整理好。根据处理克鲁克香克和赫尔姆斯的经验，我本来应该直奔颈椎而去，可我还是依照常规，一步步从头检查到脚，每一块骨头都用放大镜仔细观察。

头骨上没有发现暴力痕迹，下颌无损伤。手掌、手臂、肩骨都未发现异常。胸骨和颈椎也完好无损。

接下来就不一样了。

"你看这儿。"我心中生起一丝凉意，把赖安叫了过来。

赖安眯着眼朝镜头里看。

"你现在看的是C-6的左横突，这条裂缝跟我在赫尔姆斯和克鲁克香克身上看到的一模一样。同一块颈椎，同一侧。"

"舌骨断了吗？"赖安说的是人被勒死时U型舌骨经常同时被勒断。

"没有。"

赖安抬起头。"吊死造成的？"

"可是只有一侧有裂痕。"

"瞬间拧断的？"赖安的检查程序跟我一样。

"有这个可能。"我指着这条在横突前端的横向铰链状裂缝说，"这里是前三角肌附着的地方。"然后我又用笔尖指向裂缝旁骨头突起的地方，"这个小块叫做动脉角突，因为这里是颈部动脉的受压点。突然拧转会给动脉管壁造成压力，如果这个压力已经大得能够切断进出大脑的血流的话，就会导致死亡。"

"单臂扼颈？"赖安是说从对手身后伸出一只手穿过他的腋下再绕到脖子后面去的搏斗招式。

我无奈地一摊手。我从见到威利·赫尔姆斯的颈椎时起就在想这个问题，到现在也没想出来。

"我明白外伤的生理原理，我不明白的是它的机械原理。铰链状裂痕说明有一定的外力作用,剧烈地往后交叉转动头部通常会导致第四第六块颈椎角突的碎裂甚至是脱落。可是如此强大的外力之下,怎么可能只有一块骨头碎裂呢?"

赖安做出一副"别看着我"的样子,坐下去接着看他的小说。

我又回到骸骨旁边。

几分钟后,我发现了第一个缺口,L-3,在腹部一带。这也跟赫尔姆斯一样。我的心中开始担心起来,继续检查。

整个检查花了不到一个小时。做完之后,我对赖安总结了一下,用笔指出每一处创伤。

"C-6颈椎左横突上有铰链状裂痕,在第二、三、四块腰椎靠腹腔的一面总共有八处切痕。就这些,其他部位没有损伤。"

"你认为他是被刀捅死的吗?"赖安问。

"如果是被捅死的,那这个罪犯可是够残暴的。因为刀锋要穿过整个腹腔才能在腰椎前留下痕迹。"

"对凶器有什么认识?"

"这些切口很小。横切面是V型的,而且边缘流畅、没有条纹。我能描述的就是一把非常锋利、没有锯齿的刀片。"

"有可能是防御时受的伤吗?"

我摇摇头。"手掌和前臂的骨头都没有受伤。"

"就是说克鲁克香克有颈椎裂缝,但没有切口。赫尔姆斯和蒙塔格两者都有。"赖安总结了一下。

"是的。如果他们是被一个普通杀手杀的,那杀他们的原因肯定不一样。"

对此我们两人都没有很好的解释,但是赖安的话让我想起一件事。几年前我的一位同事曾经发表过单边颈椎的裂痕文章,不过是谁呢?

在哪儿发表的？是专业会议上的一次发言？还是发表的文章？在哪本杂志上呢？

我要上网查查。

我们立刻开车回到棕榈岛，我又给尼尔逊打了个电话。这次一个女人接了，我介绍了自己，说明了我打电话的原因。这女人自称叫蒙娜·尼尔逊。

"吉米·雷是我丈夫尼尔的亲戚，你们找到他了？"

"不，夫人，对不起。"我一边听，一边回忆吉米·雷的生理特征。蒙娜说话的调子一听就是非裔美国人。

"那你也不是来告诉我他已经过世了吧？谢天谢地。"

"吉米·雷和你们住一起吗？"

"天哪，没有。吉米·雷就像个小筏子一样到处流浪，他的脑子有点不好使。"

我有点不明白。"如果吉米·雷不跟你们住一起，你们怎么知道他失踪的？"

"我每星期一都给这乖乖炸鸡腿，这是上帝给我的职责。有一个星期一，吉米·雷来得很早，说他要洗个澡去看医生，他有时候会到我这儿来洗个澡什么的。

"吉米·雷跟我抱怨说最近他得了皮疹。天哪，我真不愿听到他遭罪。他来了没一会儿又走了。然后就再也没回来。这可不像他。他要是认准了一件事，九头牛也拉不回来。第二个星期天他又没来，我就知道出事了。吉米·雷绝对是喜欢我的炸鸡腿的。"

"你知道吉米·雷是约的哪儿的医生吗？"

"没有约谁。吉米·雷没钱看私人医生。"

"哦？"别激动。

"他通常都是去纳索的免费诊所,尼尔和我也是。"

"GMC诊所吗?"别激动。

"就是那儿,不用约的。你去了就坐在椅子上,等着叫你的名字。"

我朝赖安竖起大拇指,他也从方向盘上抬起一只手回应了一下,知道我把蒂尔也和诊所联系起来了。

"谢谢你,蒂尔夫人。"

"你们要是找到了吉米·雷,告诉他我的炸鸡腿还等着他呢。"

我关上手机,举起手掌,赖安跟我碰了一下表示庆祝。

"现在终于有三个了。"我说着就给卡利特打电话。

我的好心情很快就被破坏了,卡利特的接线员说卡利特出去了,要到星期二才会回来。我强调了我跟他联系的重要性,他说警长钓鱼去了,联系不上。

要打电话告诉爱玛吗?我决定还是等到我找出了裂缝的含义再说。

我和赖安回到"望海居"时,发现皮特出去了。太好了,他们那种大男人的游戏实在烦人。

我径直走到自己的笔记本电脑面前上了网。赖安觉得我可能需要一段时间,就决定出去找几件适合这天气的衣服。

我首先看的是《法医学通讯》,没有发现。接着看了一打其他法医出版物。看了两个小时以后,我了解了很多交通事故、马球、跳水,还有足球中"长矛擒抱"造成的伤害,可没有一样符合我的需要。我想破了脑袋也记不起来我记忆中的那篇报告是在哪儿看到的。

我盯着屏幕,懊恼得要命,继续搜寻着与案件相关的线索,哪怕是万分之一的机会。克鲁克香克、赫尔姆斯和蒙塔格都在第六节颈椎上的一侧有裂缝。蒙塔格是GMC的病人,吉米·雷·蒂尔也是GMC

的病人,海琳·弗林在那儿工作过。

蒙塔格、赫尔姆斯和克鲁克香克死了。蒂尔和弗林失踪了。

劳尼·艾克曼也失踪了,苏西·露丝·艾克曼死了。这对母子中是否有一个曾是GMC的病人呢?艾克曼能不能跟诊所挂上钩呢?克鲁克香克的另一个失踪人员呢?

肯定是这家诊所。

海琳·弗林在失去联系之前曾经向她的父亲抱怨过这家诊所。她对赫伦也说过,而克鲁克香克在监视这个地方。

克鲁克香克真的在监视这个地方吗?

我一时兴起,用Google搜索了一下莱斯特·马歇尔。找到了一个养阿拉伯种马的人和一个教气功疗法的人。什么乱七八糟的。

再加上"医生"两个字,我搜到了一个医生搜索服务的网站,网站声称只要交七点九五美元就可以给你提供一个医生的任何信息,他的祖传秘方除外。

干吗不试试?

我的八美元买到了如下信息:

莱斯特·马歇尔在纳索诊所的地址和电话号码。这可真值了。

马歇尔的医学学位是在格林纳达①的圣乔治医学院拿的。

马歇尔的行医领域是家庭医疗,可他没有任何专门医疗的证书。

马歇尔没填住址和任何专业团体资格。

马歇尔在一九八二年到一九八九年间曾供职于俄克拉荷马州塔尔萨一家医院,从一九九五年开始为GMC服务。

马歇尔没有受过任何州里的或是联邦的处分。

---

① 位于东加勒比海向风群岛最南端的一个小国。

我正在打印时，听到前门响了，从窸窸窣窣的声音中判断出赖安的购物很有收获。

"找到你要的文章了吗？"赖安亲了一下我的额头问。

"没有。可是我对莱斯特·马歇尔做了一点点调查。"我把打出来的东西给赖安看。

"格林纳达？那是真的医学院吗？"

"应该是吧，虽然比不上约翰·霍普金斯。"

"受雇记录遮遮掩掩的。"赖安说。

"是啊。这个马歇尔一九八九年到一九九五年间干什么去了？"

"我在想他为什么要离开俄克拉荷马州。"

"如果马歇尔在一九八九年是出了医疗事故，网站是不会提供这种信息的。他们才不会给你提供不良记录或者司法追究的线索呢，他们也不提供超过五年的医疗处分。"

"你也搜了那看门狗和丹尼尔斯吗？"

我摇头。

趁赖安拿着购物袋到自己卧室去的时候，我又搜索了柯尼·丹尼尔斯和阿德勒·贝莉，没搜到什么有价值的东西。当我试着搜索查尔斯顿白页时，找到了一个住在水溪岛的柯尼·R.丹尼尔斯。

一个护士住在水溪镇？这有点稀奇。水溪镇和凯瓦岛是查尔斯顿地区房价最贵的地方，没有便宜的。

我正想着，赖安又来了。他戴着一顶帽檐后翻的黑色帽子，穿着黑色的泰瓦凉鞋、黑色的短裤，黑色的T恤上一只魔鬼正用电筒猛砸一个安琪儿，文字信息是：电力来自电子，道德来自疯子。

"不错。"我嘴上说。一身乌黑，心里想。

"我觉得这文字挺有启发的。"赖安说。

我觉得挺傻的,可没说出口。

"我不想穿得太嫩。"赖安说。

"黑色挺配你这晒红了的皮肤。"我说,"小姑娘会受不了的哦。"

"这倒是个问题。"

"你想试试进入克鲁克香克的电脑吗?"

"这可不是我的强项,可我愿意给你道德帮助。"

"笨蛋才要道德帮助呢。"我指着赖安的T恤,突然听到脑子里"嘿"了一下。

什么?电力?电筒?安琪儿?

哇哦。上次皮特的黄蜂队—球帽—青蓝色这一连串的神经反应再度发生,我脑海深处蹦出了一个名字。

"拉里·安琪儿。"

"我多么爱他,他走过我身边时我多么兴奋。"赖安作势拿着个话筒,模仿卡彭特唱了起来。

"不是约翰尼·安琪儿[①],是拉里·安琪儿。他曾经是史密斯协会的物理人类学家,那不是一篇论文,而是一本书里的一章。"

赖安跟着我到了书房,我从实践教学时借给学生看的小书架上抽出一本书。

找到了。一张黑白的第六节颈椎的照片上,清楚地显示出左前突的前面有一条铰链状裂缝,后面有一条头发丝细的裂缝。

"哇哦。"赖安叫道。

"哟呵。"我也叫了一声。

我们一起把文章浏览了一遍。

[①]赖安唱的这首歌歌名就是《约翰尼·安琪儿》。

读完，我全身感到冰凉。

我知道蒙塔格、赫尔姆斯和克鲁克香克是怎么死的了。

29

"我曾经抓过一个喜欢用西班牙绞车绞死受害者的罪犯。"赖安说的是安琪儿书里描述的武器的俗称,"这家伙被称做黎塞留的圣吉恩,是个老派人物,很讨厌枪。

"他一般是把绳子套在受害者的脖子上,另一端系在固定物上,比如说一段管子、一把螺丝刀什么的。然后转动这个物体,绳套就越来越紧。这法子简单,但要勒死一个人却非常有效。"

这跟安琪儿描述的一模一样。

我听了简直快说不出话来。"这就能解释为什么只有一块脊椎裂了,而且只在一侧,因为绳子把力量集中起来了,而那个节就在左边。"

我回想起尤里克·蒙塔格脖子上的那条凹槽,还有她拼死挣扎留下的指痕。

"这也解释清楚了死因。"我接着说,"C-6和C-7一般呈五到十度的斜角。如果外力从前面作用到动脉角突的话,力量就会顺着它向下、向后传递。"我顿了一下,"脑部的血液循环就会受阻,而且空气也没法进入肺部了。"

"你确定这三个人的伤都是一样的吗?"

我肯定地点点头。

赖安蓝色的眼睛直盯着我。"这么说醉鬼私家侦探根本不是自杀的?"

"克鲁克香克、赫尔姆斯和蒙塔格都是被绞死的。"

"那杀人目的是什么呢?"

"不知道。"

"赫尔姆斯和蒙塔格还同时被刀捅了,或是刺了、扎了。而克鲁克香克却没有。为什么?"

"不知道。"

"赫尔姆斯被胡乱埋掉了。蒙塔格被装在桶里扔进海中。克鲁克香克被吊起来了。"

"别再问为什么。"

赖安果真没再问第三个"为什么"。

我站起来,抓起手机。"就是那个诊所,所有的事情跟那个诊所有关。"赖安看着我按号码,"卡利特不是说要三条线索吗?我给他找到了三条。可现在他在哪儿呢?跟些狐朋狗友不知道上哪儿钓鱼去了。"

卡利特的接线员还是在重复早先的信息,警长联系不上,我再次重申我有急事要找他。等我问警长家的电话或是手机号码时,人家挂机了。

"狗娘——"

"别着急。"赖安提醒说,我的理智也在警告我不要冲动。"给爱玛打个电话。"

我照办了，爱玛对我的发现很惊喜，但是她也只说迟一个晚上报告没什么关系。

"好极了，你跟那个猪头警长一样冷漠。不断有人失踪，最后发现他们都死了，可这他妈有什么关系？谁叫时间不凑巧呢！今天是阵亡战士纪念日！"

赖安抱起手臂，低下头。

"唐普——"爱玛试图打断我的长篇演说。

"再烤两块排骨吧，再开瓶啤酒吧！吉米·雷·蒂尔正在哪个地方腐烂呢，脖子上还套着根绳子；海琳·弗林也一样。谁知道啊？可能还有一堆的妓女、精神分裂者都一样。可他妈的这就是假期！"

"唐普——"

"克鲁克香克、蒙塔格和赫尔姆斯都被绞死了，爱玛，这些冷血的疯子正在把绳子套在活生生的人身上搅动着呢。天知道他们对赫尔姆斯和蒙塔格还做了些什么。"

"唐普。"

"难道只有我一个人关心这些人吗？"现在连我自己听着都有些声嘶力竭、气急败坏了。其实如果蒂尔和弗林真的死了，紧急行动也救不了他们。

"我想要你给我姐姐打电话。"

"什么？"这可是突如其来。

"你能帮我这个忙吗？"

"好的。当然。"哦，上帝啊。发生什么了？"怎么了？"

"我们两个人之间的争执太长了。"

我哽咽了一下。"你今天看了拉塞尔医生吗？"

"我明天去。"

"你怎么突然改变了主意?"

"你找到萨拉。告诉她我需要她来看望一下。"

"我要——"

"是的,告诉她我病了。"

"给我号码。"

有点尴尬的停顿。"我不知道。"

我用刚学到的找医生的办法,没几分钟就在互联网上查到了马克·普尔维斯。他是南卡罗来纳州纳什维尔两家医院的在职心脏科专家。不像马歇尔,普尔维斯的简历可是清清爽爽,一目了然。

通过其他几个网站,我还了解到马克·普尔维斯和他在南卡罗来纳州南佛罗伦斯中学的八一届毕业生萨拉·卢梭结了婚。网上还有萨拉的一帮同学想跟她联系呢。这就是互联网!

我还找到了普尔维斯的家庭电话、地址以及去他们家的地图。上帝保佑电子时代。

普尔维斯的管家告诉我们医生和妻子去意大利度假了,要到六月初才能回来。

我差点把手机砸了,难道全世界都联系不上了吗?

看到我这么气恼,赖安提议到海滩上去走走,博伊德立即表示支持。散步时,我们一致得出的结论是:今天还能取得进展的就只有克鲁克香克的箱子和笔记本电脑了。

回到"望海居",我们喝了点东西,然后直奔书房。赖安和我占据了沙发。博伊德躺在我们脚下,博迪也加入进来,但只是待在壁炉那里远远地看着。

"你想破解克鲁克香克的密码吗?"我问。

"你认为呢,胡赫?"赖安自打第一次见面就开始用这外号叫博伊德。

博伊德抬起头,抖了抖眉毛,然后把下巴贴到自己的爪子上。

"胡赫说没问题。"

"我来检查一下这最后一个箱子。"我没提为什么还会有几个物件没检查。没必要搅起星期三晚上我和皮特一时冲动拥抱在一起的记忆了。

可是我一打开盖子,星期三晚上在车道上发生的那一幕又历历在目了。

"煮了什么?这么好看?"皮特的声音从大厅里传了过来。

赖安不自觉地咬紧了嘴唇。

博伊德冲出房间,我先听到咚咚咚的脚步声,然后是稀里哗啦的高尔夫球棒碰撞声。不一会儿,皮特出现了,大狗绕着他左蹦右跳的。

"顾问。"赖安对皮特点头打招呼。

"侦探。"皮特也对赖安点头。

"唐普。"皮特冲我点头,成熟、礼貌,然后是一丝诡异的笑。

"小背心。"

不许这样叫,我使眼色警告他。

"有什么新闻?"皮特问,一副没心没肺的样子。

我把最新的进展告诉他了。

"我准备检查一下最后一件东西,赖安想要看看那些笔记。"

"侦探肯定能做低级律师做不了的事。"皮特的声音里磨刀霍霍,他转向赖安,"你觉得能找到发现杀手的关键吗,安迪?"

"不,在伊拉克一切行动听指挥,皮特。"

"我忘了。"皮特用手指着赖安说,"安迪是个快乐的家伙。"

"你是把笑容存在了皱纹里。"

皮特比画了一个开枪的姿势。"好好查吧,伙计们。我要去洗个澡了。"

博伊德跟着皮特往门口走。

"皮特?"

他转过身来,"哎,小背心?"

"你在 GMC 有没有感觉出克鲁克香克被杀的理由?"

"目前为止没有。"他转身对赖安说,"顺便说一句,衣服买得不错,黑色是万能色。都不用洗了。"

我看着皮特离开,感觉很复杂。恼火?遗憾?不,更多的是一种失落的伤感。

我把克鲁克香克的奖品——那个棒球、警察的随身工具还有照片等等放到一边,找到了还没来得及看的那本书和两个信封。

书的名字叫《犯罪编年史》,声称详细描述了"当代最为臭名昭著的罪犯及其令人发指的罪行"。真是无奇不有。

我翻了一下目录。所有耳熟能详的嫌疑犯都榜上有名。莉琪·波登、特德·邦迪、克里平医生、杰弗瑞·达默、阿尔伯特·费雪、查理·曼松、开膛手杰克,彼得·苏特克利夫[①]。

我心里一动,克鲁克香克为什么对连环杀手感兴趣呢?个人兴趣?还是想通过这个更深入地思考查尔斯顿的失踪案?

我把书放到茶几上,打开了克鲁克香克的第一个信封。里面有一

[①]均为历史上著名连环杀人犯。莉琪·波登是杀害父母的女教师;特德·邦迪杀害校园女同学;克里平医生杀妻并肢解;杰弗瑞·达默同性恋杀人狂,食人狂,阿尔伯特·费雪是恋童食人狂;查理·曼松是邪教杀人狂,负有三十五条人命;开膛手杰克是十九世纪伦敦街头杀人开膛的恶魔,最终未能伏法;彼得·苏特克利夫被称为约克郡屠夫,现世重生的开膛手杰克,最终落网。

张复印件和几张从网上打印下来的材料。后者看起来怎么那么眼熟?非常眼熟。

"克鲁克香克也在调查莱斯特·马歇尔,"我说,"他去了我去过的同一个医生资格查询的网站。"

"很正常啊,既然他也在监视马歇尔行医的地方。克鲁克香克有什么你还没发现的新东西吗?"

"没有。但是他的一些调查和另一个医生有关。多米尼克·罗德格里斯和马歇尔都于一九八一年毕业于圣乔治医学院。他在加利福尼亚圣地亚哥分校当住院医师,然后一直在那儿行医到一九九〇年。网站上没有进一步的资料。"

我又拿起那张复印件。

"看起来克鲁克香克拿到了一张圣乔治医学院八〇到八五年毕业生的医生职务名单,这好像不是从网上下载的。"

我一边说一边念。

"好多外国名字,有些职位挺不错的。神经科——芝加哥大学;内科——乔治城大学;急救室——杜克大学。没有莱斯特·马歇尔,但是多米尼克·罗德格里斯的名字上被画了个圈。你觉得克鲁克香克对这个家伙感兴趣仅仅是因为他是马歇尔的同学吗?可为什么是罗德格里斯呢?他是做手术的,马歇尔是做家庭保健的。"

赖安想了想。

"马歇尔一九八九年的时候从塔尔萨消失了,到一九九五年才出现在查尔斯顿。你刚才说罗德格里斯一九九〇年的时候也不见踪影,这就奇怪了。"

我把东西放回信封的时候在箱子内壁处发现了一张传单。拿出来一看,是一张旅游宣传单,传单上宣传的是墨西哥巴亚尔塔港的一个温泉。

"罗德格里斯可能是个墨西哥人。"我举起广告说,"他有点想家了。"

"是吗?"意思是不可能。

"当然可能,外科医生压力很大。或许罗德格里斯一九九〇年就回到巴亚尔塔港做医生去了,那里没什么压力。"

"温泉地?"

"广告里说它是世界上仅有的几个有正规医疗人员提供服务的温泉疗养地。"

"什么服务?"

"有个电话可以打。"

"可能克鲁克香克拿着这张广告只是为了到边境偏远处去找个消除瘾癖的地方。"

"为什么?"

"这家伙是个酒鬼。"

"那为什么非得是墨西哥?"

"那里的玉米饼好吃。"

我白了他一眼。"那些密码有进展吗?"

"有啊。"

"真的?"

"当然。"

"是什么?"

"别着急,大小姐。"

我把传单扔回箱子里,打开了第二封信。

还是老花样,复印件和打印件,大概有六七张吧。有单页的,也有几张订在一起的。

我拿起来读。开始时我读得有点晕，慢慢的，我看懂了。房间周围的东西消失了，一股不祥的感觉笼罩了我。

读完这些文章，我又查看了一下那本犯罪书的目录，找到了。我用冰凉的手指翻开我所要的那页，上面还有一张即时贴做着记号呢，说明克鲁克香克也曾仔细研究过。

我脑子里的每根神经都在说不可能！这个解释太恐怖了。可是每点都很符合。诊所、失踪，还有赫尔姆斯和蒙塔格遗骸上的切口。

难道海琳·弗林被杀就是因为她发现了真相吗？是不是她在查找经济问题的时候碰巧发现真相呢？克鲁克香克是否也发现了呢？

我张嘴想跟赖安说一下这个可怕的推测，可是来不及了。

接下来的几幕来得如此突然，在我的记忆里是那么混乱，我永远也没能按顺序把它们组织起来。

皮特往厨房里走，博伊德大叫着从书房里蹿出去，厨房的灯影在走廊的墙上晃动。一声枪响，我趴在地上，赖安把我的头按在地毯上，赖安的身体离开了我的背，我半蹲半趴着向厨房爬过去，心里恐惧极了。狗叫声更加疯狂了。

我的血管突突地跳着。皮特躺在地板上，一大摊殷红的颜色在他身体下面弥漫开来。

30

救护车到了，赖安紧紧地抱着我。两个医护人员正在对皮特进行抢救，博伊德被关在餐具室里，凄惨地哀叫着，不断地用爪子抓着门。我和它一样恐惧，厨房里仿佛被血洗过了，有谁流了这么多血还能活下来的吗？

虽然我一直追着他们问情况，可是没人理我。他们手忙脚乱地插好管子、包扎好伤口之后，把皮特绑在了矫正板上抬上担架迅速地推走了。

两个棕榈岛的警察也赶到了，问了一系列问题。他们的铭牌上分别标着凯帕和约翰逊。凯帕还问到我手上的擦伤，我向他描述了上星期四被瓶子砸到的事件。凯帕记录下来了。

赖安向他们出示了警徽，告诉他们说他也正在工作，并试图改变问话的导向。凯帕和约翰逊说他们能理解，可是他们还是必须填好意外事件报告。

我简要地说明了皮特到查尔斯顿来的目的，凯帕问我认为谁可能会想杀害他。我建议他们去查一下赫伦和ＧＭＣ诊所的人，凯帕的表情表明他认为这不大可能。

"可能只是场沙滩惨剧。"约翰逊说，"某个该死的孩子偷了老爸的枪，还弄到了子弹，就开始朝天乱放，这在长假里经常发生。"

"难道这里每个周末都有人军训吗？"赖安质问道。

我也知道这种解释荒谬至极，可是我没心思跟他们争论。我只想跟着救护车去。

枪击后一个小时，赖安和我终于到了南卡医学院附属医院的急救室外面。这次我们是从阿什利大街过来的，我心中暗暗祈祷皮特还能从这一侧出去。

一个小时过去了，又一个小时，皮特还在手术中。他们就这一句话：他还在手术中。

急救室一片混乱。全国性假日造成的冲击让医院值班人员们忙得不可开交。一家六口被爆炸的野外烧烤架烧伤；一个小孩差点在游泳池里淹死；一个醉鬼被惊马撞了；一个女人被老公揍了；一个男人被情人开枪打伤；还有喝药过量的、脱水的、中暑的、食物中毒的等等。我们好不容易才挤到楼上的手术等候区。

等到第三个小时的时候，医生终于出来了。他一脸倦容，手术服上鲜血淋漓。我心头一紧。想从他脸上看出点什么来，却没有成功。

赖安抓住我的手，我们站在那儿等候宣判。

"布兰纳博士？"

我只能点头，都不敢出声了。

"彼得森先生的手术完成了。"

"他怎么样？"

"我们取出了子弹和碎片,他的右肺受了些伤。"

"别骗我。"

"他失血过多,接下来的二十四小时很关键。"

"我能看看他吗?"

"他被送到重症监护室了,护士会带你们去的。"

重症监护室跟刚才楼下的混乱形成了极其强烈的对比。灯光较暗,唯一能听到的声音就是手推车轮子的滚动声和远处压低了的悄语声。

出了电梯,我们跟着护士走到了一间四面全是玻璃的房间前。一个护士坐在中央,看护着床上的每一个病人。

今天晚上,这间四面透明的病房里有三个病人,皮特是其中之一。

如果说看到爱玛也躺在急救室里让我大吃一惊的话,那也远比不上我看到手术后的皮特的震撼。这个六英尺高、虎背熊腰、生龙活虎的男人现在脸色土灰地缩在病床上。这个拉脱维亚智多星现在看起来那么小、那么脆弱。

皮特嘴里、鼻孔里、胸腔上,还有手臂上插满了各种管子,每根都用胶带粘着。床头的点滴架上挂了好几个袋子,各种机器围着他,又压又转又抽。监视器上显示着忽高忽低的生理曲线,不断发出有节奏的嘀嘀声。

赖安感觉到我忽然抽了口气,又一次紧紧地抓住了我的手。

我两腿发软,赖安又扶住了我的腰。

我把手掌贴在玻璃上,闭上眼,念起了孩提时代就已荒疏的祷文。

我不顾医院的规定,拨通了凯蒂的手机,结果是电话留言。怎么说呢?"凯蒂,我是妈妈。请你立刻回电,有重要的事情。"

要不要留在这里?护士说皮特今晚不可能看见、也不可能听见我们在这儿。"回去休息一下吧,有什么情况我会给你们打电话的。"

我接受了建议。

回去躺下,赖安问出了我一直在心中问自己的一个问题。

"你认为枪击的目标是皮特吗?"

"我不知道。"

"那颗子弹可能是射向你的。"

我没说话。我觉得开枪的人足够近了,应该能分辨出男女来的,但也许他看到只是窗帘上的侧影。

赖安进一步思考。"我们到那诊所的时候,没有人特别激动。要是你真的快接近什么真相的话,那些人会坐立不安的。"

"棕榈岛的警察好像见怪不怪。这是美国,又是阵亡将士纪念日,人们习惯开枪庆祝。"

"那个开发商叫什么?"

"小鬼杜普利。"

赖安也在沿着我的思路往下想。"出现一辆可疑的车,然后你又被瓶子砸伤了,都发生在你挖掘杜普利开发区的时候。"

"那瓶子事件可能和枪击完全没有关系。"

"杜普利威胁过你。"

"杜普利可能跟扔瓶子有关,但他不可能开枪或是雇人来开枪。这对他来讲就过头了。另外,我的报告已经交上去了,他开枪打死我又能得到什么好处呢?其实应该说事情都发生在我在迪威岛上发现了赫尔姆斯的遗骸之后,所以赫尔姆斯才是诱发点。"

"也可能是蒙塔格。"

"还可能是那家诊所。"我突地坐起来,"哦,天哪,我太担心皮特,把这事都忘了。"

我掀开被子,冲到楼下去,博伊德也跟在脚后。

克鲁克香克第二个信封里的东西还散落在书房里。我抓起这些纸片,还有那本关于罪犯的书又冲回楼上,博伊德紧跟不舍。

"你听说过威廉·布克和威廉·哈尔吗?"我钻进毯子里问赖安,赖安摇摇头。

"布克和哈尔在不到一年的时间里背负了十条人命。"

"何时何地?"

"爱丁堡,一八二七年到一八二八年。那时候不列颠帝国法律规定,只有罪犯的尸体才能被肢解。而解剖和外科手术教学对新鲜尸体的需求超过了供应,因而盗墓就风行起来。"

"真是佩服苏格兰人,天才的经营者,哪怕是在犯罪方面。"

"那你就说错了,赖安。布克和哈尔是从爱尔兰移民到苏格兰来修建大联盟运河的,最后两个人都住到了一个叫麦吉·莱尔德的人的房子里,还有一个叫海伦·麦克杜格尔的人也住那儿。这四个人就成了酒友。

"一八二七年,拉尔德的一个房客病死了,还欠着房钱。葬礼那天,布克和哈尔抢了棺材,把这人的尸体卖给了罗伯特·诺克斯,爱丁堡医学院的解剖学教授。"

"卖了多少?"

"十英镑七先令,那时候这也是一大笔钱了。看到这么容易就能赚到大钱,这两个精明的家伙立刻就决定把贩卖尸体变成自己的职业。当另一个房客生病时,布克和哈尔捏着他的鼻子,蒙住他的嘴巴把他给闷死了,这就成了他们的运作模式,也是现在我们使用'布克'这个词来表示盗尸这一意思的来源。

"下一个受害者是海伦的一个亲戚,一个街头的卖艺人、皮条客。到后来,布克和哈尔犯懒了,或者觉得自己的手段高明了,就开始在附近搜索目标。慢慢地,邻居们开始注意到有人失踪了,而诺克斯医生的学生们也认出了解剖台上的脸孔。终于,当一个叫玛丽·多彻蒂的妓女被谋杀时,东窗事发了。

"被逮捕以后,四个人立刻就开始狗咬狗。布克和海伦被判了死刑,哈尔和麦吉·莱尔德选择了检举揭发。最终海伦被判证据不足;布克仍然有罪,处以死刑。临行前,布克承认他们总共杀了十六个人。"

"为什么非要谋杀呢?他们只要读读讣告再买把铲子就行了啊。"

"这些家伙才懒得动呢。挖坟可是件体力活。"

"克鲁克香克在收集关于布克和哈尔的文章?"

"还不少呢。"我扬了扬手中的纸。

赖安想了一会儿。

"你认为 GMC 诊所的人在为尸体杀人?"

"克鲁克香克在查证这个可能性。"

"那好,就算是这样。可是为什么?他们是怎么赚钱的?"

"我不确定。想想啊,他们可能在收集骨骼、内脏器官卖给医疗机构。你记得有个殡葬公司和人体组织采购公司勾结的丑闻吗?"

赖安摇摇头。

"这家殡葬公司未经死者家属同意,擅自从尸骨上拆下骨头,然后用塑料管子替代进行掩盖。据说阿利斯泰尔·库克[①]就是一名受害者。"

"你在开玩笑。"

---

① 美国著名新闻记者,播音员。

"新闻报道的,偷来的骨头被卖到为医院提供器官的公司,尸骨可以用来嫁接到别人身上。"

"但是卖骨头讲不通。赫尔姆斯被埋起来了,蒙塔格被扔到海里了,他们的骨头都完好无损。"

"可能是发现他们的骨头某些方面不符合要求。"

"哪些方面?"

"我不知道。好吧,也许不是骨头的问题。也许是罪犯被吓到了,作案时被发现了,或是清理设备时出问题了。各种原因都可能出岔子。"

"那又怎么解释那些切口呢?"

切口?后背靠下,腰椎和腹部一带。

布兰纳,要跳出框框想问题。别总盯着骨头。

我脑子里又冒出了个可怕的设想。

"但有一点你是对的。"赖安接着说,"赫尔姆斯住在人家后院的拖车里,蒙塔格无家可归,艾克曼有精神病,蒂尔也是住在大街上,脑子不正常。失踪的都是些什么人?妓女、吸毒者,这些都是些边缘人,没人关心的人。跟布克和哈尔选择的对象一样。"

不可能。我的这个假设想想都觉得可怕。

"但是除了赫尔姆斯和蒙塔格的死,其他都没有证明。"我几乎听不进赖安的话,"那我们能得出什么结论呢?克鲁克香克在研究布克和哈尔。克鲁克香克还在监视GMC诊所。海琳·弗林在那儿工作。蒙塔格和蒂尔是那里的病人。蒂尔死没死我们都不知道。"

"可是克鲁克香克死了。"我说,"因为他发现了某些事实而被杀掉了。赖安——"

"嘘。"

"不,你听着。"

赖安把灯关了,把我抱了过去。我要挣扎时,他把我抱得更紧了。我安静下来,两人在黑夜里静静地躺着。过了一会儿,博迪跳上了床。我感觉到它在我们身边转了个圈,然后躺下了。

尽管我身心疲惫,可是睡意全无。我脑中不断地冒出那个可怕的怀疑。然后又不断地自己回应道:不可能。

我不愿去想那个令人毛骨悚然的假设。为了平静下来,我开始默念:今晚休息,明天再查。

可是没用,脑子里思绪纷乱。我眼前不断闪现出插进皮特身体里的一大堆管子,觉得自己又在擦安妮家的地板,我的眼泪掉下来和皮特的血混在了一起。一想到明天要给凯蒂打电话说她爸爸死了我就不寒而栗,凯蒂去哪儿了呢?

我又记起给爱玛打的最后一个电话。要是她姐姐从意大利回来了,我又该对她说些什么呢?

我还想到了卡利特。他对我的态度是反感呢,还是只是冷漠?

我想到杜普利和他的威胁,那些话真的是威胁吗?他会做些什么呢?对于阻挠他们进度的考古学家,没有一个开发商会为他们在政府部门的朋友面前说好话。

一系列的面孔在我脑海里转成了一个无休止的圆圈。皮特、爱玛、卡利特、杜普利、莱斯特·马歇尔、柯尼·丹尼尔斯、阿德勒·贝莉、劳尼·艾克曼、尤里克·蒙塔格的悲惨死状、威利·赫尔姆斯没有肌肉的白骨,然后又是皮特。

床头闹钟的数字发出暗淡的橘红色的光,屋外的大海波澜不惊,发出轻轻的、含混的私语声。几分钟、一个小时,赖安在旁边,身体也没有松弛下来,他的呼吸也没有均匀到睡眠时有规律的节奏。

把我的怀疑跟他说说吗?

不，等等，再调查，有把握了再说。

"还醒着吗?"我轻声问。

"嗯。"

"想莉莉吗?"

"还有别的事。"赖安的声音很含糊。

"什么事?"

"克鲁克香克的密码。"

"你破解了?"

"除了赫尔姆斯那个。我认为大部分只是缩写、日期和时间。"

"C的意思是结案了。"

"这可真是个突破啊。"

我用胳膊肘捣了一下赖安。

"CD就是柯尼·丹尼尔斯，AB是阿德勒·贝莉，LM是莱斯特·马歇尔。其他一些还不确定，日期就很明显了。我觉得每个名字缩写后面的数字就是他们进出诊所的时间。"

"就这么简单?"

"还有很多含义，但我认为克鲁克香克就是在记录人们的进进出出。"

"只记工作人员吗?"

"有些是病人的，赫尔姆斯的不一样，那些笔记肯定和案件调查有关，而不是监视。因为赫尔姆斯在克鲁克香克受雇寻找海琳之前就失踪了。"

"如果克鲁克香克的笔记这么容易就猜出来了，那皮特怎么没想到?"

要是早些时候，赖安绝对不会放过这个挖苦的机会，不过今晚不一样了。"皮特看的时候我们还没有那些工作人员的姓名呢。几点了？"

我看了下钟。"三点十一分。"

"没关系，我觉得笔记里没什么东西了。"赖安又把我抱过去，"你不困吗？"

"我睡不着，赖安。"

"我在想克鲁克香克的笔记本电脑。"

"卡利特明天就想要回去。"

"我们最后再试试密码？"

"好的。"我还有另外的事要确认一下。我想的会是真的吗？

"你有克鲁克香克的警察编号吗？"赖安问。

"有个警徽，可是夏洛特警察局没有把编号打上去。"

"那克鲁克香克保留了什么其他的警察装备吗？枪套？手铐？手铐的钥匙？"

"有啊。有什么用吗？"

"和我们的光彩形象相反，我们这些执法人员并没那么复杂。教你一个老警察的把戏：用身份证号做密码。更老一点的警察的把戏：把你的身份证号写到某个私人物品上去。"

博伊德跟着我旋风般冲下楼梯，赖安不紧不慢地走在后面。等他到的时候，我早就找到了宝藏了。

"克鲁克香克在钥匙孔旁边刻了一串数字。"我把手铐扔给赖安，冲到桌子旁边，启动了那台戴尔电脑，"你念。"

赖安念了，我照着输了进去，白色的窗口上出现了黑色的进度条，不一会儿就变成了Windows的桌面。

"进去了！"

"先看邮箱吗？"赖安问。

我花了十分钟到处看了看。

"这台电脑安装了无线上网，但是没有邮件，我觉得木兰庄园没装网络，所以克鲁克香克可能是利用咖啡店和图书馆上的网，这里有无数个下载文件。你最好回去睡一觉。"

"你一个人行吗？"

"我可要看一阵子。"

赖安吻了吻我的额头，然后是一阵脚步声。他上了楼，博伊德还待在我脚下。

现在我脑子里除了眼前这台亡者的电脑再没别的了。在屏幕的微光中，安妮家有着漂亮风景的大窗户也不过是块长方形的黑色玻璃。我读了一个又一个的文件，心情越来越沉重。

等终于看完坐正，窗外已是天光泛白，辽阔的大西洋渐渐地显现在晨雾中。

追寻答案的过程结束了。

我的猜测是对的，我就知道是这样，现实真的就和我想的一样残酷。不过这些还得等等。

我现在还有自己的现实要面对。我给重症监护室打了电话，皮特没有变化。没有明显的好转，但是情况稳定。

再给凯蒂打电话吗？没用。如果她带着手机的话她应该已经听到我的留言了。如果没有，再打也只是又增加一条留言。如果过几个小时还收不到她的电话，我就给学校打电话要他们帮忙找人。

我在沙发上躺了下来。

31

"醒了吗?"我轻声问了一下。

"现在醒了。"

"他们杀人是为了夺取人体器官。"

"嗯哼。"赖安伸出一只手,我握住了它。

"克鲁克香克已经发现了。"

赖安爬起来,用一只胳膊撑住自己。他的头发乱糟糟的,蓝眼睛里睡意蒙眬。

"我也曾经想过这点,但觉得证据太少了就没有提。"

"的确是。"

"嗑了药的旅行者醒过来发现自己躺在冰镇的浴缸里?大学生在疯狂的晚会之后发现自己身上有了手术的针脚?"赖安的语调可不只是怀疑,"器官窃贼的故事这些年来流传得太多了。"

"克鲁克香克发现的比这些都市传说还要可怕,赖安。他们是把人扼死后,从尸体里把器官取出来。"

"怎么可能?"

我扳着手指头跟他说。"失踪人员的不正常死亡,骨骼上的切口。"赖安想说什么,我把他按住阻止了他,"切口和手术刀非常吻合,一个在美国的半吊子医生,勾搭上一个忽然消失的医学院同学,再加上墨西哥神秘的温泉疗养地。"

赖安又撑起来,在自己头下塞了个枕头。"给我看看。"

我也爬进毯子里,盘腿坐着,打开克鲁克香克的电脑放在盘着的脚踝上。

"克鲁克香克花了大量的时间研究人体器官的运输方式、黑市交易、查尔斯顿失踪人员,还有巴亚尔塔港附近的洛斯桑托斯一个叫阿布利哥爱斯拉多的地方。"

"就是那张广告上说的墨西哥旅游点?"

"是啊。"我哼了一下,"最后的圣地。"

我咬着手指,斟酌着怎么尽快让赖安明白我刚刚大致弄清楚的这一切。

"从上世纪五十年代早期开始,器官移植就变得相对普通起来。肾、部分的肝、肺,甚至是整个的肺都可以从生者身上移植过来。当然,后者比较罕见。而心脏、角膜,双肺或者胰腺就只能从死者身上移植了。

"问题是肯定没有足够的器官来满足需求。如果能用生者的器官,那你就很幸运了。你可以从家人、朋友,或是慈善捐献者那里找到匹配的目标,当然这种机会也很少。但如果你需要一个死者的器官,那你就得成年累月地等了。"

"坐以待毙。"

"在美国,需要死者捐献的人都会进入一个叫OPTN的网络,就是器官获取和移植网络。这个网站叫UNOS，也即'器官分享联合网'，是一个独立的非营利性机构。UNOS建立了一个器官受捐者数据库，还有全国各个器官移植中心的信息。UNOS还建立了一套谁先获得某种器官的排序机制。"

"病人要怎么样才能进入那个网络呢？"

"首先要有一个符合UNOS标准的移植医疗组，由这个小组从身体和精神上判断你是否合适。"

"什么意思？"

"这套规则很复杂，吸毒者、酗酒者以及吸烟者通常被排除在外。UNOS还根据潜在受捐者的健康状况、需求的紧急性、匹配性、在名单上等待时间的长短等等来排列先后次序。他们的目的是尽量让为数不多的器官用在真正需要的人身上。"

赖安打断我直奔要点。"所以那些被拒绝了的和不愿意等的人就设法绕开这个系统。"

"一些所谓的掮客就开始为那些付得起钱的人安排器官买卖，通常出卖者是自愿的，卖得最多的就是肾了。大多数情况是，发展中国家的穷人卖给富裕国家的人。富人出的钱可能是数十万美元，而出卖者得到的只是其中很小一部分。"

"这种情况普遍吗？"

"克鲁克香克在电脑里存有可观的研究材料，其中一些资料说肾的买卖是国际现象，伯克利大学的人类学家南希·舍佩尔·休斯建立了一个叫'器官守护'的非政府组织，声称他们已经搞到了阿根廷、巴西、古巴、以色列、土耳其、南非、印度、美国和英国的器官收集文件证明，克鲁克香克还找到了伊朗和中国的一些信息。"

我点了几下鼠标，和赖安一起浏览了其中一篇报道。

"你甚至可以购买一条龙服务。"我又打开了很多文件，两人一起默默地读着。

一个以以色列人为主的财团用十八万美元的价格推出了到土耳其或罗马尼亚之旅，一个纽约妇女以六万五千美元的价格买了一个巴西人的肾，然后到南非的一家私人诊所接受手术。一个加拿大人来到巴基斯坦直接用一万两千五百加元的现金买了一个肾。

"看看这个网站。"

我又点开一个下载文件。一家巴基斯坦医院声称有五十张病床，他们开出的一万四千美元的总价中包括三个星期住院费、每日三餐的费用、三次手术前的透析费用、所有付给提供者的费用、手术费用以及术后两天的医疗费用。

"天哪！"赖安的声音震得我心跳。

"在大多数国家这是违法的，但也有例外，比如在伊朗就是合法的，但受相关条例的约束。"我又打开一个文件，"美国一九八四年通过的《全国器官移植法案》禁止为器官提供者支付任何报酬。《统一解剖捐赠法案》允许个人将自己的部分或者全部身体在死后捐出，但一九八七年的修正案禁止为任何此类捐献支付报酬。"

"行了，咱们面对的可是用钱买肾的情况。那谋杀呢？"

我点开几个文件。

一九九五年六月，南非，摩西斯·莫克哥蒂为了获取器官谋杀了六个儿童被判谋杀罪。

二〇〇三年五月，墨西哥的奇瓦瓦市和休达·华雷斯市，自一九九三年以来数以百计的妇女被杀害后抛尸沙漠。美国联邦警探说有证据表明这些妇女是国际器官走私集团的受害者。

日期不明，乌兹别克的布卡拉市，在一个叫卡拉耶夫的家里，发现了六十名失踪人员的护照、大量的现金,还有成袋的身体器官。他们的公司叫卡拉公司,声称专门提供签证和海外工作。警察发现,实际上卡拉耶夫杀害了他们的客户,并且和医生合作把器官走私到俄罗斯和土耳其。

"天哪!"

"从新鲜尸体盗取器官的事就更常见了。"我说,"不仅仅是在第三世界国家,器官守护组织还曾经报道过美国的案例。那些脑死亡的病人家属们接到过高达百万美元的开价,要求他们在病人死亡后立即提供器官。"

这时天已经大亮了,我起来把玻璃门推开。海风带来的气息让我想起了儿时和妹妹哈莉一起俯卧冲浪,中学时和好朋友一起在沙雕边聊天,后来和皮特、凯蒂一起玩沙堡。

一想到皮特我的心就揪起来了。

我真想回到那年美好的夏日,忘掉这些令人恐怖的皂化尸体,还有手术刀和杀人的绳套。

"那么你认为 GMC 诊所在大街上抓来流浪者、夺取他们的器官?"赖安的话又把我带回现实,"而克鲁克香克马上就要报警了?"

"我觉得克鲁克香克一定是被杀人灭口了,而且海琳·弗林可能也因类似的理由被杀了。"

"那谁是嫌疑犯呢?"

"这我不大确定,但手术得要好几个人,而这家诊所就是核心。不是大街上随便一个人就能把肾脏取出来的。"

我回到床上,打开另一个文件。

"取出一个器官有时也不是太复杂,比如心脏,只要把血管扎紧,把低温的保护性溶液打进去,取完后把血管封好,然后把心脏放在灌满防腐剂的袋子里，再把袋子用冰包着装进普通的冷藏箱里运到目的地。"

"这能维持多久？"

"心脏可以保存四小时，肝脏可以保存八到十小时，肾脏有三天呢。"

"心脏移植时间就很紧张了，而要运给肾脏受植者的时间就很充裕。"

"克鲁克香克从藏在山里的一处术前消毒设施里观察了洛斯桑托斯的阿布利哥爱斯拉多很久，你知道这意味着什么吗？"

赖安摇摇头。

"一个与世隔绝的健康中心，你看看他们网站上的广告吧。"

赖安越读眉头皱得越紧。"'祖传的治疗方法针对每个高贵的客户。'这他妈是什么意思？难道修个脚还得先看家谱？"

"意思是说打电话给我们，把你的情况告诉我们。如果你的病情和钱包都确实的话，我们就能给你一个肾。"

"我想要把肾植进体内可不像取出来那么容易吧？"

我看着赖安的眼睛说："植入可是需要一名外科医生和一大堆精密仪器的配合。"

赖安的表情说明他在跟进我的思维，我们都在接近一个令人震惊的结论。过了有一分钟，他说话了。

"你掌握的GMC的情况是：他们专盯着吸毒者、精神病患者、流浪汉，不时有几个病人消失，可没人注意到。还得要一架飞机、冷冻箱，和一个不怎么管闲事的飞行员，或者这头骡子也是一伙的。有一个有经验的外科医生在一个与世隔绝的地方做手术，专门为那些需要器官、愿意出大价钱的人服务。"

"莱斯特·马歇尔和多米尼克·罗德格里斯是医学院同学,又大约在同一时间失踪。"我说,"罗德格里斯还是个外科医生。"

赖安接着往下说:"两个老同学勾搭上了,想出了个用器官换金钱的计划。马歇尔来了这儿,罗德格里斯去了巴亚尔塔港,建了一个温泉疗养的地下诊所。"

"或者罗德格里斯离开圣地亚哥的确是为了回墨西哥行医,是马歇尔有了麻烦,逃到南方然后两人勾搭上了。"我补充。

"马歇尔把器官取出来,罗德格里斯把它们植进去。捐献者不会抱怨,因为他们拿到了钱或是被杀掉了。受植者也不会抱怨,因为他们知道这是非法的。一位就几十万,能买多少玛格丽特酒啊!"

"毒品一直从墨西哥流向美国,"我说,"为什么器官就不可以反向而行呢?这东西也不大,很容易运输,获利却巨大。而且这样也解释了切口、绞杀和藏尸体这些疑问。"

"布克和哈尔的故事有了升级版了。"

一只海鸥停在了甲板的横木上,博伊德对着纱窗大喊大叫,摇头摆尾,海鸥只好飞走了,小狗转过身看着我们,赖安和我也看着小狗,脑子里想着同样的问题。赖安先说了。

"我们现在还只是推理。我们需要调查罗德格里斯的背景,看这家伙是否在墨西哥,我们还要知道马歇尔那六年到底去哪儿了,他为什么失踪,我们还要查一下查尔斯顿地区的飞行员资料以及船的资料。"

赖安看上去还有不明白的地方。

"威利·赫尔姆斯的尸体必须通过水路才能运到迪威岛上去,尤里克·蒙塔格也是被扔到了海上,我怀疑杀手使用的是渡船。"

"这个镇上不是家家都有一条船吗?"

我想了一下。"我们再看看克鲁克香克的笔记吧。你认为有些字母是缩写,你是对的。那我们干吗不把那些字母组合,再和其他查尔斯顿的失踪人员名单对照一下呢?"我把我的想法说了出来,"如果发现有对得上的,就可以把他们的失踪也和GMC联系起来了。"

"从日期来看,克鲁克香克对这地方的监视只在今年的二三月份之间。"

我的思维进一步活跃起来了。"好的,我有从爱玛那里拿来的失踪人员档案,应该能对上克鲁克香克调查这段时间的失踪人员。我来查一下每个失踪者的最后出现时间,列一张表,说不定就能和小型飞机的飞行记录相对应呢。"

"这可就要求大范围的警力合作了,尤其涉及的不止查尔斯顿一处的机场。况且,走私者会登记他们的飞行记录吗?"

"好吧。那失踪事件总能和飞机从机场起飞的时间保持某种一致吧。"

"也许人家的飞机根本就不停在机场。如果他们是没登记的飞机,人家根本就不从机场起降。"

我突然又想到一点。"GMC怎么样?他们有飞机。有没有可能这事情超越了马歇尔?赫伦和他的手下拒绝回应海琳的投诉,然后她就失踪了。"

"海琳投诉的不是他们的基金运作吗?"

"这只是赫伦的一面之词。可是他和他的人都拒绝帮助克鲁克香克寻找海琳,然后克鲁克香克也死了。皮特去查问时也被阻挡在外面。现在皮特也遭到了枪击。是不是GMC高层也卷进来了呢?赖安,GMC可是在整个东南地区都有诊所。"

"我们先别急着扩大。卡利特什么时候来?"

"他说今天早上第一件事就是要收回克鲁克香克的电脑。"赖安掀开被子,我抓住他的手腕,"卡利特破案的时候一点也不帮忙,你觉得他有可能是在保护赫伦吗?"

赖安拉起我的手,在手指上亲了一下。"我觉得卡利特是可靠的。"

"也许你是对的,可我们有足够的东西说服他吗?"

"你给爱玛打电话,说说我们的想法。海琳对她父亲、对赫伦有很多非议,然后她就失踪了;克鲁克香克对海琳的追踪;克鲁克香克收集的关于布克和哈尔的材料;还有UNOS、器官贸易、罗德格里斯医生和巴亚尔塔港诊所;克鲁克香克、赫尔姆斯和蒙塔格被绞死的证据;赫尔姆斯和蒙塔格椎骨和肋骨上的手术刀切口。问问爱玛你在赫尔姆斯尸骨旁发现的睫毛的DNA报告什么时候出来。"

"还要再捡点人家吐掉的口香糖吗?"

"只在电视上看过,不过我就是个拿可乐瓶子当武器的人。"赖安说。

"那个夹住睫毛的贝壳是淡水品种,却出现在了咸水沙滩上发现的赫尔姆斯尸骨旁。我们应该看看马歇尔是否住在淡水沼泽或是河流小溪边。"

"厉害啊,布兰纳博士。"

"还有迪威岛。这个岛的人口比梅伯里的少,没有桥或者其他的通道,只有渡船,还只运送居民和游客。"我喘口气,"一个罪犯通常会把尸体扔在哪儿呢?只能在他或她力所能及的范围内。"

"你太棒了!"

"谢谢夸奖,赖安侦探。"

"我们现在这样安排:你打电话给医院,问问皮特怎么样了,然后打开你的电子表格,把最后见到失踪人员的时间填进去。我也要打几个电话,等我打完了我们研究一下马歇尔和迪威岛上毫不知情的居民们。"

赖安抓起他的冲浪短裤。

"道格·卡利特警长做梦也想不到有什么在等着他。"

32

值班护士告诉我皮特醒了,还说话呢,他的生理指标都很稳定。医生早上会来查房,然后才能决定他还要在病房待多久。

我小心地组织了写给凯蒂的电子邮件中的语言。"你爸爸要住几天院,他在棕榈岛安妮家住的时候被一个闯入者开枪打伤了。不用担心,他恢复得很好。他现在住在查尔斯顿南卡罗来纳医学院附属医院。不等你到这儿他肯定就已经康复了。他下次见你的时候会告诉你事情的原委的。爱你的妈妈。"

然后接着做失踪人员名单表,时间记录可以回溯五年。我快做完的时候,赖安进厨房倒了杯咖啡,坐到了桌前。从他竖起的眉毛我意识到自己一定很邋遢。

"不许说出来,赖安。"

"你欠了一个叫杰瑞的人很多很多苏格兰威士忌了。"

"谁是杰瑞?"

"匡提科的一个哥儿们，NCIC里搜不到任何多米尼克·罗德格里斯信息，但杰瑞有他自己的路子。"赖安嘴角冒出一丝微笑。"杰瑞是个路路通。"

"别逗我，赖安。"我抓起头发绾成了一个髻。

"杰瑞喜欢格兰威特威士忌。"

"知道了。"

"罗德格里斯是个墨西哥人，出生在瓜达拉哈拉。"赖安故意停下来，抿了一口咖啡，慢慢地回味着，"他现在是墨西哥洛斯桑托斯的阿布利哥爱斯拉多健身疗法主任。"

"有话快说！罗德格里斯为什么离开圣地亚哥？"

"就在我们说话的时候，杰瑞还在查呢。下面说说莱斯特·马歇尔。"

又得等他喝一口咖啡。

"这个名字可是熠熠生辉啊。"

"开玩笑吧。"我的心开始怦怦乱跳，"马歇尔都干了些什么？"

"合格的医生在药品方面总是小心谨慎的。"

"私开处方？"

"还有给病人多开药品，他靠着开些受控制类药品，小日子还过得不错。后来终于被同行揭发了，马歇尔的执照被暂停了一段，但显然这家伙毫无悔意。后来又遭到投诉和调查，他的执照被吊销了。塔尔萨的检察官还不满意，提起了刑事控告，马歇尔蹲了十八个月的监狱后就跑得没影了。"

"那马歇尔从塔尔萨到查尔斯顿之间在干什么？"

"杰瑞还在查呢。你的日期列好了吗？"

我给赖安看我的列表，他开始做数学作业了。

"洛斯桑托斯的阿布利哥爱斯拉多健身所一九九二年开张,马歇尔一九八九年在俄克拉荷马停止行医,一九九一年坐完大牢之后离开这个州,一九九五年就出现在这里了。"赖安拍拍我的列表,"如果卡利特的副手逮住的那位醉鬼老兄没胡说,赫尔姆斯是在二〇〇一年九一一事件之后失踪的,而其他人在他失踪后很久才又失踪,要么是因为马歇尔和罗德格里斯两人花了点时间来磨合,要么就是有新案子需要立案了。卡利特打电话来了吗?"

我摇头,头上的发髻散了。

"我怀疑有没有鱼上钩。"赖安帮我把几缕头发别到耳朵后面去。

我拿起手机,这次卡利特的接线员帮我接通了。我没时间跟他寒暄。

"马歇尔杀人是为了盗取他们的器官。"

"这可是个很严厉的控告。"他还是语调平淡,"我听说枪击的事了。律师的情况怎么样?"

"康复得很好,谢谢关心。"

"棕榈岛的警察去了吗?"

"是的。"

"他们怎么说?"

"他们倾向于认为是偶然事故。"

"嗯。"

我不知道这是什么意思,可我现在不想讨论这个。

"赫尔姆斯和蒙塔格骨头上的缺口和手术刀的刀锋吻合。"

我又听到了一个"嗯"之后,接着说了我在克鲁克香克电脑上发现的东西。等我说完,卡利特发出了点什么声音,我就当是"继续"的表示,就把对马歇尔和罗德格里斯的发现又简单说了一下。

"你说的还是赫尔姆斯和蒙塔格。"卡利特咕哝着。

"这是目前所发现的。还有一个叫吉米·雷·蒂尔的失踪人员也是GMC的病人,天知道还有多少。我认为是有人杀了克鲁克香克来堵他的嘴,防止他报警。海琳·弗林很可能也是这样被杀了。"

"嗯哼。"

"一个叫劳尼·艾克曼的精神分裂者二〇〇四年就失踪了,有个记者三月份重提了这件事,结果艾克曼的妈妈上星期二就死在了她自己的车里,有人杀她可能是防止把吉米·雷也跟GMC联系起来。"

"一个埋掉了,一个扔到海里,一个吊在树上,一个死在车里。作案手法毫不相同。"

"策划这案子的人一定很狡猾,他可能故意采取不同的作案方式。这样万一尸体被发现了,我们也不一定会把它们联系起来。可有一件事情是确定的。我们有三个受害者是被绞死的。"

"那个墨西哥诊所在哪儿?"

"洛斯桑托斯的阿布利哥爱斯拉多,在巴亚尔塔港。"

我听到卡利特的椅子转动的声音,然后是:"你想要做什么?"

"我需要你收集你辖区内私人拥有的或租借的所有飞机的信息,尤其是被GMC或马歇尔使用的记录。如果可能的话,还有当地所有登记过的私人飞机名单。"

"我会叫副手去办的。"

"还要调查一下谁有可能很方便地把迪威岛当做埋尸的地方。"

"你发现赫尔姆斯尸体的时候我就列了一张迪威岛房主的名单,其实真正住在岛上的没几个人,大多数房子都是休假用的,还有很多人买了就是用来出租给游客的,要查从二〇〇一年到现在的出租记录可就得花上一阵子了。那些私人业主出租的时候常常是不做记录的。"

"查吧。马歇尔住在哪儿你知道吗？"

"等一下。"

在我等着的时候赖安的手机也响了，我只听到他不停地说"是"、"嗯哼"，看到他记下了一些东西。

"马歇尔在凯瓦岛有住所。"卡利特回来了，"在万达豪斯庄园。"

"对一个在慈善诊所坐半天班，只是开点药丸的人来说这有点奢侈了吧？他有船吗？"

"我会查的。"接下来卡利特就说出了我早已料到的警告，"从现在起，你和你那位没出事的男友不许去碰马歇尔了。如果你说的都对的话，没有理由去把他惹急了。"

"如果？"我的火气腾的就上来了。我本来不具备南方人温良的美德，现在这点温良就更是无影无踪了。"马歇尔是个罪行累累的家伙，GMC两个病人和一个职员不见了。天知道弗林的尸体在哪里！"

"是你告诉我罗德格里斯没有犯罪记录的，他是个墨西哥人。他放弃在美国行医离开加利福尼亚到墨西哥开业，没人告诉我他跟南卡罗来纳州有什么关系。我没理由要求墨西哥警方提供资料，你和我一样清楚，基于以前的历史去讯问一个人叫骚扰，这是道德问题。"

"有很多理由。罗德格里斯可能——"

赖安拍拍手要我注意，他扬了扬手中的记事本，我抬眼看他的笔记。

"罗德格里斯不在NCIC数据库是因为他在美国没有犯过事，他被吊销执照是因为他在加利福尼亚行医时和病人发生性关系。"

我疑惑地看了赖安一眼，他赶紧点头确认。

"这跟南卡罗来纳州的罪行有什么关系？"

我简直不能相信这块木头居然还是这么不开窍。"难道非要我把一桶血淋淋的人肾倒在你桌上你才肯信吗？"

赖安做了个"说得好"的口型。

"在我看来，女士，从执法角度来说，你这种信口开河的推测根本不能和证据相提并论，你好好想想，我这就过来拿那台电脑。"卡利特的语气里终于有了点人气，可还是那么令人讨厌。"固执己见！"

"我猜，"我把赖安的记事本还给他，"这又是你那位万能的杰瑞提供的吧？"

"杰瑞是颗炸弹，他无坚不摧。"

"卡利特马上就来了。他在听，却还是不相信，觉得我就快要疯了。"

"那他要怎么才肯信呢？"

"大概要杰里·斯普林格[①]在有罪证书上压上自己的灵魂才行。"

两小时后，我们又有了新的进展，还得感谢那位高深莫测而又孜孜不倦的杰瑞。卡利特一走进来，我就把这些材料像炸弹一样砸向他。

"詹姆斯·加特兰，印第安纳州的印第安纳波利斯人，肾病晚期，已经透析了三年。二〇〇二年去了巴亚尔塔港，在洛斯桑托斯的阿布利哥爱斯拉多逗留期间花十二万美元买了一个肾。

"薇薇安·福斯，佛罗里达州奥兰多人，肾病晚期，已经透析了十八个月。二〇〇四年飞到巴亚尔塔港。薇薇安的温泉之旅总共花费了十五万五千美元。"我把杰瑞提供的信息递到卡利特眼前，"那些命悬一线的受植者们永远不会害怕尝试，会不会被追究法律责任就只有天知道了。"

[①] 美国著名政治家、前辛辛那提市长，备受争议的脱口秀节目主持人。以他的名字命名的脱口秀节目充满暴力和色情，但却反映了美国底层人物生活的某些方面。

卡利特拿着赖安与杰瑞的第三次通话记录看了半天。

"这是跟FBI要的？"

"是的。"赖安回答。

"他亲自联系了加特兰和福斯？"

"是的。"

"他是怎么得到的名单？"

"请匡提科一位会说西班牙语的同事管阿布利哥的一位通情达理的墨西哥女士要的。"

"用钱开路？"

"Si.①"

"那这些人为什么愿意说出来？"

"杰瑞可是个魅力四射的人。"赖安说。

卡利特还是死盯着记事本，我想他大概是在脑子里组织事实。他抬起头来时，脸严肃得像个石雕。

"联邦调查局要介入吗？"

"目前为止杰瑞只是在帮我个人的忙，这案子比我们想象得要大。我想联邦调查局的家伙们很快就会伸过头来看的。"

"尽管如此但只有加特兰和福斯还证明不了罪行。"

我懊恼地摊开双手说不出话了。

"可是，"卡利特深吸一口气又从鼻子里慢慢呼出来，然后猛地一拽腰带，"马歇尔有一艘二十三英尺长的游艇，停在马林纳的波希克特。据码头经理说，那艘船星期六出海到现在没回来。"

"赖安和我星期六找过马歇尔。"我说。

---

①西班牙语，意即"是的"。

"你提到过这些吗?"卡利特晃了晃赖安的记事本。

我摇摇头。"但是我问过尤里克·蒙塔格和海琳·弗林的事。"

卡利特看看表,我们也看看自己的。九点四十七分。

"我们去看看能否找到这位先生再问一下,那诊所不归我管,可那两具尸体归我管。"

赖安和我跟着卡利特到了诊所,路上我们都没说话。尽管一夜没睡累得不行,但我却很兴奋,我只能猜出来赖安在想什么。

两个副警长在等我们,卡利特调动他的候补小组时,刑侦组的人也到了。申请的搜查令已经批了。只要搜查令一到,CSU[①]就会把这家诊所翻个底朝天。在从棕榈岛赶过来的路上,卡利特又想了一下,还是给墨西哥方面打了电话。我希望同样的一幕也在巴亚尔塔港的温泉疗养中心上演着。

我的心狂跳不止,要是我搞错了怎么办?不,我绝对没错。肯定就是马歇尔。这人既邪恶又贪婪,不会错的。

一名警察从街区的后面绕过去守住诊所的后门,赖安和我跟着卡利特和另一名警察从前门进去。贝莉就坐在她的桌子边,看见警长和警察进来时她的眼睛瞪大了,而看见我和赖安时干脆愣住了。

卡利特走向桌子,警察守在门口,赖安和我分头站在屋子的两侧。

塑料椅子上坐着三个正在等待的病人,一个年老的黑人妇女、一个穿运动衣的朋克和一个看上去像中学网球教练的男子。那个黑人妇女透过方形的厚镜片看着我们,朋克和教练起身冲向大门,卡利特的

---

① CSU,指罪案现场小组。

副手侧身放他们出去了。

"马歇尔医生在哪里?"卡利特问贝莉,公事公办。

"在给病人做检查。"她的语气满怀敌意。

卡利特朝那天马歇尔带我们经过的走廊走去,贝莉从桌子后冲出来伸手挡住了入口,一副看门狗保卫领地的架势。

"你不能进去。"虽然还是很敌对的声音,但可以听出她害怕了。

卡利特继续往前走,我们紧跟其后。

"你们想干什么?"贝莉后退着,手臂还是平伸着,仍然试图阻挡我们的去路,"这里是诊所,里面都是病人。"

"请你让开,小姐。"卡利特斩钉截铁地说道。

我异常激动,差点自己动手去把贝莉推开了。我想让警长尽快看到马歇尔,不然他就会给墨西哥同伙打电话了。

这时医生出现了,他走出办公室,手里拿着什么表格。"什么事情这么乱,贝莉小姐?"

贝莉放下手臂,可还着死盯着我们。她正要说话,马歇尔挥了挥指甲齐整的手阻止了她。

"卡利特警长。"马歇尔打着招呼,他穿着白大褂,头发梳得一丝不乱,形象完美,简直就像是马柯斯·韦尔比医生[①]出来安慰狂乱的病人。他朝我们也点点头。"布兰纳博士你好。你的名字是布兰纳,没错吧?"

我的心狂跳不止,我真想冲上去撕下这浑蛋的人皮,看着他为所做的一切得到应有的惩罚。

"莱斯特·马歇尔医生,我得到许可,因为一些失踪病人的案子来

[①] 上世纪七十年代著名的医务剧《韦尔比医生》中的主角,以体贴关心病人著称。

搜查这幢建筑。"卡利特的声音冷冰冰的。

马歇尔嘴角上扬,露出鳄鱼般的微笑。

"他们的消失跟我们有什么关系呢,警长大人?"

我忍不住脱口而出:"你很清楚这里有人能告诉我们原因,告诉我们他们是怎么死的。"

"这不是开玩笑吧?"马歇尔还是对着卡利特说话,"如果这样的话,我要告诉你,我一点都不觉得好笑。"

"先生,我要告诉你的是在我们搜查的时候请站到一边去。"卡利特的语调保持着平静,"我希望这次行动不要对我们任何一方造成麻烦。"

"我该怎么办?"贝莉尖叫着问。

马歇尔没理她。"你疯了吗,警长?我是个医生,我正在帮助穷人和病人,不是害他们。你犯了个大错。"马歇尔对卡利特说。他出奇的平静和他那越来越恼火的接待员形成了鲜明的对照。

"先生。"卡利特的目光一直没离开过马歇尔。

马歇尔把手中的表格交给卡利特。"你会后悔的,警长。"

"告诉我该干什么!"贝莉大喊大叫。

"请照看一下二号检查室的病人,贝莉女士。"

贝莉愣了一会儿,目光从卡利特转向马歇尔,又转向我。然后她咚咚地走过大厅,消失在一扇门后面。

卡利特示意马歇尔到候诊区来。"我们稍等一会儿,搜查令马上就到。"

马歇尔的眼睛死死盯着我,目光里充满了仇恨。

副警长把马歇尔带过去坐到塑料椅子上时,我闻到了一股昂贵的须后水的味道,我又注意到他穿着光滑的丝绸衣服、锃亮的饰花皮鞋。我愤怒地捏起了拳头,对这个浑蛋的自高自大、浮华冷漠怒不可遏。

接着我突然看见马歇尔的右太阳穴上,一根血管像吃得过饱的蛇一样鼓鼓地跳着。

马歇尔害怕了。

33

我们在外面一边等,一边喝着速溶咖啡。巡逻车和犯罪现场调查车吸引了一小群人挤在路边看热闹。地方检察官拿着搜查令一到,CSU 立即开始行动。卡利特叫赖安和我坐着别动,等着 CSU 搜查和他手下讯问诊所工作人员。

大约过了一个小时,围观的人们慢慢开始散去了,因为没有人出来过。

快中午的时候,我们还靠在吉普上等着,卡利特大步走了过来。

"找到什么可以提起诉讼的证据了吗?"我问。

"有几样东西你们可能会感兴趣的。"

赖安和我跟着卡利特走进诊所,贝莉还在桌子那边接受讯问。丹尼尔斯坐在一把塑料椅子里,两个人看起来气色都不大好。马歇尔出去在自己的车里等着了。

"他要是用手机通风报信怎么办?"我问卡利特。

"那我也没办法,但我可以追踪他的每一个电话。"

卡利特带着我们来到了二楼治疗室,这屋子看来也很平常,摆设无非就是椅子、凳子、落地灯、尖顶的垃圾箱、贴满了纸条的检查台。

我穿过屋子里的塑料遮帘,目光扫过柜子和墙面,看见了塑料杯子、压舌板、视力表、婴儿秤。

"没找到带血的手术刀吗?"赖安在我身后问。

"只有这个。"

我转过身去,卡利特拿着一个装证据的塑料袋,里面装着一个四分之一英寸粗的绳子的绳套,我一看到绳结所在的方向就明白它的致命意义了。

我想象着尤里克·蒙塔格躺在治疗台上,她觉得不舒服,但相信好心的医生能帮她治好的。我又想到尤里克待在那锈蚀的铁桶里,被苦咸的海水侵蚀着。我还似乎看见海洋生物刺破金属皮,伸进去撕咬她已经腐烂的肢体。我感觉到心中的怒火在燃烧。

"在哪儿找到的?"赖安问。

"藏在某个下层的柜子里。"

"有指纹吗?"我问,可马上就看见了上面厚厚的灰尘。

卡利特摇头。

"他使用时可能戴着外科手套,不过这显然不是用来保护病人的。"我无法掩饰语气中的憎恶。

"跟我来。"卡利特说。

那两扇一直关着的门通向一个大房间,可能是把原先小卧室和卫生间的墙打通了改的。房里有一个冰箱、一个双槽不锈钢水池,还有些和楼下检查室等高的矮柜。墙角有个打点滴的架子,一个手术台占据了中央位置。

在墙角,一字排开放了四个蓝色的冷藏箱,是那种人们到沙滩游玩时常携带的,在沃尔玛可以买到。每一个都已经贴上了红黄相间的证据标签。

"一个自己组装的手术室啊。"赖安说。

"还有遮光窗帘和先进的手术灯。"卡利特一只手对着房子画了一圈。

台子上摆满了证据袋,我走过去仔细看。

有外科手术灯、至少二十把各种型号的剪刀、止血钳、蚊钳、组织钳、手术刀柄和一盒盒一次性刀片,运输标签上写的是生物供应公司样品。还有无数的消毒袋、一摞摞的器械盘。

我觉得胸中有一股水银在沸腾。

"病人的档案找到了吗?"我问,觉得自己很难保持中立的语气。

"贝莉必须提供所有的文件记录。"卡利特说,"我们已经没收了电脑。"

"病人的信息有没有进一步牵扯到 GMC?"

卡利特摇摇头。"诊所的运营是封闭式的,所有的记录都不曾出过这幢房子。六年了,不少都被毁掉了。"

"贝莉是怎么说的?"赖安问。

"没有任何不正常的地方,马歇尔医生是个圣人。"

"丹尼尔斯呢?"

"没有任何不正常的地方,马歇尔医生是个圣人。"

"那个清洁工呢?"

"他叫奥得尔·托尔里,只在晚上来。脑子有点迟钝,我的手下正在问他话呢。估计不会有什么结果。"

"墨西哥那边怎么样了？"我问。

"有什么消息我会通知你的。"

"马歇尔的办公室搜了吗？"

"CSU 找到了一样你会很关心的东西。"卡利特两只手伸进袋子里掏了半天，结果却什么也没掏出来，他又拍拍衬衫口袋说，"等一下。"

我听到警长咚咚地跑下楼，去了大厅。等他重新回到手术室时，手里拿着个很小的证据袋。"在桌子抽屉里一个笔架下面的小坑里找到的。CSU 用真空的什么东西吸出来的。"

我虽然憎恶真的看到罪证，但也庆幸能找到一些。

袋子里装的是一块小小的褐色贝壳，和我在赫尔姆斯坟墓里发现的一样。

"我得走开一下，"卡利特说，"去通知那个好心的医生因涉嫌谋杀尤里克·蒙塔格而被捕了，还要安排一下他的扣留和转运手续。"

赖安和我草草地吃了午饭赶到了医院，得到的都是好消息。皮特恢复得不错，脸色好多了。手术医生说，这个拉脱维亚智多星肌肉有些撕裂伤，动脉出血，需要休养，但最终会痊愈，不会留下后遗症。

我很奇怪自己为什么听到这些时喉头一阵发紧。

我觉得应该松一口气，谢天谢地。我刚才紧张得快要晕过去了。看着皮特躺在一大堆管子、胶带和机器中间，我的泪水夺眶而出。要是子弹再稍微往中间一点，他就没命了。我假装理理头发，擦去脸颊上的泪水。

赖安紧紧地攥住我的手。我抬起头，他脸上疑惑的表情说明他已经看到了刚才的一切。

爱玛的医疗报告也很不错,她的血细胞数量没上来,可也没往下降。拉塞尔医生调整了她的治疗方法和药物剂量。尽管还是疲乏无力,但她至少不用再吃饼干了。

在我们的要求下,爱玛给软体动物学家打了电话,安排他做检查。如果赖安和我那天去了哥伦比亚,他会不会那天就检查那些贝壳呢?

他会的,可我们却在做饭!

开车大概花了不到九十分钟。一个叫乐宾斯基的人在州立犯罪实验室大楼的大堂里等我们。乐宾斯基又高又壮,有一个光亮的秃顶,一只耳朵上戴了个耳环,更像个清洁工而不是生物学教授。

"谢谢你赶过来。"我说。

乐宾斯基耸了一下肌肉发达的肩膀。"反正今天没课,我们学校就在这附近。"

乐宾斯基带我们进了一个小实验室,里面有一排排有很多狭长抽屉的柜子,柜子的黑色顶板上搁着工作盘、手套箱、玻璃片和显微镜。

"来看看你们的东西吧。"乐宾斯基说着伸出一只大手,简直就像运动会上球迷们挥舞拍打的塑料手掌一样大。

我把证据袋递给他。

乐宾斯基用镊子把贝壳夹了出来,放在一个显微镜下,坐下调整焦距。

几秒钟、一分钟、五分钟过去了。

赖安和我在乐宾斯基弓着的背后交换了一下眼色,赖安扬了扬眉毛,手掌撑着下巴,怎么要这么久?我耸耸肩。

乐宾斯基把贝壳翻了过来。

空气又热又闷,有一股消毒剂和胶水的味道,赖安不耐烦地换了一下腿,看了看表。

我瞪了他一眼,就像我妈妈看到我在教堂摇摇摆摆时的表情一样。

赖安清清嗓子,转过身去研究那些柜子。

乐宾斯基又翻了一次贝壳,调整了放大倍数。

赖安抱起了双臂,我知道他要发话了。

"这里面装的是参考样本吗?"他问。

"嗯。"乐宾斯基回答。

"可抓了不少蛤蜊啊?"

乐宾斯基没吱声。

"把这么多的贝壳分门别类可不是件容易的工作。"

"贝壳和蛤蜊不是一种东西。"乐宾斯基说,抬起头来,听起来和卡利特一样固执。显微镜的灯光照着他垂在眉宇间的头发,看着像一根根白线。

"你们两个小孩希望圣诞老爷爷带来什么?"

"一种叫做 Viviparus intertextus 的淡水蜗牛。"

"那你们肯定是听话的乖孩子。"

"这么说贝类和蛤蜊类不是一家的?"赖安说着,来到编号 I-26 的抽屉前面,"我来看看。"

六点多了,我们还在回查尔斯顿的路上,我们在毛里斯烤肉店停了下来。毛里斯·比辛格的政见让人反感,可这人做的烤肉一流。

我整夜没睡,累得不行了,大口大口地嚼着猪肉、炸薯条和甜豆。我真想倒头一歪,躺下就睡,不过还是打起精神打电话给卡利特报告了乐宾斯基的贝壳确认。

"那蜗牛壳和在赫尔姆斯那儿找到的蜗牛壳都是淡水品种。"

"你听到下面这个会高兴坏的。"

难道我还能从卡利特的声音里听出点语气来？高兴？满意？

"他们搜完诊所后，地方检察官又拿到了第二份搜查令。于是CSU又把马歇尔的家翻了一遍，这个医生真是个挑剔的癞蛤蟆。他家里简直像消了毒一样干净，基本上没有个人物品，但是个收藏家。"

"收藏的都是些贝壳。"我毫不掩饰自己的语气，得意扬扬地说出来了。

"数以百计。全都放在小盒子里，贴着标签摆得整整齐齐的。"

我听到电话里有其他声音。

"别挂啊。"卡利特让我等着。

我边等边把马歇尔的爱好告诉了赖安。

"但愿他没把蛤蜊和贝壳放在一起。"

等卡利特回来，又带来了更多的消息。

"马歇尔的游艇在佛罗里达的拉格礁岛找到了。"

"跑得够快的。"

"我们把这条船的生产和注册编号在全境通告了，拉格礁岛的警察大概二十分钟前发现了它，名叫'任意飞翔'。"

"飞翔，可以。任意，可就不行了。它是怎么到那里的？"

"一个叫桑迪·曼恩先生声称他在查尔斯顿买的这条船，从星期天开始向南行驶，时间上一致。据目击者说，'任意飞翔'自星期一起就停在码头了。"

"曼恩怎么解释的？"

"他还在接受询问呢。"

"罗德格里斯呢?"

"巴亚尔塔港警方在我们搜索马歇尔家的时候也突袭了阿布利哥,找到了很多相同的装备,不过比我们这边更精密些。温泉中心就是犯罪第一线。"

"罗德格里斯人呢?"

"没在中心。家里、俱乐部也没有,他的一辆车不见了,他女友以为他开车去瓦哈卡看朋友去了。"

"他跑了。"

"看样子是。"

"肯定是马歇尔报的信。"

"他们会抓住他的,虽然墨西哥警方连罪名是什么都不确定。"

"杀人并且掠夺人家的器官还不好定罪吗?"

"我想罗德格里斯医生的律师会有另外一套说法。如果他有伪造的器官来源证书的话,可能很难立案。对于他来说,我们必须找到能证明他知道受害者的器官是怎么运过去的证据。"

"医生?"我哼了一声,"这是一个十足的败类,只配蹲在监狱里,没有听说一心促成别人死亡的人还可以叫医生的,马歇尔也一样。"

"马歇尔也跑不掉,法官会以一级谋杀的罪名把他关起来的。"

"他说了些什么?"

"'我要找律师。'"

"法律规定他有权力在四十八小时之内请求面见法官以决定该不该继续关押,马歇尔星期五就可以取保候审了。"

"如果是这样的话,那我们可得紧咬着不放了。我的副手们正在看诊所病历。"

"你有我那张失踪人员表吧？"

"第一行名字已经和病历核对过了，没有发现，马歇尔可能杀了人之后就把他们的病历也销毁了。"

"可他还有蒙塔格的病历。"

"那倒是。"

挂了电话后，我把电话内容和赖安讲了一遍，然后就靠床休息了。虽然累得半死，可我感觉不错。简直可以说是好极了。

马歇尔已经进监狱了，大家正在收集他的证据，他面临着谋杀以及其他一系列指控。

我们已经捣毁了一个国际人体器官走私团伙，尽管罗德格里斯暂时逃脱了法网，但我相信他也一定会被抓回来接受审判的。

我实现了要帮助爱玛的诺言，还有为我自己许下的帮助迪威岛死者、吊在树上的死者、桶里的死者的诺言。他们现在可以安息了。

卡利特正和查尔斯顿警察局一起努力工作，我相信其他的失踪人员也会被找到的。艾克曼、蒂尔和弗林都会有下落的。如果涉及国际法的话，FBI肯定也会介入。

赖安把车停在"望海居"时，我扫了一眼汽车里的钟，七点四十二分。我们走上台阶，手机突然响了，我按了接听，指望是卡利特又打电话来报告罗德格里斯也落网的好消息。

"布兰纳博士。"一个不太熟悉的男子的声音。

"哪位啊？"

"我是莱斯特·马歇尔医生。我要见你。"

"我们之间绝对没有——"

"正好相反。可能是我说错了。"马歇尔停顿了一下，"应该是你要见我。"

"我很怀疑这一点。"

"怀疑我可不是聪明的做法，布兰纳博士，明天过来吧，你知道到哪儿来找我。"

34

马歇尔被羁押在查尔斯顿市里兹大街的拘留中心里，赖安和我第二天还是决定去见他。我们前一晚睡前详细讨论了这次见面的好处和坏处，赖安持反对态度，我则持赞成态度。卡利特和地方检察官站在我一边，我反正不会有什么损失。

说实话，我是受好奇心驱使。马歇尔不是自高自大吗？他为什么屈尊给我打电话？难道他想做什么交易？没道理。请求减刑应该找地方检察官啊。

除了好奇，我还有一个目的。我见过赖安审讯嫌疑犯，这次我也想一试身手。以马歇尔的自大，我有机会让这家伙不打自招。

在拘留中心，赖安和我经过安全检查，被领到了二楼的一个讯问室。马歇尔和他的律师已经在那儿了，坐在一张灰色的金属桌子后面。马歇尔见到我们明显地紧张起来，两人都没站起来。

"这位是谁？"律师问道。

"保镖。"我答。

"不行。"律师说。

我无所谓地耸耸肩,转身要走。

马歇尔举起一只手阻止,律师回头看他的当事人,马歇尔用力点了下头。律师示意我们可以坐下。

赖安和我坐在两人对面,律师介绍自己叫沃尔特·塔克曼。这人个子较矮、秃顶、泡泡眼、眼睛里布满血丝。

塔克曼先对我说:"马歇尔医生有话要说。你,也只有你,可以问与他所说的话相关的问题。如果有任何超越他的陈述之外的问题,我将结束这次谈话。明白了吗,布兰纳小姐?"

"是布兰纳'博士'。"我冷冷地回应。

塔克曼立刻油滑地改口说:"布兰纳博士。"

这他妈什么人哪?马歇尔就这么占用我的时间?尽管我真想掉头就走,可还是忍着没动。

塔克曼拍了拍他当事人的袖子。"说吧,莱斯特。"

马歇尔把他修饰得很漂亮的手放到桌面上。他今天穿的是件洗得退了色的囚服,看上去可远没有平时那么齐整了。

"我被陷害了。"

"真的吗?"

"没有具体的证据表明我跟这些谋杀有关。"马歇尔说话时一直盯着我。

"地方检察官可不这么想。"

"你们目前所谓的证据都是表面的。"

"尤里克·蒙塔格、威利·赫尔姆斯,还有诺贝尔·克鲁克香克都是用一个绳套勒死的。警方在你的诊所里发现了这样的绳套。在采集赫尔姆斯和蒙塔格的器官的时候，你在他们的骨头上留下了手术刀的刀痕。"

"谁都买得到手术刀。"

"你的诊所装备了一个简易的手术室，这对一个旨在开些阿司匹林和邦迪创可贴的医疗机构来说不是很奇怪吗？"

"那根本谈不上是什么手术室，我偶尔要消消毒、缝缝针什么的吧。我只是对灯光的要求比较高而已。"

卡利特、地方检察官和我已经详细讨论过我和马歇尔见面的意义了。我们决定跟他说话，我们还讨论了该用何种态度来跟他说，地方检察官建议我采取开放的态度，给他一个我在摊牌的印象，但实际上除了他已知的控告之外什么也不能说，赖安也认为这样可能会得到意外的结果。

"巴亚尔塔港的警方也突袭了你朋友的'温泉疗养中心'。"我两手的食指和中指弯曲，做了个引号，"我们知道罗德格里斯学的是外科。我们也有曾经在他那里接受过肾移植的病人的证词，我们知道你和罗德格里斯念的是同一所医学院，而且你们两人都曾因为滥用医疗许可被处罚过。"

"这些是没错，但是你所说的完全是推测。"

"你喜欢软体动物学吗，马歇尔医生？"马歇尔知道睫毛的事，但我们不知道他是否知道贝壳的事，我们决定由我说出来，看他会有什么反应。

马歇尔没回答这个问题。

"你的收藏里面是不是少了几种标本？是不是缺了Viviparus intertextus？"

"这个问题可不怎么相关。"塔克曼在一边说。

"Viviparus intertextus 贝壳是在威利·赫尔姆斯身上发现的,它和在你办公桌里发现的一块贝壳完全一样。威利·赫尔姆斯被埋在迪威岛的海滩上,而 Viviparus intertextus 是一种淡水生物。"

"那你自己想想,布兰纳博士。我为什么在处理尸体的时候还要带着个人收藏的贝壳?你肯定能看出这是后期制作出来的。"

"你是说有人把贝壳放到赫尔姆斯的尸体里来引起别人对你的怀疑?"

"就是这个意思,最初恐怕不是为了让别人怀疑我,可能就是为了制造疑点,这样万一尸体被发现的话可以证明尸体是从别的地方来的。但是鉴于你们已经盯上了我们的诊所,凶手就决定把贝壳放在我的桌子上,把嫌疑指向我。我从来不带贝壳到诊所去的。"

"那你认为这个凶手是谁呢?"

"柯尼·丹尼尔斯。"

"丹尼尔斯又是从哪儿弄到贝壳的呢?"

马歇尔轻蔑地哼了一下。"他可以在任何一个沼泽找到它们,想想吧。如果你真要让人怀疑一位真正的收藏家的话,为什么要选一个方圆百里之内多得像苍蝇一样的品种呢?只要有一点点脑子的人都会想着要找一个更奇特一点的品种。可这就是丹尼尔斯,笨得像块木头。"

"我还在贝壳里发现了一根眼睫毛,黑色的。威利·赫尔姆斯是金发。你喜欢口腔棉签①吗,马歇尔医生?那根睫毛可以验出很有意思的 DNA。"

马歇尔长吐了口气,往上盯着天花板,就像一个老师很不满意一个没有好好预习的学生。"就算那根睫毛是我的,可我每天都和丹尼尔

---

① 用来收集 DNA 样本的。

斯一起工作，他要弄到也太容易了，我们的毛发每天都要掉的。"

我没回答他。

"我来问你吧。"马歇尔的目光又回到我身上，"你们还有其他在受害者身上找到的证据吗？"

"我没有权利谈论这个。"我知道地方检察官还没有把这类发现告诉马歇尔和他的律师，我绝不能告诉被告我们不知道的东西。

"答案就是没有，否则的话我又会被加上一些罪名了。你看看你们推理上的缺陷吧。"马歇尔的语气现在完全是轻蔑了，"我可以很谨慎地不在其他受害者身上留下一点痕迹，可是却在威利·赫尔姆斯那里留下了一个贝壳和一根眼睫毛？然后在办公室里又留下另一块贝壳？"

这个问题看起来挺有说服力的，所以我不予回答。

"难道你们因为讨厌我就不考虑一下我有被陷害的可能吗？"马歇尔张开了五指。

"被柯尼·丹尼尔斯陷害？"

"是啊。"

我难以置信地摇摇头。"一个护士没有技术取出活体器官，况且还要在你的鼻子底下，做得让你一点也不知道。"

"取出器官不是那么难的，尤其是在你不用考虑捐献者的死活的情况下。你们查查丹尼尔斯吧，他有案底的。"

"我把你的意思再说清楚一点吧，你是说柯尼·丹尼尔斯杀死了你的病人，然后把他们的器官卖给了你的同学。"

"我说的只是我被陷害了。"马歇尔太阳穴的血管突突地跳着，几乎要爆出来了。

"你为什么要处理你的船？"赖安问。

塔克曼举起手表示赖安不该加入到谈话中，我看到他手指上全是尼古丁熏出来的颜色。

马歇尔却打断了他。

"那桩买卖几个月之前就联系好了，一个叫亚历山大·曼恩的钓鱼迷去年秋天就跟我谈好价了，后来是他自己的贷款落空，直到最近他才把账目处理好。"

赖安没说什么，这是一种技巧，我见他用过很多次了。沉默下来的时候，大多数的嫌疑犯都有压力想要恢复谈话，马歇尔现在也是这样。

"你们可以去问那个人我说得对不对。"

赖安和我还是不答理马歇尔。

"给我纸和笔。"马歇尔向塔克曼要。

"莱斯特——"

马歇尔不耐烦地拍拍桌子。

塔克曼从公文包里拿出一支圆珠笔和一沓黄色的律师用笺。马歇尔平静地写完，然后撕下来递给我。

"这是曼恩的银行，给他们打电话。"

我什么话也没说，把那张纸折好放到钱包里。"你的飞行员也会有些故事的。"

马歇尔露出了片刻的慌乱。"飞行员？"

我死死地盯着马歇尔。

"什么飞行员？"

"我不是来套你话的，马歇尔医生。"其实这正是我突然提到飞行员的目的。卡利特还没能掌握飞机的信息，也还没确定那些器官是怎么被走私到墨西哥去的。"我来是听你说话的。"

"你所说的很可笑。"马歇尔舔了舔嘴唇,"我哪儿来的飞行员。"

马歇尔闭上眼。等他睁开时,目光里多了一些冷漠和凶残,他直盯着我。

"情况很清楚,丹尼尔斯陷害了我。又多亏了你,卡利特和那个低能的地方检察官也就相信了一些荒谬的表面证据。这可不是开玩笑,这个错误正在毁掉我的好名声。"

"这就是你要说的,医生?检举揭发?大棒石头①?"

"我没伤人筋骨,我是个医生。"

我摇摇头,觉得太恶心了不想答理他。

马歇尔搓着自己的手指。

"我知道你有很多理由讨厌我,我没能够信守希波克拉底誓言②。前些年我滥开药物牟利,可现在我都改了。"

马歇尔两手死死攥着,肌肉都没了血色。

"我之所以接受现在 GMC 的这份工作,就是想要弥补我以前对我的才能和生活的浪费。我蹲过监狱,这你们肯定知道了。在失去自由的那些日子,我遇到了一些我从前想象不到会存在的人。我见识到了什么叫暴力、什么叫绝望。我发誓出狱后要把我的医学技能为这些不幸的人做点事情。"

我听到旁边椅子摇晃的声音,赖安肯定不会相信他的鬼话。

"我知道我看上去有罪,我也确实在很多方面有罪,可不是这次。尽管我过去没能做到,可是现在——一直以来我都是个医生,我没有杀人。"

---

① 美国南方的儿童谚语,意思是"大棒石头会打断我的骨头,可是言语伤害不了我。"
② 古代西方医生在开业时都要宣读一份有关医务道德的誓词,至今经改后仍为医生职业信条。

马歇尔用攥紧的双手支起下巴，深吸了口气。"不过也许我判断错了是谁陷害的我。"

然后他吐出那口气。

"如果不是丹尼尔斯，就是别人在陷害我。"

"飞行员那句话问得不错。"走出拘留中心时赖安夸奖说。

"我还指望马歇尔会露出点马脚呢。"

"这人狡猾得像只狐狸。"

"他就是只狐狸，可他为什么要跟我说这些呢？"

"你比卡利特可爱，而地方检察官可能叫他滚一边去。"

"你说他有一句真话吗？"

"是啊，真不错。紧身短裤以前很流行的啊。"

"我也有过小短裤。"我说。

赖安像格劳乔一样①挑了一下眉毛表示诧异。"如果我看见的话可就要改变对上世纪七十年代的看法了。"

"如果马歇尔说的是实话，那你说丹尼尔斯坐过牢也就对了。"

"谁知道啊。"

警察局就在不远处，下车时我注意阿德勒·贝莉在人行道上往前冲。再远处，我看到卡利特的狗睡在房子旁边的一排黄杨树下。

贝莉的发髻松散了，黝黑的皮肤亮闪闪的，红色的涤纶外套上显出一块块汗渍。尽管情况不太好，但这条忠实的猎犬还是表现得不错。

贝莉犹豫了一下，我还以为她要避开我们呢，可实际上她像游泳

---

① 美国著名喜剧演员。

351

队员下水一样猛冲了过来。

"为什么要这样做?"她那结实的脸上满是怒火,"你们为什么要毁掉一个好人。"

"马歇尔医生谋杀了很多无辜的人。"我答道。

"骗人的鬼话。"

"证据很充分。"

贝莉抹了一把额头上的汗,又把它抹到裙子上。"我现在血压高得都能发射导弹了,工作没了,可账单却无休止地飞过来。要是有人被杀了的话,就是你和这帮警察杀了我。"她把警察说成了"惊疑差"。

"你在GMC诊所工作多久了?"

贝莉扭了扭屁股,一只大手扶在上面。"你没有权力问我问题。"

"对,我是没有,可是我很奇怪你为什么不肯说实话协助调查呢?"

贝莉又抹了一把汗。"五个月。为什么要抓我,还有丹尼尔斯?他们抓他就像扭一块三明治一样。"

"丹尼尔斯可能看到或听到了什么。"

"他们什么也不知道。"

"你是什么意思?"

"意思就是什么事也没有。"

贝莉最后又瞪了我一眼,大步朝停车场走去了。

"我觉得她还是不喜欢咱们。"赖安说着,拉开了玻璃大门。

丹尼尔斯一个人在讯问室坐着,卡利特正通过单向透明玻璃观察他。

我汇报了一下跟马歇尔的谈话。卡利特听着,双手插在口袋里,赖安也在研究丹尼尔斯。

"你觉得马歇尔声称的被陷害有可能吗?"我问。

卡利特转向玻璃。"就算有也不可能是这位。这家伙木得像把锤子。"

"他说了什么?"

"一九七二年生人,没有前科。一九九〇年考上了查尔斯顿大学,医学预科。然后他们家的曾曾祖父什么的改变了他的人生。丹尼尔斯和一个女孩好上了,可家里对那女孩不满意,于是金鹅①就不生蛋了。丹尼尔跑到得克萨斯,在阿尔帕索上了护士学校,靠着女朋友工作养他。"

"为什么去得克萨斯?"

"女孩家是那儿的吧。丹尼尔斯一九九四年拿到了注册护士资格,就在他学习的那家医院工作了。"

"在哪儿?"

"好像是得州大学的什么分校,我可以查一下。"

"那他怎么又回来了呢?"

"他们的关系一直维持到两人到了南方,女方的亲朋好友也都见过他了。可那女孩最终又要甩了他。那女孩叫他滚开的时候,丹尼尔斯爆发了。两人吵了起来,女的滚下了楼梯,摔断了锁骨。丹尼尔斯被判了六年,实际坐了三年。然后他就流浪了一阵,弄坏了一只手。二〇〇〇年偷偷回到了查尔斯顿休整了一阵。二〇〇一年开始在诊所工作。这家伙没什么头脑。"

"也许他是个最阴险的罪犯。"赖安说。

"是吗?"卡利特的语调完全是嘲讽。

"永远不要认为有什么是不可能的。"

---

①格林童话。能帮人改变处境的神仙礼物。

"相信我。这家伙脑子里绝对找不到得 Phi Beta Kappa 奖学金①的窍门。"

"那他也考上了注册护士了。"我说,"他不可能太笨吧。"

卡利特用鼻子哼了一下。"上帝宽恕我的阴谋理论吧。马歇尔就是个浑球,一个堕落的人。"

"丹尼尔斯怎么说马歇尔的?"

"他说实在不大情愿谈论他的老板。"

"那你干吗还扣着他呢?"赖安问。

"他态度恶劣,我再给他点时间思考一下该怎么尊重法律。"

我们都看着丹尼尔斯用指甲抠牙齿,当赖安突然提出来要讯问他时我吓了一跳。

"我为什么要同意你这么做,侦探?"卡利特也忍不住问他。

"我觉得我发现了一个和谐点。"赖安说。

卡利特耸耸肩,两手插在口袋里。"那你得录音。"

---

① Phi Beta Kappa,这些是三个希腊字母 ρ,β,γ 的音读,Phi Beta Kappa 是美国的一个荣誉团体的名称。该团体的格言是"哲学是人生的导引"。

35

卡利特和我目送赖安进入讯问室。丹尼尔斯抬起头,又开两腿,懒散地低头坐着。他的一只手放在桌子上,另一只手搭在椅子靠背上。

"记得我吗,柯尼?"赖安问。

"你是永远正确的大侦探。"

"差不多吧。"

"我要抽烟。"

"很难。"赖安回答。

丹尼尔斯微微吃了一惊,马上又回到了无聊的状态。

和谐点?我在想。

"你不反对我们这次谈话录音吧?"赖安问。

"我反不反对有关系吗?"

"这是为了保护你和我。"

赖安打开机器，测试了一下，报了自己的姓名、证人姓名、时间和日期。

"你的老板似乎麻烦不少。"赖安开始了。

"那跟我有什么关系？"

"你在 GMC 诊所的职责是什么？"

"我是个护士。"

"具体点，你做些什么？"

"护理病人。"

"这显而易见。"

"做你该做的。"

"我感觉你好像对这次谈话不大热心，柯尼？"

"怎么？难道我得说我很高兴被关在这火炉子里吗？"

"这火炉子有可能也会烧着你。"

"你们永远也不可能把我和那些人扯上关系。"

"有人说过想这么做吗？"

"难道马歇尔不是要把这档子事推到我身上吗？"

"实际上，他就是这么干的。"

"我以前遇到过的，我能应付。"丹尼尔斯的手指从头发间穿出来，"我真的想抽口烟。"

"为什么做护士？"

"什么？"

"你看你，身高差不多有六英尺五英寸，体重有两百八十磅？像你这样的大个子怎么选择当护士？"

"收入高，技术要求高。"

"可以自己管自己？"

"嗯。"

赖安指着丹尼尔斯身上的文身。

"你在哪儿做的?"

"汉茨维尔。"

"你怎么进的大牢?"

丹尼尔斯哼了一下。"那婊子说我把她摔伤了,他妈的乡下法官听信一面之词。"丹尼尔斯用右手对着赖安做了个开枪的姿势,"千万别和得克萨斯人打交道。"

我看了眼丹尼尔斯的文身,画的是头盖骨、扎了把刀的心、趴在网上的蜘蛛,前臂上缠绕的蛇倒是挺漂亮的。不过我开始怀疑所谓的和谐点什么时候能开始。这时赖安用大拇指戳了戳丹尼尔斯的皮带扣。

"你也是个哈雷[①]小子?"

"怎么啦?"

"我有辆九五年的超级大滑翔经典版。我爱死那辆车了。"

丹尼尔斯第一次抬起头来认真看着赖安。"你忽悠我吧?"

"男人可以吹嘘他的身高、老二,可是不会胡吹他的车。"

丹尼尔斯一巴掌拍在自己胸脯上。"我的是二〇〇四年的尖啸之鹰胖男孩。"

"软尾那种?"

"那种软绵绵的观光旅行摩托是给那些没骨头的人骑的。"丹尼尔斯轻蔑地说。

"就是,这世界上没什么能比那种疾风扑面飞一样的感觉更爽

---

①指哈雷戴维森摩托公司。

的了。"

"你说得太对了。"

"你有过油门踩着踩着突然一头栽倒在马路上的经历吗?"赖安笑着问。

"怎么没有?"丹尼尔斯大笑着把两只手都放到桌子上,手掌向上。一只手腕上有一块新月形的伤疤。"一个修女。"丹尼尔斯难以置信地摇着头,"被一个坐在现代车里的修女剐了一下,接下来我只记得自己躺在急救室了,那娘儿们正向上帝祈祷呢,医院里的场景比他妈赛车游戏里的还要惨。"

"我有一次醒过来,全身上下到处都疼。"

"那个修女跟到医院来了,内疚得一塌糊涂,我告诉她没事。这就是速度的代价,伙计,速度的代价。"

"好不了吗?"

"左手残了。可谁他妈在乎啊?咱用右手照样是个终结者。"丹尼尔斯无可奈何地摇了一下头,"一个修女。"

赖安理解地点点头。两个骑手惺惺相惜,被不同的命运阻隔着。这回丹尼尔斯主动说话了。

"嘿,伙计,我不是要给你们找麻烦,可这事真的跟我没关系。"

"我们不是要抓你,柯尼,我们只是要收集信息。我们想知道你是否注意到马歇尔有什么奇怪的言行。"

"我跟那个纳粹警长说过了。马歇尔有两件事神经兮兮的。一件就是有洁癖,另一件就是谁也不许进他的办公室。"

"楼上那个大房间是干吗的?"

丹尼尔斯耸耸肩。"打死我也不知道。除了清洁工,我没见有人进去过。"

"你不觉得这很奇怪吗？"

"你瞧，我不过是上班做事，下班走人。"

"还有什么关于马歇尔的情况呢？"

"这话我都说了多少遍了，我又没和这个人睡觉，哪知道那么多啊。可马歇尔还算个不错的老板，行了吧？"

"那海琳·弗林呢？"

丹尼尔斯又恢复了懒洋洋的模样。"见鬼，我不知道。她就像我刚才说的那个修女。斯斯文文的，对病人很好。我试探过她一下，可那娘儿们拒人于千里之外。这也用不着谁求谁吧？你明白我的意思吗？"

"海琳跟马歇尔处得怎么样？"

丹尼尔斯的手掌在桌面上摩挲，发出轻微的吱吱声。

"柯尼？"

丹尼尔斯耸了耸肩。"我不知道。起初很一般。后来她似乎看见医生就躲。我猜是医生在勾搭她。"

"你知道她为什么离开吗？"

"马歇尔说她辞职了，然后就雇了贝莉。"丹尼尔斯还在摩挲着桌子，"不乱问，不乱说。这是我的格言。"

"马歇尔经常工作到很晚吗？"

"有的时候他让我和贝莉先走。"

过了一秒钟，丹尼尔斯的手指停住了。

"他妈的，天哪。我明白你们是什么意思了。"丹尼尔斯说话时不住地点头，"这里有问题。这家伙是个医生啊，锁门是贝莉的事。"

从警长办公室出来，我们去了医院。皮特已经被转移到了外科私人病房，赖安在大堂里等，我一个人上去看他。

拉脱维亚智多星醒了，情绪很不稳定。他要的橘子露是绿的，他的护士是聋的，他的衣服太小了，他的脸颊太凉。尽管皮特的吹毛求疵令人讨厌，可这种讨厌对我来说也是一种安慰：他正在康复。我的心终于放下来了。凯蒂也终于回电话了。我能够向她保证她父亲即将复原。

莉莉那天下午也给赖安打电话了，她和几个朋友到了蒙特利尔，表示愿意见他，赖安答应她星期五赶回去。他的假期结束了，星期一得回去上班，提前两天回去意味着他可以和女儿共度一个周末。他报告这条消息时笑嘻嘻的，我拥抱了他。我们久久地抱在一起，两人都各有所思。一个想的是还没完全分手的配偶，一个想的是刚刚和好的孩子。

赖安和我决定那天晚上奢侈一下，我在查尔斯顿的工作也结束了，爱玛叫我帮忙的无名尸体确认了，马歇尔看来要度过一段难熬的糟糕日子，皮特恢复得很快。莉莉也联系上了。我们决定到皇后大街八十二号吃排骨和龙虾。

整个晚餐过程中，我和赖安都小心提防着不提敏感话题，只谈过去和现在。他没有问未来，我没有给他任何保证，也没法给。对于皮特的亲昵举动，以及在他濒临死亡时，我为什么会有不寻常的反应，我自己也困惑不解。

我们互相祝贺，开怀大笑，不停地碰杯。有时我想拉住赖安的手，却又没敢。结果后来我一直在问自己为什么不这么干。

那顿晚餐过后，赖安星期四就离开了。吻别后，我一直挥手到吉普车看不到了为止，然后独自回到安妮的房子里。除了那狗和那猫，屋子里空荡荡的。我得在查尔斯顿等到皮特康复了才能回到夏洛特去。

除此之外，我没事可做。

星期四下午，我带着博伊德去爱玛那儿，她打开门时博伊德蹿了上去，差点把她扑倒了。我看着爱玛，心疼得不得了。爱玛脸上没有一点光彩，皮肤惨白。尽管天气又热又闷，可她还穿着运动套衫和袜子，我得很努力才能维持住脸上的笑容。

卡利特已经告诉爱玛马歇尔被捕。我们坐在走廊的摇椅上，把我和医生、护士的谈话又温习了一遍。她的反应是毫不迟疑地坚持原来的观点。

"要丹尼尔斯来运作一个国际人体器官走私团伙，还陷害他的老板？省省吧。你看到证据了。马歇尔就是一坨大便，他绝对罪不可恕。"

"是啊。"

"怎么，你还不够确信？"爱玛是围着卡利特转的卫星。

"我当然确信，可有几个地方我想不通。"

"比如说？"

"马歇尔办公室一件私人物品都没有，又为什么会有那片贝壳？"

"无数个可能，他本来要带回家去的，可后来忘了。或者是贝壳从他的盒子里掉出来滚到了抽屉里他看不到的地方，他也不知道它在那儿。"

"赫尔姆斯二〇〇一年就被杀了，那片贝壳就一直待在那里？"

"我们不说什么螺蛳壳了吧，唐普。这都是些小细节。"

"那倒是。"

博伊德看见了一只松鼠，站了起来。我把手放在它头上，它扬了扬眉毛,最终站着没动。

我接着往下说:"但马歇尔是个聪明人,他为什么要带着贝壳去埋尸体?"

"或许只是贝壳掉在了赫尔姆斯身上,马歇尔没发现。"

博伊德的头在转动。它还在追踪那只松鼠。

"卡利特说了,"我说,"马歇尔是个很仔细的人。这好像不是他的风格。"

"每个人都有疏忽的时候。"

"也许吧。"

我拍拍博伊德的头,指指地上。它不情愿地趴在了我脚下。

一个男人走过外面的栅栏,一个女人推着婴儿车过去了,两小孩骑车过去了。小狗哀鸣一下,表明它对户外运动还有兴趣。

"你觉得最后可能会有多少受害者?"我问。

"天知道。"

我还记得我的电子表格里的一些名字。帕克·埃斯里吉、哈蒙·坡、丹尼尔·斯尼普、吉米·雷·蒂尔、马修·萨默菲尔德、劳尼·艾克曼。

"我能问你一个问题吗,爱玛?"

"当然。"

"你怎么没告诉我苏西·露丝·艾克曼的事?"

"谁?"爱玛听上去真的很困惑。

"劳尼·艾克曼的妈妈上星期被发现死在她的车里。难道那不是一起可疑的死亡吗?"

"在哪儿?"

"古兹河西北边,一七六号公路上。"

"伯克利县。那里不是我的辖区,但我可以查一下。"

确实如此，我觉得自己简直是个白痴，竟然怀疑自己的朋友。还要问温伯恩在艾克曼的报道里提到的游艇事件吗？算了。不关我的事。

四点半的时候，爱玛累了，我们只好进了屋。我用冰箱里的东西做了个通心粉，博伊德在厨房里转来转去总挡我的道。

看着爱玛把盘子里的晚餐拨来拨去也不吃，我记起我给她姐姐打电话的事，我告诉她萨拉这几天就会从意大利回来，我会再给她打的。爱玛却坚持说算了。

六点，我和博伊德回家了。开车时，大狗在后面转圈，从一个窗户移到另一个窗户，不时停下来舔舔我的右耳和脸颊。

我开进"望海居"的车道时，博伊德正好转了半个圈，但它却突然停了下来，喉咙里发出低沉的吼声。

我赶紧朝后视镜里看，一辆SUV贴着我的后保险杠就过来了。

一阵恐惧袭了上来。

"别闹，好孩子。"我伸手到后面抓住博伊德的项圈。

博伊德紧张起来，放开声音开始吼叫。

我盯着后视镜，按下了扶手上的按钮，自动锁啪地锁上了。

SUV驾驶室的门开了，我看见了一个标志。

博伊德又叫开了。

我吐了口气。"行了，小英雄。"

没错。我认出了朝我走来的人影。

第一次，我看到卡利特脸上有了表情。

警长的样子可不是高兴。

36

卡利特一言不发地走过来递给我一份今天的《查尔斯顿报章》，我扫了一眼头版。

温伯恩又出手了，只是这次可不是混杂在当地新闻里。克鲁克香克、赫尔姆斯、诊所突袭、马歇尔被捕。文章还附了奥伯利·赫伦的照片，照的是他一手举过头顶向天国祈祷的经典姿势，整篇报道糅合了向来很吊人胃口的素材：案情发展的方向、最后的死亡人数、对公众的危险性等等。

我一开始还没反应过来。

"这可恶的鼻涕虫。"

警长看着我，脸板得跟石雕一样。我突然反应过来了，一下子变得怒不可遏。

"你不会以为我向温伯恩透露了什么吧？"

"你说过你认识他的。"卡利特的脸拉得更沉了。

"你还告诉过我他没什么危害呢。"我也拉长了脸。

"我可不喜欢我的案件调查挂在外面像廉价的电视剧一样供人消遣。赫伦气坏了,整个传媒界都闻风而动,现在我们的电话就像礼拜天教堂的钟声一样响个不停。"

"你还是查查你自己的后院吧。"

"我不想做什么推论,可是关于克鲁克香克的身份绝不是我手下透露出去的。"

"温伯恩追踪克鲁克香克失踪案已经几个月了。"我卷起报纸,扔回给了卡利特,"我从未告诉过他我们找到了克鲁克香克的尸体。"

"赫伦可有些很有影响力的朋友。"

"他当然会有,他最好的朋友就是我主耶和华。"

"有没有主他都能够做到让一个民选的地方官员举步维艰,包括县里的警长。"

博伊德闷着嗓子的叫喊盖住了我们俩已经提高了的声音。

我走过去打开车门,博伊德冲出来,奔向树丛,刨起泥土,一跃撞向卡利特的胯部。

我简直要和这大狗击掌庆贺。

卡利特轻轻摸了摸狗耳朵。

博伊德转眼就开始舔他的手了。

叛徒,我心里骂道,狠狠瞪着这只笨狗。

"温伯恩掌握了受害者名单,也知道逮捕行动,可他不知道作案动机。"我说。

"说得对。"卡利特卷起报纸,在手里拍了拍,"如果他知道罗德格里斯和离奇盗窃的事,一定会写出来的。"

"如果温伯恩截听到警察对讲机的内容能收到多少消息?"

"一部分。"卡利特的目光慢慢从我脸上掠过,"但不可能这么多,警察对讲时不可能透露树林里的吊死者就是克鲁克香克,他肯定是从别的什么地方得来的。"

后来发现,温伯恩公布克鲁克香克的身份还是有一点好处的。

星期五早上,有个电话打到了警长交换台。巴莉·鲁娜热蒂在国王大街开了一家叫做"小鲁娜"的酒吧,读温伯恩的报道时,克鲁克香克这个名字让她脑子里闪了一下。几个小时后,她终于想起来了,她查了一下失物招领,找到了一件夹克,里面有个钱包就是诺贝尔·克鲁克香克的。

卡利特给我打电话时,我脑子里也猛地一闪。

"这个小鲁娜是不是曾经叫过双L?"

"好像是。"

"这就是平克尼说的那家酒吧。克鲁克香克肯定是拿错了平克尼的外套,把自己的留在那儿了。平克尼那天肯定喝醉了,第二天早上才明白过来。他只顾找自己的钱包,忘了自己的衣服也丢了。鲁娜热蒂记得那件衣服是什么时候忘在那儿的吗?"

"说有好几个月了。"

除了满足我的好奇心、知道一个大致的结局以外,这个信息好像并不特别戏剧化。我们知道克鲁克香克几个月前还活着。

卡利特一直在清查马歇尔家和GMC诊所往外打的电话清单,他把进展告诉了我。

"在过去的三个月里,从马歇尔家往外打的电话涉及各种事务,汽车维修、理发和牙医预约。"

"很受欢迎的人嘛。"

"可是在诊所那边就有点小问题。"

我没插话。

"要查清那些号码还需要时间,但还是有一个规律可以追寻,那就是下班后没人打电话,一到四点半,或是五点,一般就没有通话记录了。"我听到卡利特用嘴吸气的声音,"但是,只有一次例外。在三月二十四号的七点过两分,有一个九十秒钟的电话是打到克鲁克香克家里的。"

"是吗?马歇尔打的?"

"只是从他的办公室打的。"

"那有什么问题呢?"

"三月二十四号,马歇尔在萨默维尔参加一个肌肉萎缩症的慈善募捐会,有证人证实他从六点半到十点都一直在场。"

我的手指也不由得抓紧了话筒,一丝疑虑爬上心头。

那么是谁给克鲁克香克打的电话呢?

这个电话一定是在引诱受害者到某个地点见面。

等等,再想想。顺着这条线索,能得到什么线索呢?电话,克鲁克香克之死。

"所有证据表明,克鲁克香克是在三月下旬死的。"我说,"他没有兑现弗林二月开出的支票,信用卡也是在那时停止消费的,温伯恩三月十九号还见过克鲁克香克。我认为克鲁克香克在意识到他拿错了衣服之前就被杀了,否则他会回去取回钱包的,所以他可能就是在和平克尼失之交臂后的当晚就被杀了。平克尼报过案的。你们能查到吗?"

"我马上去办。"

二十分钟后卡利特回了电话。

"平克尼是在三月二十五号报的案,说他在前一天晚上被打劫了。"

"有人在三月二十四号从GMC诊所给克鲁克香克打电话,克鲁克香克可能就是三月二十五号死的,这绝对不是巧合。"

"到底是谁打的电话呢?马歇尔的同事?清洁工?"

"要是马歇尔说的是真的怎么办?如果真有人陷害他呢?"

"丹尼尔斯?"卡利特的口气就像是我说了米洛舍维奇①被提名诺贝尔和平奖一样。

"我知道这听起来有点荒谬。很多证据都指向马歇尔,我们也就相信了。可他说的也有一定道理。手术室、绳套、病人变成受害者。这些都是表面证据,丹尼尔斯也在诊所工作,关于他我们知道些什么呢?"

"要是丹尼尔斯的话,就无法解释马歇尔和罗德格里斯的联系,还有马歇尔要卖掉船的事,马歇尔是个贝壳收藏家,他桌子上的一块贝壳和威利·赫尔姆斯身上的贝壳一样。我们就别在这上面浪费时间了,马歇尔脱不开干系的,那根睫毛也证明了这一点,好好想想平克尼的事吧,我还得应付堵在门口的记者大军呢。"

"罗德格里斯有什么消息了吗?"

"没有。"

"找到飞行员或飞机什么的了吗?"

"没有。这些都是检察官的事。你的工作做完了。"

卡利特挂机了,我耳朵里一阵嘀嘀声。

---

①前南联盟总统,下台后被捕,送到海牙国际法庭受审,被控"危害人类罪、种族屠杀罪和战争罪"等罪行。

*　*　*

星期五早上九点十分，莱斯特·马歇尔和沃尔特·塔克曼出现在法官面前。塔克曼辩称他的当事人是名医生，是社区内受人尊敬的居民。检察官则控告他有飞行出逃的危险。法官命令马歇尔交出护照，缴纳一百万美元的保证金。塔克曼在联系交钱，马歇尔下午就可以出狱了。

卡利特是对的，我没事了。剩下的都是侦探工作和把细节整理出来的检察工作，由侦查人员、犯罪鉴定室、地方检察官负责。有电话记录、病人档案、硬盘、时间表、飞行计划、证人证词等等工作要做。电视上把办案警察和犯罪调查描述成扣人心弦的、惊险刺激的，通常还夹杂着花里胡哨的科学技巧的过程。其实完全不是这样的。证据充分的案子是建立在无数个小时的脑力折磨之上的。要多角度分析，详细审核无数的数据，什么细节都不能错过。

我的角色演完了，可我就是放不下心来，同一个问题总在我脑海里盘旋。要是马歇尔说的是真的怎么办？要是我们抓错了人该怎么办？

凶杀被制止了，我本该很高兴才对。相比前几个星期我该彻底放松才对。可是相反，我像个过足了瘾的吸毒鬼一样兴奋。我没法看书、睡觉，甚至没法安静地坐下来。同一个疑问一次又一次地冲击着我。如果马歇尔说的是实话怎么办？凶手是不是还逍遥在外准备去墨西哥度假呢？

我带着博伊德到海滩上散了步，然后冲了个澡，做了一份三明治，吃了一碗冰淇淋。我打开电视看新闻，听到播音员飞快地播报着关于马歇尔取保候审的新闻。

我恼火地关上电视，把遥控器扔在沙发上。上帝啊，我要是犯了错该怎么办？

下午一点钟的时候，我终于坐不住了。我在电话白页簿上找到了丹尼尔斯家的地址，抓起车钥匙出了门。我不知道我要找什么。去观察他的行为方式，他的表情，找出什么错来？

丹尼尔斯显然没在海滩上晒太阳，也没去冲浪。他的公寓坐落在一个高尔夫运动场，旁边还有浓荫密布、网球场、礁湖和游泳池，每个单元的屋顶看上去都被加长了，伸出的部分高高地指向天空，他的公寓真够先锋的。

丹尼尔斯住在4B。我下了车，戴上太阳帽顺着屋角溜过去。看过那么多的《科伦坡》，终于有点用了。

我看了一下房子的编号，觉得应该是朝左边一排的别墅。弯弯曲曲的小路上面铺满松针，两边种的是万寿菊和还没有长成树的紫薇花丛。不知哪里的水龙头喷出水来，挥洒的阳光更加增添了花香和泥土的芬芳。

穿过操场时，我看到每个单元前面停的全是宝马、奔驰和高级的SUV。涂了防晒油的人们坐在游泳池边的躺椅里享受着日光浴。虽然我没见，可我能料想丹尼尔斯显然不会坐在一把廉价的椅子上。我的反应还是跟我当初从电话本上发现丹尼尔斯竟然住在水溪镇一样：这个诊所的穷护士怎么可能负担得起这些？

我并不知道接下来该怎么办。等找到了丹尼尔斯的房子再见机行事吧。

见机行事就是敲门。《科伦坡》里学来的。

没人应答。

我再敲，结果还是一样。我探身透过高高的、狭长的窗户看过去。

显然，丹尼尔斯喜欢白色。白色的墙、白色的柳条镜子、白色的吧凳、白色的橱柜和白色的工作台，一段白色的楼梯通向二楼，我看到的就这些。

"你是在找柯尼吗？"

我寻声掉头看过去。

我看到红色的背带、草帽、百慕大短裤、美国邮政衬衫。

"我不是故意要吓唬您的，夫人。"

"不。"我说，一颗心放了下来，"哦，我是说对，我是找柯尼，他在吗？"

"他很容易找到的，如果不在工作就是钓鱼去了。"这个邮差朝我笑笑，一只手扶在袋带上，另一只手拿着一本卷着的杂志，"你是他朋友吗？"

"嗯。"钓鱼？船？我自己也钓过鱼，"柯尼还真喜欢他的船啊。"

"男人有时是要出去一下的，这个世界真有意思，那么高大的男人在做护士，而个子小小的女孩儿却在伊拉克打仗。"

"是有意思。"我同意，可我关注的是我刚知道丹尼尔斯有条船。

邮差走上三个台阶，拿着那本杂志。

"塞到信箱里吗？"

"当然。"

"再见，夫人。"

等到那个邮差上了路，我穿过走廊去翻阅丹尼尔斯的信件。杂志有《游船》、《机动船》，还有一些信件和传单。收件人都是柯尼·R.尼丹尔斯，但有一个白色的带透明窗口的标准信封例外，可能是账单，收件人写的是柯尼·雷诺德·丹尼尔斯。

我把信件塞回信箱，回到车里。

离丹尼尔斯家最近的码头是波希克特码头，只要穿过水溪岛入口就到了，很方便。

几分钟后我来到这里。一个太阳晒得过多、泳衣穿得太少的妇女把我带到了第四码头的一条垂钓游艇面前。

我走上船坞，绳子不断地敲击着桅杆，也许是风帆的声音。风吹风帆？我的思绪开始乱了。

丹尼尔斯的船不是最大的，大概三十五英尺。尖尖的船头有金属轨道伸向船中，中央控制台被遮盖起来了，船尾有个平台。船舱看上去可以睡下四个人。

我的目光到处扫描，寻找细节。钓鱼椅、弦外支架、放鱼竿的支架、鱼箱、鱼饵站。装备得不错，这些设备绝对适合钓鱼，可今天没鱼钓，所有的东西都被收起来了，丹尼尔斯不见踪影。

那房子至少值五十万，这船又得三十万。他怎么买得起？这人肯定有问题。

有时只要偶然看到、听到或是闻到，在毫无征兆的情况下你就能找到你想要的，就像卡通画里亮起灯泡一样，哪的一下，你豁然开朗。

我的眼睛看到船的名字时，就响起了"哪！"的一声。

37

他是哈妮家的孩子。

曾曾曾祖父什么的改变了他的人生。

我侄子这阵子在这儿,他有条上等的船。

柯尼·雷诺德·丹尼尔斯。

奥尔西亚·哈妮卡特·杨布拉德·哈妮。

哈妮嫁到了雷诺德家,她有个侄子回到了查尔斯顿,她给了她侄子一条船。

哈妮住在迪威岛上。

威利·赫尔姆斯埋在了迪威岛上。

柯尼·丹尼尔斯是哈妮·杨布拉德的侄子,他熟悉迪威岛。

难道马歇尔说的是真的?我们真的抓错了人?丹尼尔斯真的具备做主犯的残忍和狡猾吗?

打电话给卡利特?

不行，我还得再找些证据。

我要去另一个码头，我跑回车上，驶向棕榈岛。

等了十分钟，阿齐格雷号渡船才来，返回迪威岛又花了二十分钟，可我觉得好像等了一辈子似的。

还算走运，渡口竟然有辆没人管的电瓶车，我一脚跳上去，朝管理中心飞驰而去。

我在自然博物馆里找到了哈妮小姐。她正在水槽边清理水族馆，手上捧着一盒拳头大小的贝壳。

"哈妮小姐，找到你太好了。"

"找到我？上帝保佑你，小姑娘。在这个绿色的星球上，我还能到哪儿去呢？"

"我——"

"我在给寄居蟹打扫房子呢。"哈妮扬起手中的盒子，盒子里的寄居蟹肢体蜷曲着，正小心翼翼地探测这个外部世界。

"哈妮小姐，上次你提到了你的侄子。"

那双粗糙的手动作慢了下来，但还是接着擦拭着水箱。"柯尼又惹麻烦了？"她把"麻"字说得特别重。

"我们正在调查GMC诊所病人的治疗和员工的资格问题，我想知道柯尼受过什么训练。"

"做护士并不说明他——"老妇人犹豫了一下，"——有什么毛病。"

"当然不是，这种老观念早过时了。"

哈妮用力地擦着，头上的鬈发一颤一颤的。

"柯尼本想成为一名医生，可后来就鬼迷心窍了。男孩长大了，你能有什么办法？"

"柯尼是在得克萨斯受的训练？"

"是啊。"

"具体是哪儿?"

"得克萨斯大学,他管它叫UTEP。呸,这学校取的什么名儿啊?听起来像治脚气的。"

哈妮开始往水箱里放水了。

"他为什么要回查尔斯顿?"我问。

"惹麻烦了,丢了工作,受了伤,心也碎了。"

老妇人抬起头,混浊的眼睛里露出了些许不满。

"我侄子本来可以成为一名好医生的。"

"我也觉得是,他学的护理方向是什么?"

"起先是急救,然后改了神经学。"听起来像"圣经学","在回来之前他在一家医院手术室工作过,做了两年的外科护理,我都干不了这细微的工作。你不会觉得在人身上切割缝补是件容易的差事吧?嗯,反正对于我花的钱来说,柯尼是对得起我的。"

我几乎没接着听了,又有两个可怕的事实对上了号。

我现在想的是我们真的抓错人了,凶手看起来更应该是丹尼尔斯。

而他却还逍遥法外。

我必须给卡利特打电话了,不,我要亲自去见卡利特。我一反原先的逻辑,开始相信马歇尔说的他被丹尼尔斯陷害了,可要让卡利特接受这个说法绝对需要面对面的努力。

星期五下午的交通完全被周末拥到这里来度假的人给弄瘫痪了,我开车到查尔斯顿花了几乎四十分钟。

卡利特在办公室里,看起来比以往任何时候都紧张。

"有件很重要的事我希望你听我讲完。"我说着,一屁股在警长桌子对面坐下来。

卡利特看了看表，顺从地吐了口气。很显然，他的意思是说你最好快点，而且要真的是重要的事。

"马歇尔说他被丹尼尔斯陷害了。"

卡利特打量着我。"现在上至州长、下到百姓，每个人都在拿我当靶子。然后你跑来说你认为我抓错了人？"

"我是说有这个可能。"

"我们的证据足够把马歇尔来回油炸三遍了。"

"马歇尔说我们掌握的都是表面证据。"

卡利特还要反驳，我赶紧接着说。

"从某种程度上来说，他是对的。目前所收集的证据表明病人是在那家诊所被谋杀的，可那个绳套任何人都可以藏在那儿，那贝壳也可能是被人放进马歇尔桌子里的，你知道辩护律师会怎么说。"

"他们当然会狡辩，可是陪审团相不相信又是另外一回事了。"

"你自己也说电话记录有点问题，"我继续说，"有人从马歇尔的办公室给诺贝尔·克鲁克香克打电话，可马歇尔那时不在诊所。"

"克鲁克香克在调查他们，肯定有人觉得不舒服。"

看得出来，卡利特根本就不愿意相信他抓错了人。他希望这个案子滴水不漏，是我促成了这个结果，地方检察官也同意这个结论，可现在我却要翻案。

"丹尼尔斯的全名是柯尼·雷诺德·丹尼尔斯，这你肯定知道。你不知道的是他有一个婶婶住在迪威岛上，那个婶婶还给了丹尼尔斯一条船。"

"不是说有条船、又了解迪威岛就能做杀手。"

"从护士学校毕业后，丹尼尔斯在一家医院工作了三年，他不是一直在公共医院做事的。"

"不够。"卡利特往后一靠，沙发椅子噗的响了一下。

"他做过外科护士，有两年的时间，他穿着手术服，看着医生做手术。他有无数的机会学习手术过程。"

"要想成为外科医生还得经过长时间的器械使用训练。"

"他不用成为外科医生，反正也不用管病人的死活，他所要知道的仅仅是怎么把器官取出来，怎么保存它们。

"再对对时间，丹尼尔斯是二〇〇〇年回到查尔斯顿的，二〇〇一年开始为诊所工作，威利·赫尔姆斯就是二〇〇一年失踪的。"

终于看到卡利特眼睛里闪现了第一丝亮光，我赶紧把最后一颗钉子敲进去。

"克鲁克香克下载了大量有关器官走私的文章，我检查他硬盘的时候几乎都通读了一下，但是以前一直没有发现特别相关的信息，现在我明白了。

"一九九三年以来，在墨西哥的华雷斯和奇瓦瓦，有大约四百名妇女被杀害，另有七十例失踪报告，里面有学生、店员、种植园工人，有些甚至才十几岁，尸体大都是在沙漠里，或者城里的建筑工地、铁路卸货场等地方随便埋起来的。

"二〇〇三年墨西哥检察总长办公室接管了几起案子。联邦调查局认为，证据显示有些受害者是被国际人体器官走私集团杀害的，克鲁克香克找到的一篇美联社的文章引用一位专管有组织犯罪检察官的话说，证人已经指认了其中的一个美国人。"

我看了卡利特一眼。

"丹尼尔斯在得克萨斯州的阿尔帕索学习、工作过，从那里过了边境就是华雷斯。"

"你是说丹尼尔斯跟国际走私集团有染？"

"我是说他有可能有份,就算他没份,他在阿尔帕索,肯定听说过那些杀戮,他可能也接触过,或者因此就产生了建立一个自己的生财之路的想法。"

卡利特开始用一只手摸下巴。

"丹尼尔斯住在水溪镇,还有一条价格不菲的船。"

"你说他是雷诺德家的?"

"这可能也没有联系,我知道单独地看,这些事实都没什么可疑的。对迪威岛很熟悉、有条船、在ＧＭＣ工作能接触到它的病人、外科训练、在阿尔帕索待过、生活奢侈、马歇尔办公室里无法解释的电话,可是它们加起来……"我故意留着结论不说。

卡利特盯着我的眼睛,我们都没说话。

一阵电话铃声打破了沉默。一声、四声,卡利特没理它。

一生中的某些时刻会深深印在你的脑海里,你脑子里的编码器会即时地在你不经意的时候把它存储下来,现在就是一个这样的时刻。

我一直记得电话上那个小小的红色按钮不停地闪着,走廊里有个声音在喊一个叫阿尔的人。阳光透过遮帘斜射进来,空中的尘粒飞舞着。卡利特的眼角微微抽搐了一下。

时间一秒秒地过去了,一分钟过去了。一个女人在门口探出头来,还是那个为他们家亲戚黑伯利打架一事叫卡利特去安抚的女人。

"我来通知你一下,马歇尔被保释出去了。他要举行一个新闻发布会,都是律师在说话。马歇尔绝对可以因为不说话获得扮演无辜嫌疑犯的表演奖了。"

卡利特用力点了点头表示知道了。

"泰比说他可能找到了点飞行员的资料。"

"告诉他我马上过去。"

我看了看时间，丹尼尔斯可能正逃出城区，也可能已经在查尔斯顿几百英里之外了，一想到他逃之夭夭了我就全身冰凉。

"你会考虑把丹尼尔斯抓起来吗？"我问。

"什么理由？"

"虐待狗、随地吐痰、在船上撒尿……随便什么，先把他抓起来，申请搜查令，像搜查马歇尔一样搜他的房子、汽车、电话记录。你肯定能找到蛛丝马迹的。"

"现在记者追我就像饿狼见到了排骨一样，赫伦在公众面前大发雷霆。"卡利特拍了拍电话，"我一上午都在接受州长和市长的盘问，我再也不会实施这种冒险的逮捕了。"

"那你至少得申请去搜查他的房子和船。"

"根据什么？因为我们丢了什么证据？我这样做新闻界不把我骂死。"

"根据就是他可能是个教唆犯或者帮凶，一个同谋。你只要把针对马歇尔的搜查令的申请理由再用一遍就行了。听我说，我知道很难想象马歇尔这样的贪婪之徒除了谋杀病人、无助的人之外还会干什么。"

"这才是你一直说的话，难道现在你要为他辩护吗？"

"我是说我没把握。"喉咙有点干，我吞了口口水，"为了你的职责，你最好调查一下丹尼尔斯是凶手的可能性。只要有一点嫌疑，你就应该把他抓起来。"

"我不是很清楚你们那里的法律体系是怎样运行的，博士。可在这里不是这样。我不能因为怀疑就抓人。再说，我也没有怀疑，是你在怀疑。我认为马歇尔他妈的就是凶手。"这是我第一次听到警长说粗话。

"如果丹尼尔斯逍遥法外的话，他可能还会杀人。"这话说得比我预想的还要有力。

卡利特下巴上的肌肉绷紧了，然后又放松。"杀谁？那个诊所不可能有人再做手术了。"

"我是说马歇尔，他现在出来了。如果丹尼尔斯杀了马歇尔的话，这个案子就结了。"人们会以为是受害者的朋友或是亲戚杀了马歇尔，而丹尼尔斯还可以一走了之。"

卡利特眼睛盯着我，手指在电话上按了一个键，扬声器里传来一个电流嘈杂的声音。

"我是赞周。"

"马歇尔离开法庭了吗？"

"大概四十分钟前走的。"

"他干什么了？"

"他跟律师在一起，在布洛德大街的一家办公室停了一下，律师在后面等着。现在马歇尔向南朝十七街走去了。"

"可能是回家，继续跟着。"

"秘密跟踪吗？"

"不用，让他知道你跟着。"

卡利特又按了一下按钮，切断了线。

"你真的要找到丹尼尔斯才行。"我紧追不舍。

"你可能说对了一件事，针对马歇尔的证据确实都是表面的，可是你说的针对丹尼尔斯的证据也好不到哪儿去。"卡利特站起来，"我们去看看泰比找到什么了吧。"

副警长泰比正坐在二楼办公室的一台电脑前面，键盘前面堆了一沓打印纸。

"你找到了什么？"卡利特走进房间里问。

泰比转过身来。在荧光灯的映射下，那张脸比在外面看着更像鹰了。

"我们对马歇尔家电话和办公室电话什么也查不出来的时候，我就想，这人怎么跟外面联系呢？公用电话？哪一个公用电话？"泰比用手指点了点太阳穴，"我调出了诊所附近公用电话亭的记录，查了一下最后一个 MP 的 DLC 前后打出去的电话。"泰比是个喜欢用缩写的人。DLC 是最后一次出现的日期，MP 是失踪人员。

"给吉米·雷·蒂尔的？"我问。

"是啊。蒂尔的ＤＬＣ是五月八号。于是我就开始逐个记录查对名字，幸好，这个公用电话不是城里最忙的，我已经查了一半了，有所发现。

"五月六号，上午九点三十七分。有人从这里给一个叫贾斯珀·唐纳德·肖特的人的手机打电话，通话持续了四分钟。五月九号下午四点六分，同一个号码又打了三十七秒。"

"分别在蒂尔 DLC 前两天和后一天。"卡利特说，"你查过肖特了吗？"

"看了这个你会满意的。"泰比把打印纸推了过来，"肖特也是个有前科的人，他在空军服过六年兵役，后来因为被人在包裹里发现毒品而遭到开除，从越南岘港遣送回国。军人被开除就像是我们警察被解职一样不光彩，对将来的就业很有影响。"

泰比举起一张纸。

卡利特和我扫了一下内容，这份文件是肖特的服役记录的复印件。

贾斯珀·唐纳德·肖特在越南是个飞行员。

38

"肖特以前是个花花公子。"卡利特说。

"现在还是。"泰比又抽出一张纸,"他有一架西斯钠二〇七型飞机,尾号是 N3378Z。"

"毒贩的最爱。"卡利特说。

"是的,长官。"泰比表示同意,"单引擎,可超低飞行,在野外着陆。不过二〇七要是想做长途秘密飞行的话可不是一个理想的选择。因为不加油很难从这儿飞到巴亚尔塔港去。还有一个问题,美国境内的飞机每次飞行都得登记,我们可以通过肖特的飞机尾号很容易就追查到他,所以毒品贩子一般都是偷或者买别人的飞机,然后把尾号涂掉,印上一个假的号码。"

"找到这架飞机,找到肖特,看住他并给我打电话。"

"是,长官。"

卡利特转身要走,我问了最后一个问题。

"肖特住在哪儿?"

"水溪镇。"

我心里一阵激动。"水溪镇的哪儿?"

泰比敲了几个键,一个地址显示在屏幕上。

"鹈鹕林别墅区。"

激动变成了冲动,我转身朝向卡利特。

"丹尼尔斯也住在鹈鹕林别墅区。"

卡利特手已经抓住门把手了,却又停了下来。

"同一个社区?"

"是啊,这绝不可能只是巧合,马歇尔没撒谎,肯定是丹尼尔斯。"

卡利特的表情终于有点松动了,他肯定地点点头。"我会把他抓来的。"

"我要跟你去。"我说。

卡利特看了看我,咬紧了下嘴唇。"我抓住了他会通知你的。"

说完他就走了。

我只有回家等着了。

遛完博伊德之后,我草草吃了顿速冻晚餐,打开电视看新闻。一个举止得体的新闻主持人正在报道发生在一个公共社区的火灾。开始谈论马歇尔的案子时,她的表情变得略微有点震惊。背景画面显示出诊所、年轻时的马歇尔、赫伦在体育馆带领教徒祈祷、马歇尔和律师离开法庭。

我没怎么听,脑子里还在思考每一个细节。我不时地看表,每次都只过去了几分钟。

是丹尼尔斯吗？肯定是。卡利特找到他了吗？怎么要这么久？

我给安妮的仙人掌浇了水，收集了一堆要洗的衣服，又把洗碗机清空了。

我心里还是没有十足的把握，衡量一下丹尼尔斯和马歇尔哪个更可能是凶手，可是找不到一个人来讨论我的这些疑惑。我还是跟赖安说一下吧，听听他的意见。我刚要打电话，又一想他应该专心跟莉莉相处一阵子的。博迪在专心玩一个猫薄荷做的青蛙，博伊德虽然总是一副对万事都感兴趣的样子，却不是个好的谈话对象。

六点半的时候皮特打了个电话过来，仍是烦躁挑剔。我告诉他我一会儿过去，告诉他这四天以来发生的事情。

我到医院时皮特正在看星期五的《查尔斯顿报章》。一见到我他就把报纸一扔，开始抱怨难以下咽的食物、穿着浑身痒痒的衣服、第一阶段的物理治疗艰难等等。

"原来有这么多的需求啊。"我说着，在他额头上亲了一下。

"这叫做发泄。可你没有真的在听。"

"是没有。"我承认。

"跟我说说案子怎么样了吧？"

我一五一十地说了。那个简易的手术室、器官盗窃、绳套、贝壳等等。还有尤里克·蒙塔格、威利·赫尔姆斯、其他的失踪人员、罗德格里斯等等，以及巴亚尔塔港那个叫洛斯桑托斯的阿布利哥爱斯拉多的地方。

我告诉皮特，罗德格里斯和马歇尔是医学院同学，两个人行医时都被查处过。马歇尔是因为乱开药物，罗德格里斯是因为和病人不检点。马歇尔还坐过一段时间牢，我还告诉他马歇尔在我和赖安到诊所询问过他之后立刻把船卖了，最后又说了马歇尔的被捕和随后的取保候审。

"你真该为自己感到骄傲。"皮特说。

有一阵子,我好像动摇了。但是,不,肯定是丹尼尔斯。

"可我觉得我可能让卡利特抓错了人。"

"不要以为你想的每一件事情都对。"

我打了一下皮特的手,他一缩,夸张地喊起痛来。我又看了看表。

"除了他自己,没有人能让卡利特抓人。"皮特说。

"是不能说谁让他抓了人,可是我在旁边说了不少话,现在却由卡利特来承担压力。"

"谁的压力?"

"新闻界、赫伦。那个牧师的关系网可不一般。"我烦躁地用指甲去抠手上的趼子,"要是我错了怎么办?那卡利特下次选举的时候就有的解释了。"

"在我看来,证据够充分的了。"

"可都是表面的。"

"只要陪审团相信,一定的表面证据能够成为定罪证据。"皮特伸出手来分开了我的两只手。我又看了一下表,卡利特到哪儿去了?

"如果马歇尔没罪的话,还有其他有嫌疑的人吗?"皮特问。

我又把我了解到的柯尼·丹尼尔斯的信息说了一遍。

有船、对迪威岛很熟悉、外科手术护士、在墨西哥出现和器官走私相关的恐怖杀人事件时期在阿尔帕索待过,还有马歇尔不在诊所的时候从马歇尔办公室打出的电话,和一个名声不好的飞行员是邻居,在吉米·雷·蒂尔失踪前后和这飞行员联系过,联系的电话就是几步之遥的公用电话亭。

"很可能马歇尔和丹尼尔斯两人都参与其中。"等我说完,皮特说。

"有这个可能,但我总会想起马歇尔和我的谈话。虽然我讨厌这个人,可他说的有些是有道理的。把贝壳忘在办公室里不符合他的性格,从他的办公室打电话给克鲁克香克时他有不在场的证据、卖船的交易也确实很容易被查到。如果他们是一伙的,除非他想认罪并且首先向检察官坦白,否则他把丹尼尔斯扯出来有什么用呢?"

"马歇尔或者丹尼尔斯积蓄了大量钱财吗?"

"卡利特说没找到这方面的证据,当然现金是很容易藏起来的。丹尼尔斯所过的生活绝对不是一个护士所能过得起的。"我又谈到了哈妮家的孩子和水溪镇的别墅,解释了一下丹尼尔斯的家族渊源。

"是那个雷诺德铝业家族吗?"

"就是他们,但这并不说明什么。"

我的眼睛又瞄了一下手表,距上一次看表才过去五分钟。

"我费了点唇舌,卡利特终于去抓丹尼尔斯了。"我又开始抠,趼子终于剥掉了,露出鲜红的嫩皮,"但丹尼尔斯的证据也都是表面的,我指望搜查和电话记录能够翻出些有价值的东西来。"

"那根睫毛怎么样了?"

"DNA 测试还是很费时间的。"

"喜剧队长回他的冻土地带啦?"

"是。"

"想他吗?"

"是。"我有天早上醒来时闻到了枕头上赖安的气息,突然感觉比任何时候都要孤独。那只是一种空虚,还是一种亲近的感觉?

"爱玛怎么样了?"皮特再次把我的两手分开,抓住一只不放。

我摇头。

十分钟后我的手机终于响了,卡利特的号码在屏幕上闪烁。我心怦怦地跳着赶紧接了。

"丹尼尔斯既没在波希克特,也没在他的别墅里,船倒是在。我们已经发出全境通告拦截他的车了。"

"肖特那边有消息吗?"

"没找到他,但他的飞机停放在克莱门特渡口路的一个私人跑道上。他们没有塔楼管理,只卖燃油,看守说肖特每星期六早上都送一些商人到夏洛特去,星期五晚上过来做一些维护,泰比会在那里守着等肖特出现。"

"马歇尔在干吗呢?"

电话停了一下,我听到背景里卡利特的对讲机在吱啦吱啦地响。

"赞周跟丢了。"

"丢了?"我简直不敢相信,"他怎么能跟丢了呢?"

"一辆十八轮的卡车在他前面撞折了,坏了两辆车。我叫他处理这事去了。"

"天哪。"

"这只是暂时的。塔克曼召集了新闻发布会,明天早上十点。马歇尔又会装成木偶的样子出现了,我们那时再接着跟。"

挂了电话,我回头看了看病人。还好,皮特已经迷迷糊糊地要睡着了。

我回头再看一眼手机,忽然发现一个图标在闪动,这表示有一个语音邮件。我听了一下这消息。

爱玛,四点二十七分。"打电话给我,我有新消息。"

我们跟泰比谈话的时候,我把包放在卡利特的办公室了。爱玛可能是那时候打的。

我按了一下快速拨号键。铃响了四声之后爱玛的答录机接了。

"该死。"

我正要挂,里面却突然传来了爱玛本人的声音。

"别挂。"

等到录音终于播完了,一声长音之后,我听到咔嗒一响,声音质量就好多了。

"你在哪儿?"爱玛问。

"在医院。"

"医院的人抓住你用手机的话,会用消防龙头浇你的。皮特怎么样了?"

"睡觉呢。"我说,只比说悄悄话的声音大一点点。

"你和卡利特忙得够呛吧?"

"爱玛,我觉得我可能犯了个错误。"

"哦?"

我起身把门关上,把刚对皮特说的话给爱玛又简略地说了一遍。她没作声,一直听着。

"我不知道我的消息能不能解决问题,今天拿到DNA结果了,就是马歇尔的睫毛。"

"你说得对,这还是有两种可能,但是减少了其他的可能性。可能是马歇尔处理的尸体或是他参与了尸体的处理,也可能是处理尸体的时候他就被陷害了。但凶手怎么可能那么早就开始陷害他?这种防止意外的计划听起来可够长远的,而且只是一根睫毛。听起来就像电视里说的警察在一英亩蓬松的地毯上找到了一个皮肤细胞,你说这样找到一根睫毛的概率有多大?"

"你会选谁?"

"丹尼尔斯,只有他才会傻到相信这样也会成功。"

"我也是。保持联络。"

"我会的。"

我把手机调成震动模式。过了几分钟,我正抠着跰子,手机又来信号了。

卡利特。

"棕榈岛警察在迪威岛的码头发现丹尼尔斯的车了。"

"他去看他婶婶了?他为什么不开船去?"

卡利特没回答这些问题。也对,这些问题有关系吗?

"我正跟迪威岛的同事去看他是不是在那儿,也通知了在别墅和波希克特的同事,我们会抓到他的。"

"等你们抓到他一定通知我,这家伙让我毛骨悚然。"

皮特开始打鼾了,我该走了。

我把皮特床头的报纸收拾起来,尽量不弄出声响。这时我的目光落在了报纸奥伯利·赫伦麻麻点点的黑白照片上,照片上赫伦一副祈求的姿态,仰着脸、闭着眼、一手举过头顶。

是左手。

突然,一个念头像海啸一样冲了出来。没有先兆,却又那么令人震惊。

"该死。"我心里喊道,手指下意识地攥成了拳头,"该死,该死,该死。"

随着我头脑中的图像清晰起来,我的手在颤抖。

三个人都是第六根颈椎破裂,而且都裂在左边。

用一个有结的绳套施以致命的力量。

柯尼在讯问室的单向玻璃后面,说话时一手抓头发,一手擦桌子;

一只手臂搭在椅背上，一只手腕上有圆形伤疤。

莱斯特·马歇尔在病历上一页页地翻动，在律师用笺上龙飞凤舞。

纷乱的画面渐渐融合成现实。

丹尼尔斯说过在一次摩托事故中他的左手永久伤残了，他只有右臂有力气。

马歇尔翻蒙塔格的病历时用的是左手，他写字用的也是左手。

丹尼尔斯常用右手，而马歇尔却是左撇子。

西班牙绞套是在受害者身后从头上套下去的。

在蒙塔格、赫尔姆斯和克鲁克香克的案子中，力量是从脖子左边加上去的。他们是被左撇子杀死的。

我叫卡利特去抓丹尼尔斯了。

可凶手不可能是丹尼尔斯。

那马歇尔到哪儿去了呢？

39

我放下报纸抓起电话就给卡利特打。

没人接。

该死!

我又往警长办公室交换台打。接线员说无法接通卡利特。

"我必须找到他,马上。"

"你是要报案吗?"

"卡利特正在去抓捕一个叫柯尼·丹尼尔斯的嫌疑犯的路上。给我找到他,告诉他行动之前给布兰纳打电话。"

"你是报案人吗?"

"不。我是唐普兰希·布兰纳。我正与法医办公室合作。我有警长急需的信息。我有急事一定要找到他。"

那边犹豫了一下。

"你的电话。"

我报了电话号码。"我怎么能跟泰比副警长联系上？"

"我没权把号码给你。"

"那也请你联系一下泰比。"我控制着自己不冲这女人喊叫，"告诉他给我打电话，还是这个号码，这个信息。"

我沮丧极了，挂了电话。

我看看皮特，他已经从迷糊的瞌睡进入深度睡眠了。我本想马上就走，可是又决定还是等一下。要是卡利特或是泰比打过来，我却在电梯里收不到信号怎么办？

我焦急地在病房里走来走去，开始用牙咬趼子了。

打电话啊，急死人了。

手机纹丝未动。

打电话啊！

我怎么会这么蠢？这么容易上当？马歇尔就像耍猴一样耍了我。有这些时间，我本可以花在怎么进一步寻找证据上的。

冷静，布兰纳。现在还没什么损失。马歇尔还在被控告之中。他必须接受审判。丹尼尔斯可以被释放的。

像以往一样，我又忽略了自己的告诫。我因为恼火而反应过激，我实在是太气愤自己的愚蠢了。我手上长趼子的地方现在被自己咬得鲜血淋漓。

我更高级一点的自我还在尝试理性思考。

卡利特忙着去抓丹尼尔斯了。他也可以因为新证据的出现而把他放了。这是经常有的。不会死人的。

死人？

随着脑子里另一个纷乱的图景逐渐演变出另一个可怕的事实，我全身的血都冷了下来。

马歇尔是凶手，可是目前针对他的证据都是表面性的。谁能够提供定罪证据呢？

那个飞行员。只有他了。

如果肖特真的是马歇尔的骡子的话，马歇尔就有一个大漏洞了。只要地方检察官找到了肖特，他肯定会和检察官达成交易的。如果肖特招了，他的证词就能把马歇尔和罗德格里斯直接送上刑场。

马歇尔没有什么做不出来的。他甩掉赞周跑了。他肯定是意识到了肖特身上存在的危险性。他肯定是要除掉他来消除这危险。如果成功了的话，他就可以阻止给他定罪了。

我正在手机上按键的时候，一个护士突然开门进来了。她撅起嘴，指着我的手摇头表示不允许。

我把手机塞进口袋里，赶紧出了病房来到大厅。电梯昏暗的面板显示它还在往上爬呢。

快点！

门开了，我冲了进去，一头撞上了里面的乘客，人家躲都来不及。我们往下走。大家都茫然地看着楼层数字闪烁。

快点！

楼下大堂里几乎没人了。我冲出门，拨了卡利特的号。

还是没人接。

该死！

码头上怎么了？已经到了迪威岛？还在丹尼尔斯的别墅？在波希克特？

那克莱门特渡口街的跑道上又怎么样了？

泰比是最让人担心的了。他不知道肖特会成为谋杀目标。肖特也不会想到马歇尔会杀他。医生几乎不会失手，只要把飞行员干掉了他就什么都回来了。马歇尔不知道丹尼尔斯被追捕了，他可能会把这场谋杀又嫁祸到丹尼尔斯身上。马歇尔会用枪吗？是他对皮特开的枪吗？枪击案的调查还没有一点消息，搜查马歇尔家和办公室的时候也没找到枪。

我气喘吁吁地跑到自己的车前，钻进去点了火。却又犹豫起来。

去棕榈岛，找卡利特？

还是去克莱门特渡口街，找泰比？

泰比有危险。

马歇尔杀了多少人了？如果泰比失误说出见过肖特。马歇尔会毫不犹豫地杀了他的。在这两人中，泰比是更容易被袭击的一个。他的巡逻车太显眼了，而且他也不知道要防备别人的攻击。

我哆嗦着又给警长办公室打电话。还是那个接线员，我报了自己的名字。她又开始喋喋不休，我打断她的长篇大论，告诉她通知卡利特和泰比我有紧急情况，赶紧跟我联系。

"卡利特警长和泰比副警长目前都联系不上。"

"电台，电话，信鸽。"我几乎尖叫起来了，"随便你用什么方法，赶紧把我的话传过去。"

我听见对方也倒吸了口气。

"泰比可能有危险。"

我挂了。

接下来该怎么办？卡利特现在认定了我对丹尼尔斯的错误分析。我都不知道他在哪儿。泰比可能就在跑道那边。可我也不知道那跑道在哪儿。最好还是就在这房子边上等着。他们中肯定有一个会过来的。

　　　　　＊　＊　＊

　　我走的时候没记得留一盏灯。"望海居"里黑糊糊的。半个月亮像个昏暗的灯笼，惨淡地照在外墙上。

　　我开门的时候博伊德欢快地叫起来，绕着我转圈。我放下皮包，查了一下家里的电话。没有信息。

　　房子里怪怪的，空得有点可怕。没有皮特，没有赖安。太多房间对一个人来说太安静了。谢天谢地还有一只狗和一只猫陪着我。我轮流地抚摸着它们。

　　我打开电视看了一会儿ＣＮＮ头条新闻，却一点也没看进去。卡利特和泰比为什么不回电话呢？马歇尔和丹尼尔斯都逍遥在外，警官们追错了人。凶手可能再次出动。情况紧急。

　　真的紧急吗？

　　马歇尔被控告，传讯，取保候审了。更多的证据将会引发逮捕。紧急的是要取消对丹尼尔斯的逮捕。如果他逃跑而被击伤怎么办？明天的新闻会上马歇尔的律师会拿马歇尔的被捕做什么文章呢？

　　电话，该死。回电话啊！

　　我实在坐不住了，拿着手机和一瓶健怡可乐向沙滩走去。博伊德大为光火拼命地抓门，因为我咣当一下，在它鼻子前把门关上了，我可不想黑咕隆咚的还要到处找它。

　　海潮很高。沙丘和水之间没留下多少空间。没见到夜晚的散步者走在白色的海浪线上。我从露台上拿了把椅子搬到了海水边上。

　　我坐下来，把脚趾扎进沙子里，喝着饮料等着电话响起来。月光在海浪上洒下一片银色。海风搅动着海水。周围都很安宁，平静。我的心也慢慢平复下来，基本上吧。

　　皮特和赖安。赖安和皮特。为什么犹豫不决呢？早已遗忘的旧日情感又浮上心头，有时难免造成极大的尴尬，我感觉自己左右为难。还好，暂时不需要什么行动，这种牵扯还会继续下去吗？只能等等看。

一个夜行者从左边向我走过来。我下意识地在脑子里做记录。这人还戴着风帽。奇怪，今晚并不冷啊。肌肉强健。这个人拐了个角度，想从我的椅子和沙丘之间穿过去。

突然，我的脖子被卡住了。手机和饮料从手里掉了下去。

我搞不明白这个人怎么行动这么快、这么猛烈。

我想护住自己的喉咙。我竭力喘气，说不出话来。

"不许动。"一个压低了的沙哑声音。

"好好欣赏一下这风景吧，你这个自负、愚蠢、好管闲事的臭婊子。"这咬牙切齿的声音我以前肯定听过，"这是你见到的最后一幕了。"

我绝望地把手指都抠进了肉里。

"弗林和克鲁克香克想扳倒我，我应付过来了。可你管了你不该管的事，毁了我的生意。我提供的服务很有价值。我从那些没人管的人身上拿了点有用的东西，放到能够更好地利用他们的人身上。我真遗憾没法从你身上取一点。"

缠着我脖子的东西箍得更紧了。我没法呼吸，也没法叫。我的视线模糊了。

"你给我造成了巨大的伤害。现在该一报还一报了。布兰纳博士。再见吧。"

我受伤的大脑里搜不出这个声音了。我的肺都要爆了。身体的每一个细胞都在喊叫着需要氧气。世界在我周围慢慢消失。

反击啊！

我用尽全力上下蹿动，头顶碰着他的下巴了。他往后退了一点，手上松动了。

我又拼命地往水里拖，想冲到海浪里去。他一把抓住我的头发把我拽了回去。

我失去了平衡，倒在地上。两腿直直地伸向前方。不等我翻过身来，那只抓我头发的手用力地往下按了，我的下巴顶住了胸部，另一只手又回到了脖子上。

然后，不知怎么回事，那只手放开了。我转身爬起来，可却站不起来。我试着用两手撑起来时，脖子上的套松开了。这是我听到了第二个声音。也是我以前听过的声音。

"想陷害我？你这个没种的疯子。"

血水涌进了耳朵了，也许是海水？

我抬起头，看见了柯尼·丹尼尔斯。他粗壮的左手卡着马歇尔的喉咙，右手将马歇尔的手扭到了后背。马歇尔的脸痛苦得变了形。

这样就好。

40

星期六晚上,热浪终于退去,随之而来的是南部低地明媚的礼拜天早上。十点时,皮特和我坐在露台上,两腿交替着荡来荡去,阅读我从这个纯洁又邪恶的岛上弄来的报纸。

我看的是《夏洛特观察家报》的体育版。这时一道黑影慢慢滑过报纸,我抬头一看,是一行人字形的鹈鹕在头顶滑翔。

我从咖啡保温瓶里又倒了一杯咖啡,把脚架到栏杆上,极目远眺。沙丘过去,是正在退潮的海水,让出了一大片沙滩,还有一堆堆低矮的沙包。西南方,小得成了黑点的风筝在苏利文岛上空飘舞。沙滩栈道两边的灌木丛里,小鸟们叽叽喳喳地进行着早间会议。

昨天下午从南卡医学院出院回来的时候,皮特宣布说星期一他的一个合伙人会开车来接他回夏洛特。巴克·弗林和他的伙计们终于找了个会计接手调查奥伯利·赫伦的账簿了。皮特根据他受伤前所调查的情况,怀疑GMC在拿着善款从事非法活动。

我没有阻止皮特回夏洛特。拉脱维亚智多星恢复得很好。我知道他也急着回去招呼他那帮客户了。

我和梅克伦堡县的医检官提姆·拉拉比联系过了,也和蒙特利尔法医部主任皮埃尔·拉曼彻谈过了。夏洛特有一个头盖骨和一具风干的婴儿尸体等着我去鉴定,蒙特利尔的法医实验室有两具残骸需要辨认。两位病理学家都说案子不着急,同意我在查尔斯顿再照料一下爱玛。

还有最后一个任务。

当我打开《亚特兰大宪章通讯》时,明显感到而不仅是听到木地板上的脚步声。我一回头,卡利特大踏步地走了过来。他戴着雷朋墨镜,穿着斜纹衬衫和咔叽布休闲裤,不像每天穿着的警服都绣有名字。我猜这是警长最喜爱的便装了。

"早。"卡利特先向皮特点头,然后也向我点了一下。

皮特和我一起说:"早。"

卡利特在露台上的一条凳子上坐下,"很高兴看到你完全康复了,先生。"

"是啊。要咖啡吗?"皮特拍了拍保温瓶。

"谢谢,不要了。"卡利特把脚摆正,身子前倾,结实的前臂靠在壮实的腿上。"我跟小鬼杜普利好好聊了一下,发现他有个野心很大、脑子却不好使的手下,叫乔治·兰亚德。"卡利特冲我点点头,"小鬼看到你给州考古学会报告的副本之后气坏了,兰亚德误读了他老板说要你赶快躲起来的信息。这就是我要交代的故事。"

"兰亚德以为杜普利是要找人杀了我?"我掩饰不住语气里的厌恶。

"不是要枪杀你,是想吓唬你。兰亚德承认是他向垃圾箱扔酒瓶、隔着房子开枪,他说他没想要伤到人。"卡利特转而对皮特说,"你恰巧在不恰当的时间走进了厨房。"

"小鬼本人没有卷进去?"

"杜普利听到兰亚德跑来汇报这件事时,气得差点背过气去。他以为在他的开发区又要出一条人命了呢。"卡利特深吸了一口气,然后吐出来,"我相信他说的,杜普利的确会时不时耍点小流氓,但这人还不是个罪犯。"

"马歇尔那边怎么样了?"皮特对兰亚德没兴趣。

"检察官和马歇尔达成了协议。他提供每个受害者的姓名和埋藏地点,国家同意不判他死刑。"

我轻蔑地嘲笑道:"国家至少应该取出他的一个肺和一个肾来。"

"我会把这个建议转达过去的。"卡利特笑了起来,这可真是难得一见,"我也希望这条建议被采纳,但我不知道该由谁来实施。"

"他坦白交代了?"皮特问。

"可以说是竹筒倒豆子,像小孩第一次拿手机似的喋喋不休。"

这我已经知道了。星期六早上,马歇尔对检察官一认罪,卡利特就打电话告诉我了。我一想到这场大屠杀就义愤填膺,悲情难抑。

马歇尔的第一个受害者是个叫库琪·戈丁的妓女,二〇〇一年夏天被杀。威利·赫尔姆斯,二〇〇一年九月被杀。两具尸体都被偷走了肾和肝,然后埋在了迪威岛上。

马歇尔了解丹尼尔斯的经历,雇他的部分原因就是看中了他的履历。从一开始,马歇尔就想到要防止万一诊所被盯上怎么办。他早就做了若干手脚试图把嫌疑转嫁到丹尼尔斯身上。后来挖坟对于医生来说劳动量实在是太大了。所以当戈丁和赫尔姆斯的死竟然根本没人注意到时,马歇尔胆子就更大了。他改变了作案手法,懒得挖坟了,变成直接扔到海里。

罗斯玛丽·蒙姆和帕克·埃斯里吉，二〇〇二年被杀。卢比·安·沃特利，二〇〇三年。丹尼尔·斯尼普和劳尼·艾克曼，二〇〇四年。最后的受害者是尤里克·蒙塔格和吉米·雷·蒂尔。要不是碰巧有场暴风雨把蒙塔格的桶冲到了莫尔特里兄弟的小溪里，要找到其他受害者的残骸是很难的。

对于海琳·弗林和诺贝尔·克鲁克香克的死，我很高兴我判断对了。这虽然没什么值得夸耀之处，但我在这里还是交代一下。弗林二〇〇〇年开始在GMC诊所工作。她对马歇尔的不信任源于诊所财务，她不明白GMC在诊所运营怎么这么拮据。她首先怀疑诊所简陋的条件和马歇尔奢华的生活方式之间存在联系。为了证实她的猜测，她开始调查医生的私人生活，尽管还没有财务舞弊的可靠证据，她还是向她父亲和赫伦举报了。

马歇尔发现海琳在跟踪他。他害怕终有一天她会发现真相，就绞死了她，扔到海里去了。他还把她房子的钥匙和房租寄给了房东，编造了一个去加利福尼亚的故事。可悲的是，海琳其实根本就没发觉马歇尔偷盗器官的事。

克鲁克香克也必须除掉，但他以前是个警察现在是个私人侦探，而且他的客户是巴克·弗林。他要是失踪了立刻会有人找他，所以杀他的计划要更周详些。经过调查克鲁克香克的过去，马歇尔决定制造一个自杀场景。但这个人的身强力壮使得对他的谋杀行动有一定的困难。

"我很好奇，"我说，"克鲁克香克虽然不高大，但力量很强。马歇尔是怎么设法把他骗过去的呢？"

"马歇尔跟踪克鲁克香克到了木兰庄园，他发现克鲁克香克喜欢喝酒,而小鲁娜酒吧就是他经常光顾的地方。

"一天晚上,马歇尔在小鲁娜酒吧发现克鲁克香克喝得醉如烂泥,马歇尔就到附近的公用电话打电话到酒吧,在描述了克鲁克香克的外貌后,请酒吧招待叫他接电话。

"酒吧招待把克鲁克香克找来接电话。马歇尔声称自己叫丹尼尔斯,说他有关于海琳·弗林和诊所的重要情报要告诉他。他同意在木兰庄园见克鲁克香克。"

"克鲁克香克太急于去赴约会,以至于出来的时候拿错了外套。"

"对。他的车钥匙放在裤子口袋里,所以他没注意到外套拿错了。克鲁克香克开车开得东倒西歪,马歇尔都担心他走不到木兰庄园就会停车。可惜他没这样的运气。

"克鲁克香克停车时费了不少劲,这正好让马歇尔在走向他的受害者前有时间好好观察了一下周围环境。马歇尔原本打算等目标出来了以后再实施他的绞索计划,就在这时机会自己出现了。

"克鲁克香克哆哆嗦嗦地在锁他的车门。马歇尔一看旁边没人,大街上漆黑一团,便冲到克鲁克香克身后,趁克鲁克香克还没意识到危险的时候把绳套套在他脖子上。"

"他怎么把尸体弄到森林公园去的?"

"克鲁克香克被勒死后,马歇尔就把他的一只手搭在自己肩上,自己的另一只手围住克鲁克香克的腰。这样要是有人看见了也会以为他是在扶喝醉的朋友回家。马歇尔费力地将克鲁克香克的尸体搬到了车后座上,然后开到一个没有灯的教堂停车场,再停车把尸体转移到后备箱里。

"接着他回到家,找了两根长绳子,再一直开到弗朗西斯·马里恩公园,把车停到了我们那天发现尸体的地点。马歇尔把克鲁克香克从车里拖出来,像拖雪橇一样拖到了树林里。在那棵树下,他先用绳子从克鲁克香克的腋下绑住他。然后把绳子的另一头扔上树枝,把尸体吊起来直到脚离开地面。他竖起一个可折叠的梯子,爬上去把第二根绳子绑到克鲁克香克脖子上,然后再系到树上。最后他把绑在躯干上的绳子剪断,收拾起梯子,离开。"

"那克鲁克香克的车呢?"

"马歇尔绞死克鲁克香克后在他身上找到了钥匙。当他发现克鲁克香克身上的钱包里是另一个人的名字时一定吓了一跳。不过他最终确定人是对的,是外套错了。这个意外反倒帮了他一个忙。绞死克鲁克香克的第二天,他开着克鲁克香克的车去了机场,把它停在了长期停车区,再把从车牌和挡风玻璃上揭下来的各种印花纸装进一个公文包。然后他乘出租车回到市里。一个月后,警察把这辆车转移到了废弃汽车场。那时,马歇尔一定是得意地觉得自己不可战胜了。"

"星期五晚上是怎么回事?"皮特问。

"马歇尔通过公共通道直插海边,想从海滩上靠近你们的房子。"卡利特指着不远处的一条通道,"想想他看到布兰纳博士孤身一人坐在海滩上,他是多么激动啊。"

我的手下意识地往自己的脖子上摸过去。"丹尼尔斯为什么要跟踪马歇尔?"我问道,手指顺着皮特所谓的"有机项链"伤痕摸过去。

"丹尼尔斯跟司法部门打交道不是很积极。他不相信警察,又担心马歇尔正全力陷害他。于是就决定自己搜集证据。他本来打算跟踪马歇尔以找到有力证据证明这人有罪。"

"丹尼尔斯为什么不用自己的车?"

"肯定是认为马歇尔会认出来。哈妮小姐在大陆上就有一辆车,所以丹尼尔斯就开了他婶婶的车而把自己的留在了码头。"

"在马歇尔被捕并被讯问之前,丹尼尔斯就一点没察觉什么吗?"我仍然觉得这里有问题。

"我告诉过你。尽管他是个注册护士,可他的智商就只有那么高。"

"讯问的时候他为什么那么敌对?"

卡利特耸耸肩:"他就是讨厌警察。"

"那赫伦和他那个任人唯亲的我主慈悲教会怎么样了?"

卡利特摇摇头。"只要马歇尔按照预算来做,他就对诊所有完全的管理权。表面看起来,GMC 的人对他们医生的所作所为一无所知。"

"那肖特有没有招认什么呢?"我已经知道了那架西斯纳星期五晚上在泰比到达跑道之前就不见了。

"拉伯克警察局昨天晚上十点四十分逮住了他。这就是我来告诉你们的主要消息。"

"肖特飞去了得克萨斯?"

"他以前在得克萨斯住过。"

"他合作吗?"皮特问。

卡利特摆手做了个"一般般"的姿势。"肖特声称他提供的是合法的包租双程服务。他承认为马歇尔运过货物,但他声称对货物的内容毫不知情。他们的合作方式就是:马歇尔提前一两天通知他,他们带着冷藏箱按预定时间到机场。肖特飞往墨西哥,在巴亚尔塔港外面的沙漠降落,然后把冷藏箱交给一个叫乔治的墨西哥人。每次行程马歇尔付他一万美元。肖特说他从来不问运的是什么。"

"那他为什么在星期四的时候逃跑?"

"肖特说马歇尔被捕吓了他一跳。主要是因为他以前有违法行为。"

我们沉默了一会儿,都在想这个问题。最后还是我先说了。

"以肖特的经历来看,他最有可能的是把人体器官从美国运到墨西哥，回来再把毒品运到美国。"

"拉伯克的警察也是这么想的。所以他们联系了联邦调查局，缉毒署正在搜查飞机。肖特所说的太站不住脚了。他们能定他的罪。还有，他的故事也不足为信。他的机尾号明显涂改过很多次，肯定就是为了非法飞行而把假号码涂上去的，而且墨西哥那边也没有他登记进入墨西哥领空的记录。"

"马歇尔招认了在墨西哥那边是怎么操作的吗？"

"马歇尔找到了与罗德格里斯的受植者相匹配的病人就会打电话给他。受害者一般是无家可归的，或者是失踪了也不会有人注意到的人。

"在墨西哥那边，罗德格里斯会给受植者打电话，安排他飞到巴亚尔塔港来。在查尔斯顿这边，马歇尔就出手了，而肖特就连夜紧急运送到南方去。"

"马歇尔是怎么跟肖特勾结上的？"皮特问。

"肖特和丹尼尔斯住在一个社区。这两人偶尔在一起喝喝啤酒，吹吹牛。丹尼尔斯可能把肖特的一些经历跟马歇尔说了，或者马歇尔偶尔听说了丹尼尔斯认识一个有不良记录的飞行员。不管怎么说，反正肖特听起来像是他们要找的最好人选。马歇尔查了一下这个人，放了诱饵。肖特就上钩了。"

"丹尼尔斯一点都不知道他的邻居在为他老板运输吗？"

"一点都不知道。"

"你觉得肖特到底知道多少？"我问。

"马歇尔的说法是肖特真的只是个跑腿的。说肖特从来没问过冷藏箱里装的是什么。"

"是啊。"我说，"这个高尚的飞行员从来也没想过他是在走私。"

卡利特耸耸肩。"一万块钱能叫很多人闭嘴。"

"罗德格里斯呢？他到底知不知道马歇尔是怎么得来的器官？"

"据马歇尔讲，这是他们多年合作的成果。这两个家伙早在一九九五年就开始谋划了。"

"罗德格里斯和马歇尔一九八一年就毕业了。他们是怎么又凑到一块儿的？"

"这两人一直保持联系。马歇尔知道老同学同样成了行业内不受欢迎的人，所以一九九一年从监狱出来之后，他就立即给这个他认识的不老实医生打电话，随即前往墨西哥。罗德格里斯这时已经在巴亚尔塔港的温泉中心干了几年了，同时还开了一家自己的小诊所。两人臭味相投，就在一起设计出了这么一个所谓低风险的造钱机器。他们限定每年只弄几个捐献者，每个器官卖一二十万美元，其余时候就等待时机。

"唯一的问题就是马歇尔该在哪儿开展他们的业务呢？碰巧几个月后GMC告示说查尔斯顿诊所与一个空缺。由于能提供薪水很低，这个教会的人并不是很看重申请者的背景。马歇尔通过制造一些假证明获取了在南卡罗来纳州的行医执照。罗德格里斯也开始在边境购进一些二手的手术设备。不到几年，他们就准备运作了。"

"找到罗德格里斯了吗？"我问。

"还没有，但联邦调查局的人会抓到他的。"

"会告他什么罪名呢？"

"墨西哥当局会仔细考虑这个问题的。"

"罗德格里斯肯定会否认知道谋杀的事，会声称他被告知器官都是合法得来的。"

"马歇尔的供述里说罗德格里斯策划了整个项目，还声称他不是罗德格里斯的供应者。"

"马歇尔承认了十一宗谋杀罪。"我说,"我们怎么知道还有没有更多的受害者?"

卡利特对着我晃了晃了雷朋眼镜。"我感觉应该还有。马歇尔可能只是承认了我们已经知道的失踪人员。他抛出一部分只是谋取我们的信任。"

还有几个细节我想不通。

"莱斯特·马歇尔是个极端苛刻的人。他怎么会在贝壳这件事上如此的不小心?"

"我怀疑这也是他在监狱里要想好几年的问题。"这次卡利特真的咧嘴笑了,"马歇尔说谋杀威利·赫尔姆斯那天他买了一袋贝壳,希望能在这一堆里面发现一点好货色。他能想出来的解释是,要么是在市场上,要么就在回诊所的路上,有一个贝壳漏出来了,进了袖子或是口袋里。这个就落在了赫尔姆斯身上。他记得他还拿显微镜看了一下贝壳,然后把它们暂时放在了抽屉里。他想可能是包装袋破了。"

"所以一个贝壳从马歇尔衣服上掉到了赫尔姆斯身上。另一个滚进了抽屉里。马歇尔都没注意到。"

卡利特点点头。"那些东西出现的时候马歇尔比谁都惊讶,只好赶紧编了一套丹尼尔斯陷害他的话来。"

"栽在一个软体动物手里了。"皮特说。

"那到底是谁从马歇尔办公室打的电话呢?"我问出了第二个疑惑。

"奥得尔·托尔里。"

"那个清洁工?"

卡利特点点头。"托尔里的脑子有点慢,但却记得这件事,因为这不符合他的常规。他说马歇尔指示他用马歇尔的办公室电话在一个指定的时间打电话。马歇尔声称他在等一个重要的信息,而自己那时候又不能亲自来打。他告诉托尔里,如果没人接的话就直接挂了,第二天把写有号码的纸条还给他就行了。马歇尔有不在场证人,万一出了问题,这个电话至少可以搅乱调查,或者可以把嫌疑转向丹尼尔斯。"

沉默。

卡利特低头看着自己的手。"我听说卢梭女士病得很重。"

"是啊。"我说。我的思绪有点飘散了。

爱玛自我星期四看望她之后一直发烧。那天晚上,她的体温升到了华氏一百〇二度,此外还出汗、头疼,反胃也更加厉害了。

拉塞尔怀疑她受了感染,星期五就让她住进了医院。我星期六早上给萨拉·普尔维斯打了电话。尽管刚从意大利回到家,但她还是立即赶到查尔斯顿来了。

在姐姐到来之前,爱玛和我聊了很久。我描述了星期四以来发生的事情。她通报了伯克利县验尸官判定苏西·露丝·艾克曼是自然死亡。这老妇人死于心脏病发作。

然后爱玛就讲述了一下她那个奇怪的游艇事件。

一位男性乘客死在了海上。当船在查尔斯顿靠岸的时候,这人的遗孀授权火葬,签了文件,尸体就交给火葬场了。几天后,又一名妇女来到爱玛的办公室,声称是死者的妻子,要求认领遗体。文件显示,这来的第二位才是真正的妻子。关于这位先生骨灰的事还在打官司呢。

"这个风月场高手还有两人在争他的骨灰呢。唐普,他真是个幸运的人。"爱玛哽咽了一下,谈话变得有点艰难了,"当然,我也要死了。我们都明白这一点。"

我忍住胸中的悲痛,试图阻止她说下去。可她接着说:

"我的死不会没人注意的。我生活当中有这么多的人。我会被记住的，甚至还会被想念的。可马歇尔和罗德格里斯猎杀社会上的边缘人。那些独自居住在角落里的人，那些死了也没人伤心的人。库琪·戈丁的失踪都没人报告，赫尔姆斯和蒙塔格也是一样。要感谢你，唐普，那些尸体才没有沦落到无名无姓的地步。"

我说不出话来，只能抚摸着爱玛的头发。一口气没控制住，就演变成了抽泣了。

卡利特在短暂的分神之后又说话了。"情况好像不太好。"

"是啊。"我答应着，"是不太好。"

"她是个好女人，工作也很专业。"

卡利特站起来，我也站起来。

"我想最好还是别去怀疑主的行事方式。"

这好像不用回答，所以我也就没说话。

"你做了很关键的工作，博士。跟你在一起我学到了不少东西。"

卡利特伸出一只手来。我有点诧异，但还是握住了它。

让最后一丝误会也在我和卡利特之间消除吧。

"给温伯恩透露消息的人的确是你办公室的人，警长。在爱玛的敦促下，李·安·米勒一个个地查问了南卡医学院太平间的人。温伯恩的眼线是一个才工作了一年多的技术人员。"这是爱玛星期六告诉我的。

卡利特刚要说话，我打断了他。如果他是要为了指责我阴谋破坏调查而道歉的话，我觉得不需要。

"以前是。"我强调说，"这位先生目前失业了。"

卡利特思考了一会儿，转向了皮特。

"衷心祝你身体健康，先生。你希望继续关注对兰亚德的控告吗？我觉得他会认罪的。"

"这是你的职责,警长。只要是你和检察官能接受的,我就能接受。如果不麻烦的话,案子结束了,你把结果告诉我一声就行。"

卡利特点点头。"我会的。"

他对我说:"星期二,早上七点。"

"我会准备好的。"我说。

尾　声

　　破晓的时候下起了毛毛雨，一下就是一上午。天色渐渐地由漆黑变成深蓝，又慢慢泛出青白色。可是太阳仍然黯淡得像个白斑。

　　八点时，我们都赶往迪威岛的深处，海滩上离高潮线五码远的海洋植物林里。海风阵阵，吹得水淋淋的叶子沙沙作响。我用铲子拨开叶子，水珠滴滴答答地落在地上铺好的塑料雨篷上。米勒穿着靴子，在四周咯吱咯吱地绕着圈，手中的尼康相机记录着这阴郁的一幕。

　　卡利特站在我前面，表情冷峻，纷乱的海风刮擦着他身上的尼龙衫。马歇尔坐在电瓶车里看着，戴手铐的双手交叉，一个副警长坐在身边监视着他。

　　除了风雨和相机，整个场景都似乎凝结了，显现出一片庄严肃穆的气氛。

　　中午，我和米勒终于把库琪·戈丁从她那临时的坟墓中挖出来了，一股恶臭弥漫开来，我们抬起装着这可怜人的包裹，搬向等候着的货车，这时无数只虫子出现在水面上，四散奔逃，消失在黑暗之中。

余光里,我看到马歇尔举起手掩住了鼻子和嘴巴。

星期五早上九点,我起床后穿了一条深色的裙子,外面罩了一件雪白的外套,然后开车去圣米歇尔教堂。我把车停在停车场,走进老城市场,买了点东西后又回到了教堂。

教堂里的人比想象的多得多。爱玛的姐姐萨拉·普尔维斯脸色苍白,神色肃穆。她和丈夫带着孩子全来了。卡利特和他的同事们也来了。李·安·米勒和爱玛手下的雇员也来了。还有几十位我不认识的人。

整个葬礼过程我只在后面注视着这些人,没有加入唱哀歌和祈祷的行列。我知道自己只要一张嘴就会忍不住痛哭起来。

在公墓边,我也远远地站在人群外面。等到把棺材放进去后,哀悼的人们一个接一个地走过,每人撒上一把土。我等到大群的人散去之后才走了过去。

我在墓前站了好长一阵子,泪水簌簌地流下来。

"我来跟你说再见了,老伙计。"我的身体一阵战栗,"你知道,我们都会想念你的。"

我颤抖着双手放下一束满天星和万年青。

晚上,我躺在空荡荡的床上,为爱玛的逝去而悲痛。明天,我就要带着博迪和博伊德回到夏洛特去,我真舍不得离开南方。我会思念这里的松树、海藻和咸咸的海风混杂在一起的特殊味道,还有那阳光和月光在水面演绎出的无穷变化。

回到夏洛特,我还要照顾皮特到完全康复。可惜我没能把爱玛照顾好，没能把好的细胞植入她体内赶走那些夺取她性命的葡萄状球菌。我还会记着我丈夫的背叛，可也仍然会为在他身上牵扯的情感而困惑。我想我会把这种情感和对我们的孩子——一个身上一半是我的一半是他的结晶——的情感分开的。

再过几星期，我又要打点行装，开车到机场登上去加拿大的飞机，在蒙特利尔通过海关，坐上出租车回到我的乡村别墅，第二天我就得到实验室报到。赖安会在十一层的楼下等着我吧。谁知道呢？

可有一件事我是知道的，爱玛是对的。不管未来怎么样，我都是幸运的。我的生命中有那么多的人，那么多爱我的人。

来自凯西·莱克斯博士的法医档案

我有时也百思不得其解：不知怎么的，在经过了多年的默默无闻之后，我的专业在一夜之间成了一门受人瞩目的学科。

在我刚完成本科学业时，没有警察或检察官听说过什么法医人类学，更没有人会将它当成职业。我和同行们组建了一个小小的俱乐部，当时很少有人知道，懂的人就更少了。司法部门的人没怎么听说过我们，公众更是一无所知。

我们受到关注以及这一专业的逐步运用都是近几年的事，但还仅限于北美一些有注册证书的执业者，主要也就是为执法人员、验尸官和法医提供咨询。有时军方也会召集专家小组之类的。

于是，我们开始声名远扬。最先兴起的是流行文学：杰夫里·迪弗、帕特丽夏·康薇尔，卡琳·斯罗特尔，当然，还有凯西·莱克斯。紧跟着就是电视：首开先河的是爆炸性的冷门电视剧《CSI》，吸引了成千上万的观众。从此法医科学开始占据影视频道，被人们津津乐道。《铁证悬案》、《寻人密探组》也接踵而至。我们二十世纪七十年代有过《法医昆西》，但是病理学现在不再受宠了。此后《遇见乔丹》、《达·芬奇的审判》、《解剖室》一部接一部。屏幕上，科学家们都在忙着切片、放大、模拟、破案。现在，又来了一部《识骨寻踪》。

《识骨寻踪》是电视屏幕上最新的法医故事。剧中主人公唐普兰希·布兰纳的外号就叫"骨头"。她是我几年前在第一本书《听，骨头在说话》中塑造的一个法医人类学家，在这个小说系列中，唐普刚刚开始她的事业，一方面受雇于杰弗逊学会，同时和FBI合作，现实中也是如此，联邦调查局是第一个认识到法医人类学价值的机构。他们早在二十世纪初就找史密森学会的科学家咨询过骸骨问题。

那时候一切都还不像今天这么正规。法医人类学在一九七二年得到正式承认。那一年，美国法庭科学技术学会设立了一个体质人类学部。不久，又成立了美国法医人类学协会。

七十年代时，法医人类学把活动扩展到了人权保护的调查。人们设立实验室调查在阿根廷、危地马拉，以及后来的卢旺达、科索沃等地出现的大坟坑。后来，我们还参与大型灾难的恢复工作，频繁出入于坠机现场、洪水冲毁的公墓、大爆炸点、世贸中心的废墟，以及最近的海啸和卡特里娜飓风现场。

现在，在经历了几十年的幕后劳作后，我们终于走上了前台。但是公众还是搞不清楚我们的身份。什么是病理学家？什么是人类学家？鉴定又是什么？

病理学家是身体组织方面的专家，人类学家主要研究的是骨骼。如果是刚刚死亡并且尸体保存完好的话，得找病理学家。而对已经埋葬多日，或是在油桶里被烧焦的尸体、碎木屑里的骨头块、阁楼上风干的婴儿尸体的鉴别，就要看人类学家的了。利用一些骨骼特征，人类学家能够解决诸如身份、死亡时间、死亡方式以及死后尸体的处理等问题。"鉴定"是指案情调查过程中的科学发现。

没有人可以单打独斗。电视把科学家或是侦探放大成了孤胆英雄，而实际的侦查工作则需要方方面面的合作。病理学家分析人体器官和大脑、昆虫学家查看虫子、牙医观察牙齿并查找牙医记录、分子生物学家验证DNA、弹道专家分析子弹走向和现场情形，而法医人类学家则专注于骨头。无数的专家联起手来才能把这个拼图游戏出色地完成。

我最初学的是考古学和骨骼生物学。我第一次介入法医人类学是应邀参与调查一起儿童谋杀案。我确定了那具小小骨骼的身份，那是一个五岁的小女孩，被绑架后遭到谋杀，尸骨被扔在了北卡罗来纳州夏洛特市附近的树林里，凶手至今也没找到。在这个案子中看到的非人道和残忍的一面改变了我的人生。一个小女孩的生命被邪恶的冷漠所扼杀。我毅然决定为了刚死去的人们而放弃古老尸骨，从此义无反顾地走进了法医学。

我希望我的小说能够在传播法医人类学方面有所裨益。通过我的虚拟人物唐普兰希·布兰纳，我向读者讲述了我的案子和我的经验。《听，骨头在说话》是基于我调查的第一个连环杀手的案子。《看，死亡的颜色》来源于我在天主教会的工作经历，还有太阳圣殿教里发生的大规模自杀和屠杀事件。《追，致命的抉择》的创作则要归功于魁北克省赫尔斯·安琪儿一家送给我的骨头。《逃，毁灭的航程》讲的是我参加一次灾后重建的故事。《挖，墓穴的秘密》是在危地马拉参与挖掘大坟坑后写的。《猜，白骨的阴谋》是受我在野生动物协会看到的驼鹿骨架的启发。《黑色星期一》是根据一家比萨店地下室里发现的三具骨骼的故事改编的。《白骨纵横》说的是我去以色列调查在梅察达私下出土的、据说是耶稣的弟弟詹姆斯棺材的事，结果却把这个公元一世纪的坟墓和现代谋杀案结合起来了。

《玩骨头的女人》和我以往的套路有一点不一样。故事不是从一个或几个案子开始，而是从一个完全不同的职业经历着手，大部分是我早期工作的经历。北卡罗来纳州立大学的考古实践课、验尸官捧着塑料盆装的骨头、通过对骨头上的切口分析破了案，通过研究颈椎的裂缝还原一个路人被袭击的过程，一个自杀者被发现时已经只剩骨架挂在树上了。

而且，在我的小说系列中，这是唐普兰希·布兰纳第一次把几十年来的个人情感和犯罪实验室及相关场景糅合在一起。再掺杂一些考古学知识、都市传闻、新闻界报道，配以棕榈岛的夏日海滩为背景，就成了这本《玩骨头的女人》。

图书在版编目（CIP）数据

玩骨头的女人 /（美）莱克斯著；晏向阳译. —北京：新星出版社，2011.11
ISBN 978-7-5133-0410-8
Ⅰ. ①玩… Ⅱ. ①莱… ②晏… Ⅲ. ①长篇小说－美国－现代 Ⅳ. ①I712.45
中国版本图书馆CIP数据核字（2011）第200417号

Break No Bones
By Kathy Reichs
Translation copyright © 2011 by New Star Press
Original English Language edition Copyright © 2006 by Temperance Brennan, L.P.
Published by arrangement with the original publisher, Scribner, an Imprint of Simon & Schuster, Inc.
Simplified Chinese translation copyright © 2011 by New Star Press
All rights reserved.

著作权登记图字：01-2006-9873

午夜文库
谢刚 主持

玩骨头的女人
（美）凯西·莱克斯 著；晏向阳 译

责任编辑：王 欢
特约编辑：缪 莹
责任印制：韦 舰
装帧设计：wesign 未设计

出版发行：新星出版社
出 版 人：谢 刚
社　　址：北京市西城区车公庄大街丙3号楼　100044
网　　址：www.newstarpress.com
电　　话：010-88310888
传　　真：010-65270449
法律顾问：北京市大成律师事务所

读者服务：010-88310800　service@newstarpress.com
邮购地址：北京市西城区车公庄大街丙3号楼　100044

印　　刷：北京佳顺印务有限公司
开　　本：910×1230　1/32
印　　张：13.375
字　　数：190千字
版　　次：2011年11月第一版　2011年11月第一次印刷
书　　号：ISBN 978-7-5133-0410-8
定　　价：34.00元

版权专有，侵权必究；如有质量问题，请与出版社联系更换。